W0352215

*Tod eines Revisors*

Die Deutsche Nationalbibliothek – CIP-Einheitsaufnahme.
Die Deutsche Nationalbibliothek verzeichnet dieses Buch
in der Deutschen Nationalbibliografie;
detaillierte bibliografische Daten sind im Internet über
http://dnb.d-nb.de abrufbar.

Erste Auflage 2017

www.groessenwahn-verlag.de

ISBN: 978-3-95771-170-0
eISBN: 978-3-95771-171-7

Olaf Jahnke

# Tod eines Revisors

## Ein Fall für Roland Bernau

**IMPRESSUM**

*Tod eines Revisors*

**Autor**
Olaf Jahnke

**Seitengestaltung**
Größenwahn Verlag Frankfurt am Main

**Schrift**
Constantia

**Covergestaltung**
Marti O'Sigma

**Coverbild**
Marti O'Sigma; Frankfurt in Blau

**Lektorat**
Nele Robitzky

**Druck und Bindung**
Print Group Sp. z. o. o. Szczecin (Stettin)

**Größenwahn Verlag Frankfurt am Main**
September 2017

Überarbeitete Neuauflage.
Die erste Auflage erschien 2014 beim fhl Verlag Leipzig.

ISBN: 978-3-95771-170-0
eISBN: 978-3-95771-171-7

Allen Opfern
unentdeckter Verbrechen gewidmet

# Der Auftrag

Ich konnte verstehen, dass sie nicht an einen Selbstmord glauben wollte. Welche Frau möchte auf diese Weise von ihrem Mann verlassen werden?

In der Taunusstraße stand eine Villa neben der anderen. Wer nach Kronberg zog, sehnte sich danach, in der Welt des Geldes mit dabei zu sein. Charlotte Scherer hatte sich seit ihrer Studienzeit in Hamburg finanziell eindeutig verbessert. Kein Wunder, mit einem Staatssekretär als Vater. Ich parkte meinen Volvo vor ihrer Toreinfahrt.

Im Pfosten des Edelstahltores fand ich einen winzigen Klingelknopf, ein Namensschild fehlte. Lediglich die Hausnummer aus Plexiglas, die im Schatten der Hecke blau schimmerte, sagte mir, dass ich hier richtig war. Die mächtige Ligusterhecke hielt neugierige Blicke vom Haus fern. Ich klingelte, stellte mich auf die Zehenspitzen und schaute über die knapp zwei Meter hohe Metallverblendung des Tores. Nach einem Klacken öffnete sich surrend eine Hälfte der Einfahrt. Der Vorgarten war nach japanischer Art gestaltet. Kaum Grün, geharkte Steinbeete, vereinzelt exotische Bäumchen.

Das Haus hatte im Erdgeschoss schmale Fenster. Flachdach, unverputzter Beton. Wer hier wohnte, wollte für seinen Geschmack und seinen Mut bewundert werden.

»Kommen Sie bitte herein, wir warten bereits auf Sie.« Charlotte sah noch besser aus als damals mit zwanzig. In diesen dreizehn Jahren war sie weiblicher geworden. Nicht mehr die schlaksige Studentin, die kaum Wert auf ihr Äußeres gelegt hatte. Ihre langen, schwarzen Haare waren hochgesteckt. Das Kleid sah elegant und kaum nach Trauer aus.

»Ein Stau auf der Schnellstraße nach Kronberg.«

»Kein Problem für mich.« Sie führte mich durch den großen Vorraum. »Herr Dörnberg, der mir jetzt zur Seite steht, ist eher unter Zeitdruck. Er war ein Freund von Jens und ist stellvertretendes Vorstandsmitglied bei der Bank.«

Eine spartanische, aber edle Ausstattung in gedämpftem Licht. Auch hier drinnen besaßen die Wände keinen Putz, geschweige denn Tapeten. Im Wohnzimmer scrollte ein Mann auf seinem Blackberry durch die Mails. Charlottes Absätze klackten auf dem Parkett. Er drehte sich um, schlank, etwas kleiner als ich, kurze dunkelbraune Haare. Ein schmales Gesicht, aus dem mich zwei hellblaue Augen interessiert ansahen. Sein dunkler Nadelstreifen saß perfekt, nichts von der Stange. Am Revers das Abzeichen der Rotarier.

»Herr Dörnberg, Roland Bernau. Der beste Privatermittler, wie mir die Herren aus Wiesbaden versicherten.«

»Ihre ehemaligen Kollegen vom Bundeskriminalamt loben Sie in den höchsten Tönen«, sagte er. Ein freundliches Lächeln mit einem forschenden Blick.

»Meine Ex-Chefs waren das sicher nicht. Die wollten mich aus der Fahndungsgruppe rausschmeißen.« Charlotte errötete sichtbar trotz ihres hellen Make-ups. Sie war damals der Auslöser gewesen. Ihr Vater hatte an allen Hebeln gezogen, um meine Ermittlungen zu beenden. Dass meine Weigerung entweder ins Archiv des BKA wahlweise in die freie Wirtschaft geführt hätte, hatte keine Rolle gespielt. Hauptsache die Beziehung seines Töchterchens zu einem bestimmten islamistischen Studenten im September 2001 blieb unter der Decke. Die direkte Verbindung eines Politikers zu einem der Attentäter wäre seiner Karriere nicht gerade förderlich gewesen. Seitdem suchte sich Charlotte ihre Männer anscheinend sorgfältiger aus. Und mir hatte es mehr Freiheiten verschafft.

»Deswegen wissen wir ja, wie hartnäckig Sie sind, wenn Sie sich einer Sache annehmen«, sagte sie und unternahm den Versuch eines Lächelns. Es gelang ihr einigermaßen.

»Wir denken, dass Sie in diesem Fall Ausdauer brauchen. Jens Scherer hat niemals Selbstmord begangen«, meinte Dörnberg. Er suchte ihren Blick, den sie nicht erwiderte.

Eine unangenehme Situation, einer Frau gegenüberzustehen, die nicht glauben wollte, dass ihr Mann vom Leben die Nase voll gehabt hatte. Andererseits war es eine Genugtuung, dass ausgerechnet sie mich als Ermittler anforderte. Zuerst beschädigte ihre Familie meinen Ruf nach Kräften, jetzt brauchten sie meineHilfe.

»Die Polizei glaubt nicht an Mord. Was lässt Sie daran zweifeln?«, fragte ich ihn. »Die Tatsachen sprechen für sich.«

»Jens Scherer hatte als leitender Revisor in unserer Bank noch eine glänzende Karriere vor sich. Schließlich war er erst achtunddreißig. Er kannte sich in allen Abteilungen gut aus wie kaum ein Zweiter. Scherer plante seinen weiteren Weg sehr sorgfältig und er liebte das Leben.«

Diese letzte Bemerkung gefiel Charlotte nicht, ihr Gesicht nahm strengere Züge an. »Wie dem auch sei, ich kann nicht glauben, dass Jens sich umgebracht hat. Völlig undenkbar.«

»Ihr Mann besaß eine Lebensversicherung?«

Charlottes Blick wanderte zu ihren Händen. »Ja, natürlich. Aber das ist zweitrangig.« Sie drehte ihren Ehering, streckte die Finger und kontrollierte die makellosen Fingernägel. Langsam ging sie zur Terrasse. Dörnberg kam mit verschränkten Armen auf mich zu. »Wir müssen beweisen, dass es kein Selbstmord war. Es gibt im Vertrag eine Klausel, die besagt, dass bei Freitod nicht gezahlt wird.«

Dumm gelaufen, ohne viel Geld läuft in dieser Gegend nichts.

»Über welche Versicherungssumme reden wir?«

»Eine Million Sofortzahlung und eine lebenslange Versorgung monatlich.« So wie er mich anschaute, musste mein Mund einen Moment lang offengestanden haben. »Für unsere engagierten Nachwuchskräfte ist das durchaus angemessen, ein Teil der Altersversorgung. Nichts Außergewöhnliches.«

»Okay, aber Selbstmord in einer psychiatrischen Klinik scheint mir auch nicht so ausgefallen zu sein.«

Jetzt verschwand das Lächeln aus Dörnbergs Gesicht. Er wurde ein bisschen lauter, kaum zu merken. »Für Sie liegt doch bestimmt darin die Herausforderung, genau diesen Punkt zu widerlegen.«

Er hatte recht, sonst wäre ich nach Charlottes Anruf und dem, was ich in der Zeitung gelesen hatte, gar nicht erst hierhergekommen. Das wusste Dörnberg. Ich wollte die beiden nur noch ein wenig zappeln lassen. So wie Charlotte und ihr Vater es damals bei mir gemacht hatten.

Charlotte brachte mich zur Tür.

»Ich möchte nicht, dass Sie mich missverstehen. Es geht nicht nur um das Geld. Ich bin es Jens schuldig, er hat viel für mich getan. Wir haben uns wirklich geliebt.« Sie blickte nach unten. »Über Selbstmord hat er nie gesprochen. Jens wirkte in letzter Zeit gereizt, das war es aber auch schon. Für ihn bedeutete der Klinikaufenthalt mehr eine Art Kur, seit Wochen geplant. Jens musste sich von der Tretmühle in der Bank erholen.«

Sie schaute ins Leere, nur langsam wieder zu mir.

# Die Klinik

Das Tor stand weit offen. Bei einer Psychiatrie wunderte mich das. Dieses Gebäude hatte keinerlei Ähnlichkeit mit Krankenhäusern, in denen man Kassenpatienten behandelte. Es war eine Mischung der schnörkeligen Kurbad-Architektur mit dem im Taunus damals so beliebten Tudorstil. Ich ging durch den kleinen, von einem geschwungenen Bachlauf durchzogen Park. Das schlossähnliche Anwesen lag in der Mitte eines Berghangs am Rande der Königsteiner Innenstadt. Wer hier hinauflief, musste aufschauen und sollte von dem Bau beeindruckt sein.

Zwei Männer schlurften auf mich zu, beide um die fünfzig. Sie sahen mich von der Seite an. Waren das jetzt Patienten oder war einer von ihnen ein Arzt?

Die Beschreibung der Klinik im Internet sagte, wer an diesem Ort Heilung suchte, den quälten Depressionen, Burnout, Suchtprobleme, manchmal alles zusammen. Jens Scherer kam vor zehn Tagen hierher, sein Zimmer lag auf Station 4. Laut Charlotte kümmerte sich neben den Ärzten hauptsächlich eine Schwester Angela um ihn. Sie war es auch, die ihn leblos in seinem Bett entdeckt hatte.

Im Eingang kam mir eine junge Frau mit einem Kinderwagen entgegen. Sie strengte sich an, mit einer Hand die schwere Tür aus Glas und dunklem Eichenholz offenzuhalten, während die andere Hand versuchte, den edel aussehenden Wagen aus Chrom und blauem Stoff nicht loszulassen. Die weißen Reifen hingen schon über den Stufen aus hellrotem Sandstein. Dass sie den größten Hut trug, den ich jemals außerhalb eines Pferderennens gesehen hatte, vereinfachte die Sache nicht. Ich griff vorn in das Gestell und hob es an. Sie lächelte. Gemeinsam hievten wir das luxuriöse Gefährt die Treppe hinunter. Das Baby schien von all dem nichts zu spüren, es schlief.

Die Dame am Empfang schaute vermutlich erst nach einer genau festgelegten Zeit von ihren Unterlagen zu mir hoch. »Ja, bitte?«

»Ich suche Schwester Angela.«

»Station 4. Den Gang geradeaus, durch das Souterrain in das Nebengebäude. Sie ist wahrscheinlich im Schwesternzimmer.«

Auf dem Parkett lag den ganzen Flur entlang ein roter Teppich, an den Wänden hingen Aquarelle mit Motiven der Umgebung, erhellt von kronleuchterartigen Lampen. Das wirkte auf mich wie ein alteingesessenes Nobelhotel mit verblichenem Charme. Wäre da nicht der typische Geruch von Desinfektionsmittel, leicht beißend, an Spritzen und Verbände erinnernd.

Ich klopfte.

»Einen Moment noch.« Die Stimme klang verbindlich, aber nicht unfreundlich. Ich wartete neben der grauen Tür. Gegenüber gab es eine winzige Küche, aus der es nach Kaffee duftete. Der enge Flur am Ende des Nebengebäudes war schummrig beleuchtet, Tageslicht kam durch einen vergitterten Ausgang.

Die Tür zum Schwesternzimmer öffnete sich. Ich drehte mich um und schaute in ein nervöses Augenpaar. Ein gepflegt gekleideter Herr, etwa Mitte fünfzig. Er beeilte sich, seinen Blick zu senken. Anscheinend wollte er schnellstmöglich aus meinem Blickfeld verschwinden.

»Schwester Angela?«

»Kommen Sie bitte herein. Nehmen Sie Platz. Wir kennen uns bislang nicht?« Sie war ungefähr vierzig Jahre alt, attraktiv, mit einem schönen Lächeln und für eine Krankenschwester bei der Arbeit erstaunlich stark geschminkt. Ihre Haare etwas zu blondiert, der dunkle Haaransatz sichtbar. Sie hielt mich anscheinend für einen neuen Patienten.

»Mein Name ist Bernau. Ich untersuche im Auftrag der Witwe den Tod von Jens Scherer.« Ihr Blick ging ruckartig nach unten. Das Lächeln war weg.

»Welche Fragen gibt es da noch? Für die Polizei ist der Fall doch klar.« Ihre Stimme klang eher unsicher als abweisend.

»Frau Scherer sieht das anders. Ihr Mann wäre nicht der Typ, der Selbstmord begeht, sagt sie. Zu ambitioniert, zu viele Pläne, die er durchziehen wollte.«

»Was glauben Sie, wie hier der typische Klient aussieht? Geld besitzen die alle, Ehrgeiz auch.« Sie drehte ständig den Ring am Mittelfinger ihrer linken Hand und warf mir nur einen kurzen Blick zu. »Scherer war okay. Er hatte eine freundliche Art, hat gleich was in unsere Kaffeekasse geschmissen. Keine der Kolleginnen dachte, dass er sich was antun könnte. Er war häufig abends im Ort noch mal unterwegs, er stammte ja aus Kronberg und kannte sich aus.« Sie griff nach einem Kaffeebecher, führte ihn in Richtung ihrer ziemlich roten Lippen. »Wollen Sie einen?«

»Gerne. Bitte mit Zucker und Milch, wenn es geht.«

Sie lächelte jetzt wieder. Ich hatte den Eindruck, dass sie froh war, aus dem engen Schwesternzimmer in die kleine Küche gegenüber verschwinden zu können.

Obwohl draußen die Sonne schien und hier drinnen die kreisrunde Neonröhre über dem Schreibtisch leuchtete, war es im Schwesternzimmer nicht hell. Der Baum vor dem vergitterten Fenster ließ keine Sonnenstrahlen herein und die Lampe war einfach zu schwach. Die Urlaubspostkarten an der Pinnwand aus Kork lagen in einem dämmrigen Licht. Spanien, Kroatien, Türkei. Die Strände ähnelten sich. Auf dem Tisch stapelten sich dicke Kladden. Ich beugte mich vor und versuchte etwas zu erkennen. Viele verschiedene Handschriften hatten darin Namen von Medikamenten hinterlassen, ich kannte das eine oder andere Schmerzmittel. Einige Zahlen, wahrscheinlich die Dosierung. Patientennamen gab es nicht. Ich musste nicht nach Scherer suchen.

Auffällig, dass die Schwestern keinen PC hatten. Das passte in diese Klinik mit der Anmutung eines altehrwürdigen Hotels. Der ganze moderne Kram blieb draußen. An der Wand rechts neben dem Schreibtisch standen graue Schränke, bei einem war die Tür geöffnet. Medikamentenpackungen in allen Größen und Farben füllten die Schubladen. Eine Packung von jedem Mittel war herausgezogen, kleine Zettel mit Notizen ragten hervor. Dahinter reihten sich die nächsten Schachteln derselben Arznei auf wie in einer Apotheke. Aus der Küche hörte ich nach dem Surren der Espressomaschine das Klimpern eines Löffels im Becher. Ihre Pumps machten auf dem Linoleumboden trotz der hohen Absätze kaum ein Geräusch. Schwester Angela hatte einen langen Kittel an, wie ihn sonst nur Ärzte trugen. »Bitte, ich hoffe, dass genug Zucker drinist.«

Ich nahm einen ersten, zu heißen Schluck und nickte. Der alte Bürostuhl knarrte, als sie sich setzte. Diesmal blieb ihr Blick an mir haften.

»Jens Scherer verbrachte vier Tage in der Klinik«, sagte ich. »Warum, glauben Sie, sollte er sich nach so kurzer Zeit umbringen?«

»Er ist nicht zu uns gekommen, weil es ihm gut ging. Unser Haus ist oft der letzte Ausweg nach einer Reihe von Therapien. Und außerdem ...«

»Ja?« Es war ihr deutlich anzusehen, wie unangenehm das war, was sie nicht aussprechen mochte.

»Ich will nicht, dass wir in einem falschen Licht dastehen. Patienten können manchmal mit ihrem Leben nichts mehr anfangen. Das ist nicht unsere Schuld.« Sie hielt sich mit beiden Händen an ihrer Kaffeetasse fest. »Selbstmord ist schrecklich für alle. Niemand steckt das so einfach weg.«

»Es ist auch in Ihrem Interesse, dass ich den angeblichen Freitod widerlege.« Ein plumper Versuch, den ich da startete. Ich brauchte Informationen aus der Klinik.

»Kein Suizid, das bedeutet Mord. Schlimmer geht es nicht. Wer lässt sich dann hier noch behandeln?« Sie verzog das Gesicht, Falten legten sich auf ihre Stirn.

»Es muss nicht bei Ihnen passiert sein. Scherer ist lediglich auf Ihrer Station gestorben. Die Tat fand sonst wo statt.« Ich versuchte, ihr Mut zu machen.

»Klingt gut, wenn man da von gut reden kann. Aber Selbsttötung ist in einer Psychiatrie, egal ob privat oder öffentlich, nicht ungewöhnlich.«

»Wie oft geschieht das?« Das war ihr wunder Punkt.

Sie machte mit ihrem Kaffeebecher aus dem Handgelenk heraus leicht kreisende Bewegungen, während ihr Blick immer mehr im Kaffee zu versinken schien. »Es kommt vor. Manchmal nur einmal im Jahr.« Der Becher kreiste weiter.

»In letzter Zeit ist es öfter passiert. Jetzt zum dritten Mal in fünf Monaten.« Sie löste sich vom Becher, ihre Stimme war leise. »Davon zwei auf dieser Station.«

»Wieso bringen sich die Leute nicht zu Hause um? Oder irgendwo anders? Warum in der Klinik, wo man ihnen hilft?«

»Weil Dinge in der Therapie zum Vorschein kommen, die die Patienten so nicht erwarten. Für viele ist das ein Schock. Das Unterbewusste hält einige Überraschungen parat.«

»Und Sie haben hier die Mittel. Im Fall von Jens Scherer waren das verschiedene Beruhigungsmittel.«

»Das ist Quatsch!« Sie wurde lauter, klang entrüstet, aber auch Frust schwang mit. »Er war erst seit vier Tagen bei uns, zwei Tage bekam er diese Medikamente. Die Tabletten habe ich ihm einzeln, pünktlich zur Einnahme, zweimal am Tag gegeben.« Sie stellte ihren Kaffeebecher geräuschvoll auf den Schreibtisch.

»Schwester Angela, ich will Sie nicht mit dem Tod von Scherer in Verbindung bringen. Nur, er ist durch solche Pillen gestorben. Da darf man vermuten, dass die von hier stammen.« Ich zeigte auf die offenstehende Tür des Arzneischrankes. Sie holte sichtbar Luft, wollte gerade antworten, aber ein Klopfen ließ sie innehalten. Die Tür öffnete sich.

Braungebrannt, grauer Lockenkopf, eine edle, runde Hornbrille. »Schwester Angela, ich suche die Akte Neumeyer.«

»Ja, sie liegt im Schrank.« Die Krankenschwester zog die Schublade eines Rollcontainers auf, suchte kurz und reichte dem Arzt die gewünschte Aktenmappe. Erst jetzt bemerkte er mich.

»Wir kennen uns noch nicht. Dr. Hartung, ich bin der Chefarzt. Seit wann sind Sie bei uns?« Er streckte seine gepflegte Hand nach mir aus. Die hellgrauen Augen sahen mich freundlich an.

»Angenehm, Roland Bernau.« Um mit dieser eindrucksvollen Erscheinung auf Augenhöhe zu reden, stand ich vom alten Holzstuhl auf. Sein Händedruck fiel erstaunlich weich aus. Von einem Mann, fast so groß wie ich, hatte ich mehr Druck erwartet.

»Ich dachte für einen Moment, dass Sie Patient sind, Herr Bernau. Charlotte Scherer hatte Sie bereits avisiert.« Sein Blick glitt an meinem Körper hinab, bis er an meinen Schuhen zum Stillstand kam. »Es tut uns wirklich außerordentlich leid, was mit Jens Scherer passiert ist. Wir sind äußerst bestürzt.« Er setzte sich auf eine Ecke des Schreibtisches, nickte der Schwester kurz zu und gab mir mit einer Handbewegung zu verstehen, dass ich Platz nehmen durfte. Bei dieser typischen Geste eines Arztes fühlte ich mich wie ein Schuljunge. Ich folgte der Aufforderung der Autorität.

Freundlich und unangenehm, das war mein Eindruck von diesem Chefarzt.

»Dieses schreckliche Unglück, so plötzlich, damit konnte niemand rechnen.« Er machte ein ausdrucksvolles Gesicht, schob leicht die Unterlippe nach oben und ließ ein paar Sorgenfalten auf der Stirn erscheinen. »Er war gerade hier angekommen, hatte erst mit der Therapie begonnen. Nichts Dramatisches, es ging zuerst einmal um Entspannung. Wir mussten ihn von seiner Überlastung bei der Arbeit befreien.« Eine ausladende Geste mit beiden Armen unterstrich seine Bemühungen. »Es sah nicht kompliziert aus. In unserem Haus gibt es ständig Fälle, die deutlich schwerere Symptome zeigen. Scherer schien kein besonders problematischer Patient zu sein, eher ein Mann, der sich regenerieren wollte.«

Mein Stuhl wurde jetzt langsam, aber sicher härter. Wenn man versuchte, mich zu beschwichtigen, kroch eine Unruhe in mir hoch. »Wie konnte es dann so weit kommen? Warum ahnte das niemand?«

Er wich meinem Blick aus. »Sehen Sie, es muss eine starke Veränderung innerhalb kürzester Zeit gegeben haben, die ihn innerlich zum Einsturz brachte.« Er sah Schwester Angela an, die unbewegt am Tisch saß, seit Hartung bei uns war. »Wir wissen nicht, was das ausgelöst hat.« Seine Hände machten eine entschuldigende Bewegung; offene Handflächen, die nach oben zeigten.

So leicht kam er mir nicht davon. Zu glatte Worte, sein Bedauern hielt sich in Grenzen. »Scherers Medikamente waren rezeptpflichtig. Er konnte nicht in die Apotheke spazieren und sich schnell mal eine Packung kaufen. In der Klinik liegen die haufenweise. Da liegt es doch nah, dass die Pillen aus Ihrem Hause stammen.«

»Auf gar keinen Fall. Die Kolleginnen registrieren jede einzelne Tablette bei der Ausgabe. Die Patienten bekommen nur, was sie im jeweiligen Moment brauchen. Nicht eine mehr!« Hartung verlor deutlich an innerer Ruhe. Seine Hände verschwanden in den Taschen seines perfekt gebügelten Chefarztkittels.

»Er konnte eine ganze Schachtel mitgehen lassen.«

»Wir schließen das Zimmer ab, wenn wir rausgehen. Kein Patient bleibt alleine hier drin«, sagte Schwester Angela, die sich wieder traute, etwas zu sagen. Der Chef warf ihr einen dankbaren Blick zu.

## Polizeidirektion

Ich öffnete die Autotür, ein Schwall heißer Luft strömte mir entgegen. Der Schatten unter den alten Kastanien vor der Klinik nützte im Juli nicht viel. Mein antikes Siemens-Handy, das im Wagen lag, zeigte mir den vergeblichen Versuch von Susanne, mich zu erreichen. Susanne Söllner hatte ich mit der Detektei geerbt. Sie war weniger eine Assistentin im Büro, mehr eine Managerin.

»Roland hier, wo brennt's?«

»Ich möchte dich an deinen Termin mit Herrn Barthel erinnern. Vierzehn Uhr in Höchst, Tor Ost.« Susanne, die auf keinen Fall Susi genannt werden wollte, war sparsam mit Worten. Für eine Frau erschien mir das eher untypisch.

»Würdest du ihn bitte anrufen und ihm sagen, dass ich einen Tick später komme? Maximal zwanzig Minuten. Ich muss erst bei Schmitz vorbeischauen.«

»Okay. Bis dann.« Kürzer gingen Gespräche wirklich nicht mehr.

Für unnatürliche Todesfälle in Königstein war die Polizeidirektion Bad Homburg zuständig. Ich hatte einen Termin mit Ralf Schmitz. Seit einigen Jahren leitete er das Kommissariat 10, Kapitaldelikte, landläufig Mordkommission genannt. Früher saßen wir beide im alten Frankfurter Polizeipräsidium und hatten den Kriminaldauerdienst an der Backe. Das Präsidium lag in der Nähe des Hauptbahnhofs, Langeweile existierte nicht. Der Dienst im 4. Revier war allerdings noch unbeliebter. Mitten im Bahnhofsviertel. Fast alle neuen Beamten dort stellten einen Versetzungsantrag, manche an ihrem ersten Arbeitstag.

Ich ließ meinen Wagen aus dem gefürchteten Königsteiner Kreisel Richtung Bad Homburg rollen. Mittags gab es hier zum Glück selten Stau. Der Ausblick über den Opelzoo freute mich jedes Mal. Unten die Elefanten, links die Kronberger Altstadt mit der Burg, im Hintergrund die Frankfurter Skyline. New York für Arme, aber schön.

Die Polizeidirektion lag an der Bundesstraße, die in den Hochtaunus führte. Ich hielt auf dem Besucherparkplatz. Zwei Beamte der KTU schoben einen Totalschaden aus der Untersuchungshalle.

Der Wachtmeister am Eingang saß hinter Panzerglas. Er kannte mich, nickte mir zu und drückte den Summer.

Ein kaum künstlich herzustellender Duft zog in meine Nase. Es roch nach Siebzigerjahre, vermischt mit den Ausdünstungen der Ausnüchterungszellen im Keller und denen der Aktenberge. Die Fahndungsaufrufe an den Wänden zeigten mal mehr, mal weniger präzise die Gesichter. Fotos von Bankräubern neben Phantomzeichnungen von Männern, die ihr Unwesen im Kurpark trieben. Ein Handtaschenraub, eine versuchte Vergewaltigung, ein Mord. Das vergällte den Kurgästen den Spaß zwischen dem Spielkasino und den Restaurants an der Kaiser-Friedrich-Promenade gewaltig. Zumindest die Lautstärke aus Schmitz' Büro sowie einzelne Wortfetzen ließen darauf schließen. Ich klopfte sicherheitshalber an.

»Ja.« Viel mürrischer konnte man das nicht betonen. Ich steckte nur den Kopf durch die Tür, um nicht aufdringlich zu wirken. Womöglich hätte ich sonst als Blitzableiter für den nächsten Einschlag gedient. Ralfs Wutausbrüche sollen in letzter Zeit häufiger und heftig sein. Mit der Beförderung war die Frustschwelle deutlich gesunken.

»Ach, Roland, komm rein. Das läuft mal wieder ganz prima. Der Bürgermeister macht Druck beim Direktor, die Zeugen widersprechen sich allesamt. Die halbe Mannschaft hat Urlaub oder feiert Überstunden ab. Besser geht's nicht.«

»Also alles wie immer.«

»Du sagst es. Setz dich. Hier ist der Bericht zu deiner Leiche.« Er warf einen dünnen Schnellhefter auf die Ecke seines Schreibtisches, vor der ein Stuhl mit rotem Kunstlederbezug wartete. Ich rückte näher an den Tisch und begann zu blättern.

»Viel wirst du an diesem Fall nicht verdienen. Der Obduktionsbericht ist eindeutig. Überdosis von diesem Zeug, Todeszeitpunkt gegen halb neun abends.« Die Wirkstoffe standen fettgedruckt im Protokoll des gerichtsmedizinischen Instituts: Calciumphosphat,

Magnesiumstearat, Eisenoxid, Methylphenidat. Letzteres in letaler Dosis. Darunter eine Liste der Medikamente, die diese Substanzen enthielten.

»Das sind in der Psychiatrie zwar gängige Mittel«, sagte ich, »aber ohne Rezept ist Scherer da nicht drangekommen. Die Klinik hat angeblich alle Tabletten bestens verschlossen.«

Ich schaute Schmitz von meinem niedrigen Stuhl aus an, während er in seinem Chefsessel hin und her drehte. Die Jahre im Polizeidienst hatten sich in sein Gesicht gegraben. Augen und Haut strahlten eine ungesunde Röte aus, zahlreiche Furchen zogen ihre Bahnen. Seine Gesichtszüge wirkten auf mich deprimiert. Von der ehemals kölschen Frohnatur spürte ich nichts mehr.

»Mag ja sein«, sagte er. »Heutzutage ist es doch kein Problem, Pillen unter der Hand zu bekommen. Ich sage nur Internetbestellung. Ob Doping oder Potenzmittelchen, kein Thema, die Post liefert es, wohin du willst.«

»Okay. Scherer war aber alles andere als depressiv, wenn ich seiner Frau und seinem Chef glaube. Es gibt keinen Abschiedsbrief. Ein Abgang ohne besonderen Anlass, das erscheint mir unwahrscheinlich.«

Schmitz blieb hartleibig. »Selbstmord mit Beruhigungsmittel in der Psychiatrie. Die Zahl der Mordermittlungen in Deutschland würde sprunghaft ansteigen, wenn wir jeden einzelnen Fall aus den Kliniken haarklein untersuchen. Wer bringt denn jemanden um, der schon in der Klapse ist?«

So leicht wollte ich mich nicht geschlagen geben. »Habt ihr überhaupt ermittelt, außerhalb des Labors?«

»Es gab keinerlei Spuren von Gewalt. Trotzdem sind wir in seine Bank gegangen. Hat nicht viel gebracht, du kennst ja die Brüder. Schlechte PR löst da keine Begeisterung aus. Alle nur voll des Lobes, aber niemand weint ihm eine Träne nach. Nicht mal seine Sekretärin. Er war zu stramm auf Karriere getrimmt. Die wollen zwar Macher, etwas Gefühl darf wohl aber auch dabei sein.«

»Bringt sich jemand um, der als kalt gilt?«

»Soll es schon gegeben haben. Seine Frau kommt übrigens nicht infrage, erstens hat sie ein Alibi - sie war auf einer Wohltätigkeitsveranstaltung, zusammen mit einem Herrn Dörnberg. Und zweitens, du weißt ja, warum du ermittelst. Sie braucht einen Täter, um das Geld der Versicherung zu kassieren.« Ralfs Lust zu ermitteln tendierte gegen null. Kein Wunder, dass wir uns im Kreise drehten.

»Wie geht es bei euch weiter?«, wollte ich von ihm wissen.

»Gar nicht. Wenn das Labor diese Pillen in ihm gefunden hat, klappt für uns der Deckel zu. Die Leiche ist seit gestern Abend freigegeben.« Ralf zog mit einem schiefen Lächeln eine Augenbraue hoch.

»Wie läuft dein Laden sonst so?«

»Du weißt doch, man sucht immer Gründe, um zu jammern. Es läuft zurzeit recht rund. Vielleicht gehen viele Opfer lieber gleich zu uns. Ihr macht aus ihren Problemen einen Aktendeckel. Wenn überhaupt.«

»Komm, hau ab. Sonst gibt es eine Verwarnung wegen groben Unfugs.« Ralf grinste und drohte, mit eben jenem Aktendeckel nach mir zu werfen. Ich verabschiedete mich von ihm und war froh, dass ich diesen Raum verlassen durfte. Ralf war ja ganz nett. Chef zu sein, bekam ihm nicht.

Es klang zwar logisch, was er sagte, doch dass es ein amtlich bestätigter Selbstmord sein sollte, ging mir zu schnell. Keine entsprechende Krankengeschichte, flotter Lebenswandel, wie Dörnberg meinte, jede Menge Kohle. Jens Scherer hatte es geschafft: Eine intelligente Frau, schön, Tochter eines einflussreichen Politikers. Was ich am eigenen Leib hatte erfahren müssen. Scherer war auf der Karriereleiter zügig vorangekommen, bis zum leitenden Revisor einer großen deutschen Bank. Seine Karriere war noch lange nicht beendet gewesen. Bringt sich so jemand um?

Auf dem Parkplatz neben der Direktion griff ein Abschleppwagen den Totalschaden aus der KTU. Krachend fiel der Schrotthaufen auf die Ladefläche. Ich konnte die Marke des Autos nicht mehr erkennen. Für die Insassen tödlich.

Beeindruckt von so viel zerfetztem Blech fuhr ich langsamer als sonst zu meinem Termin nach Höchst. Sicherheit kann trügerisch sein, selbst in einem schwedischen Wagen.

## Kelkheim

Eine Stunde hatte ich mich mit Herrn Barthel unterhalten. Er war stellvertretender Betriebsratsvorsitzender. Barthel wollte sich darüber informieren, ob ich ihm bei der Lösung eines innerbetrieblichen Problems helfen könnte. Das versprach lukrativ zu werden. Nach dem Fall Scherer sicher interessant.

Vom Werksgelände in Höchst war ich in zehn Minuten in meinem Büro. Dass ich jemals meinen Schreibtisch und meine Wohnung in einem betulichen Städtchen wie Kelkheim haben würde, hätte ich früher nicht geglaubt. In der Mitte von Frankfurt und Wiesbaden. Im Rhein-Main-Gebiet lebten über zwei Millionen Menschen. Der Speckgürtel lieferte bei wenig Konkurrenz die beste Kundschaft. Und zwischen Hofheim und Bad Homburg war der Speck besonders dick.

Ich fuhr in die Tiefgarage unter der Stadtmitte. Das Klappern der Plastikflaschen im Kofferraum erinnerte mich an den dringend nötigen Einkauf. Ich nahm den Aufzug, auch wenn ich mir immer wieder sagte, Laufen wäre gesünder. Noch verteilten sich meine einhundertfünf Kilo relativ ordentlich auf 1,94 Meter. Siebzig Stufen belehrten mich meistens eines Besseren.

Susanne kam aus unserer kleinen Kaffeeküche.

»Kuchen?« Sie hielt mir ihre Riesenportion frischen Apfelkuchen vor die Nase. Sie wusste genau, dass ich mich am Nachmittag mit dem Essen beherrschen konnte. Allzu gern gönnte sie sich den Spaß, meinen inneren Schweinehund mit den schönsten Leckerlis zu locken.

»Nein, danke, wirklich lieb von dir.«

»Wie du willst. Im Kühlschrank warten übrigens noch drei Stückchen. Nur, wenn du später was brauchst.« Mit dem Teller in der Hand kippte sie im Sessel in eine bedrohlich schräge Position.

Der ehemalige Chefsessel war meinen Rückenschmerzen nicht förderlich. Auf ihrem aufgeräumten Schreibtisch wartete ein Latte macchiato. Er sah nach einem Doppelten aus. Falls es das gab. Mit großem Appetit verputzte sie die Kalorien, die natürlich keinerlei Spuren an ihrer Figur hinterließen. Beneidenswert. Mein Heißhunger kam ab neun Uhr abends. Da schmeckte es am besten, mit sichtbaren Konsequenzen.

»Deine alte Freundin hat angerufen«, sagte sie und schob die überladene Gabel über ihre dezent geschminkten Lippen.

»Wen meinst du?«

»Na, Frau von und zu Scherer. Sie lässt dir ausrichten, dass morgen Nachmittag in Kronberg die Beerdigung ist.«

»Das ging jetzt schnell.«

»Vielleicht möchte sie noch in den Urlaub fahren, bevor das schöne Augustwetter rum ist.« Susanne hatte eine ziemlich schnippische Art. Das entsprach eigentlich gar nicht ihrem spröden, ostwestfälischen Charme. Solange ich nicht das Opfer ihres Spotts war, hatte ich meinen Spaß daran. Wenn Klienten im Büro auftauchten, erschien sie so seriös, dass ich Respekt bekam. Ihre Wandlungsfähigkeit war erstaunlich. Normalerweise trug sie lässige Kleidung. Jeans, Pulli, selten eine Bluse, eher ein T-Shirt. Das passte alles gut zu ihren langen, dunkelblonden Haaren. Hatten Kunden sich angekündigt, half ein kurzer Griff in den kleinen Kleiderschrank neben den Aktenregalen. Nach fünf Minuten stand sie in dunklem Blazer, frisch geschminkt, mit Hochsteckfrisur vor ihrem Schreibtisch, um die potenziellen Auftraggeber zu empfangen.

»Da kommen jede Menge feiner Leute, von denen du was wissen möchtest. Also schwarzer Anzug statt alter Jeans«, sagte sie.

»Der wartet noch in der Reinigung.« Kaum hatte ich es ausgesprochen, hielt sie mir den Zettel entgegen, den sie ganz ordnungsliebend in der obersten Schublade ihres Rollcontainers aufbewahrt hatte.

Bevor ich zur Schnellreinigung an der Ecke ging, wollte ich mir im Internet die genaue Wirkung der Tabletten anschauen, die man in Scherer gefunden hatte. Der PC brauchte eine gefühlte Ewigkeit, bis er endlich hochgefahren war. Zeit, um die Tastatur von dem Papier zu befreien, das den Rest meines viel zu kleinen Schreibtisches erobert hatte. Susanne war froh, dass es kein gemeinsames Büro gab. Sie mochte dieses Elend nicht dauernd sehen.

Auf Wikipedia fand ich eine Beschreibung des Wirkstoffes, den Scherer angeblich freiwillig genommen hatte. Methylphenidat, ein Arzneistoff mit stimulierenden Folgen. Zur Behandlung des Aufmerksamkeitsdefizitsyndroms, kurz ADS. Bei Kindern und Jugendlichen ab sechs Jahren eingesetzt. War im Betäubungsmittelgesetz aufgelistet, gehörte zu den amphetaminähnlichen Substanzen. Die Ärzte verordneten es auch zur Verstärkung von Antidepressiva. Bei starker Überdosierung konnte es zu Krämpfen, Delirium und zum Koma führen. Schließlich Herzstillstand. Alles nicht ohne, was Patienten verabreicht wurde. Apotheker sagten gerne: keine Wirkung ohne Nebenwirkung. Je nachdem, wie dringend jemand ein Mittel brauchte, nahm er die unerwünschten Begleiterscheinungen in Kauf. Manch einer schreckte von vornherein vor der Einnahme zurück. Bei meiner Oma äußerte sich das in einer von Pillen prall gefüllten Handtasche. Das merkte mein tieftrauriger Großvater erst nach ihrem Tod. Wäre es anders gekommen, hätte sie all diese Tabletten genommen? Kein Mensch wusste das. Mein Opa machte sich schreckliche Vorwürfe, nicht besser auf sie geachtet zu haben.

Jetzt war es an mir herauszufinden, wie sich Scherer die Medikamente beschafft hatte. Das wiederum hieße, ich würde der Selbstmordtheorie folgen, was nicht meinem Auftrag entsprach. Der Fall versprach, noch einigermaßen verzwickt zu werden.

# Trauer

Wie konnte es anders sein, bei Beerdigungen regnete es immer. Wenn ich dabei war, kannte Petrus kein Erbarmen. Er verlangte einen Regenschirm. Vor Trauerfeiern legte ich den prinzipiell in meinen Kofferraum.

Der Friedhof in Kronberg lag unterhalb der Altstadt. Die Trauergäste mussten durch die engen Gassen fahren. Mein nicht mehr taufrisches Auto ächzte auf dem groben Kopfsteinpflaster. Die Kurven wurden stetig enger, es gelang mir nur mit Mühe, an keinem der Fachwerkhäuschen anzuecken. Der Talweg zog sich lang hin, bis an die Streuobstwiesen am Ortsrand. Diesem Tal verdankte der Gottesacker seinen Namen, nicht dem hier liegenden Geldadel: Thalerfeld. Jede Menge dunkler Karossen fuhren vor mir her, passend für den Anlass. Die geländefähigen SUV strahlten weniger Pietät, eher die übliche Protzigkeit aus. Ich stellte den Wagen in der äußersten Ecke des Parkplatzes ab.

Eine breite Treppe führte auf eine Anhöhe. Vor mir gingen in einer Reihe junge Männer, die nach Bank aussahen. Gut fünfzig Stufen. Ich musste meinem Hals mehr Platz verschaffen. Einen Schlips hatte ich seit ewiger Zeit nicht getragen. Eine ältere Dame überholte mich und schaute dabei auf meine Finger, wie sie den Krawattenknoten lockerten. Der Weg lag unter Platanen, ihre Blätter gaben kaum etwas vom wolkenverhangenen Himmel preis. Sie schützten vor den ersten Regentropfen.

Die Kapelle sah nach Achtzigerjahre aus. Raue Natursteine wechselten mit glatten Betonflächen. Der Turm stieg zu einem steilen Dreieck an, auf einer Seite von Efeu überwuchert. Die meisten Trauergäste betraten zu zweit den großen Andachtsraum. Fast alle Bankreihen waren besetzt. Ganz hinten saß noch niemand, hier drückte ich mich hinein.

Zwischen all den Köpfen erkannte ich Charlotte. Sie lehnte sich an ihren Vater. Neben vielen Kollegen kamen Leute, die ich für Nachbarn der Scherers oder Bekannte der Eltern hielt. Aus den vorderen Reihen konnte ich leises Schluchzen hören. Die Orgel begann, traurige Töne zu spielen. Aus einem Seitenraum erschien der Pfarrer. Die Trauerzeremonie dauerte eine halbe Stunde. Im Turm begann eine Glocke zu schlagen, mit dem hohen Klang der Totenklage. Sechs Männer in grauer Uniform trugen den Sarg würdevoll aus der Kirche. Gut, dass ich in der hintersten Bank saß. Die ganze Trauergemeinde ging an mir vorbei.

Charlotte hakte sich links bei ihrer Mutter, rechts bei ihrem Vater unter. Eine große, dunkle Sonnenbrille verbarg ihre Augen. Ihr langes Haar fiel ins blasse Gesicht. Die Eltern von Jens Scherer folgten ihnen. Seine Mutter schaffte es nicht, ihre Tränen zu trocknen. Es war ihr Schluchzen, das ich vorhin über die Reihen hinweg gehört hatte. Der Vater hielt sich an ihr fest. Einen Arm um ihre Schultern, seine Hand umfasste ihre. Danach weitere Familienmitglieder. Mit Abstand kam Dörnberg, umgeben von jüngeren Kollegen, alle korrekt im schwarzen Anzug. Ich bewegte mich jetzt aus meiner Bank. Mit einer Gruppe, die ich als Nachbarn oder Freunde aus dem Tennis- und Golfclub einordnete, verließ ich die Kirche. Es begann, heftig zu regnen.

Die Kronberger Burg lag auf der Spitze des gegenüberliegenden Hügels in einem letzten Sonnenstrahl. Dieser Blick auf die Burg und die sich anschmiegende Altstadt war der schönste, den ich bislang auf Kronberg hatte.

Die Sargträger erreichten das Grab. Ich zog mich zurück, um mir die Situation mit mehr Abstand anzusehen. Einige Leute hatten sich vom Trauerzug entfernt. Sie standen an den Grabreihen, die seitlich lagen. Ältere Herrschaften, die nicht zum inneren Kreis der Familie gehörten. Eine einzelne Dame mit ihrem Pudel. Sie war vorher nicht in der Kapelle gewesen. Ein Ehepaar, das keine dunkle Kleidung trug. Nicht dazu passen wollte ein Mann, halb verdeckt hinter einer Platane. Ich schätzte ihn auf Anfang dreißig. Schwarzer Anzug, kurze, braune Haare, sportliche Figur. Er rang mit seiner Fassung.

Mit meinem Regenschirm kam ich näher, grüßte und nahm ihn unter den Schirm. Ich versuchte es mal. »Schlimm. So jung noch. Was aus dem alles hätte werden können.«

Er fing an zu weinen, zog ein Stofftaschentuch aus der Hosentasche und tupfte sich das Gesicht trocken. »Ja, bestimmt.«

»Sie waren Kollegen?«

Er nickte, sah mich jetzt direkter an, wollte einschätzen, mit wem er es zu tun hatte.

»Ja. Und gute Freunde. Wie standen Sie zu Jens?«

»Charlotte hat mich gebeten, ihr zu helfen. Sie versteht es nicht. Ich versuche, die Umstände seines Todes zu klären. Bernau mein Name, Roland Bernau.« Ich streckte ihm meine Hand hin.

»Philipp Gerich.« Sein Händedruck war weich, nicht so übertrieben fest, wie Männer gerne zudrückten. »Ich kenne seine Frau nicht näher. Jens hat sie mir nie vorgestellt. Sie leidet jetzt sicher schlimme Qualen.«

»Sie schafft es nicht, zu begreifen, wie das passieren konnte.«

»Das ist vollkommen verständlich«, sagte er. »Jens und Selbstmord, das kann ich mir nicht vorstellen.«

Vom Grab drangen einige Worte des Pfarrers herüber. Er ließ Erde auf den Sarg fallen, legte die kleine Schaufel ab und reichte Charlotte beide Hände. Gerich drehte den Kopf zur Seite, atmete schwer.

»Kannten Sie ihn so gut, dass Sie das ausschließen können?«, fragte ich.

»Er hatte Ziele. Das wussten alle. Manche Kollegen hielten ihn für kalt. Das war nur die halbe Wahrheit.« Das Reden fiel Gerich jetzt leichter, seine Stimme wurde fester. »Er konnte äußerst nett und höflich sein. Nur bei der Arbeit, da war er manchmal das Gegenteil.«

»Wie soll ich das verstehen?«

»Er setzte sich über die Gefühle anderer hinweg. Wenn er seinen Vorteil sah, gab es für ihn keinen Zweifel mehr, ob er sich für einen Menschen oder für seinen eigenen Nutzen entschied.«

»Dieser Egoismus hat auch Sie getroffen?«

Ich bekam einen kurzen Blick von ihm zugeworfen.

»Einmal.«

Er senkte den Kopf, machte ein paar Schritte vorwärts, drehte sich zu mir um. »Ich beneide Sie nicht darum, der Witwe zur Seite zu stehen. Machen Sie es gut.« Er ging Richtung Friedhofspforte.

Die Trauergesellschaft löste sich allmählich auf. Die Familie blieb noch am Grab, nahm die letzten Trauerbezeugungen entgegen. Dörnberg kam an mir vorbei, winktemir, mitzukommen.

»Was halten Sie von Gerich?«, fragt er.

»Er ist ein offener, gefühlsbetonter Mensch.«

»Stimmt absolut. Er macht aus dem, was er denkt, kein Geheimnis.«

»Sind Ihre Kollegen alle so aufgeschlossen? Vielleicht ein Ausgleich zum strengen Bankgeheimnis?«

»Kommen Sie am Montag in die Bank, finden Sie es selber raus. Ich stelle Ihnen die Mitarbeiter von Scherer gerne vor.« Dörnbergs Blick sollte wohl ironisch wirken. Das passte nicht zum Friedhof.

Ich fuhr nach Kelkheim, erledigte den dringend notwendigen Einkauf. Der Inhalt meines Kühlschranks sackte ständig viel zu schnell auf ein unannehmbares Niveau ab.

Mails checken. Eine Nachricht von Susanne. Sie hatte einen Termin in der Frankfurter Pathologie für mich vereinbart. Ich wollte selbst mit dem Rechtsmediziner sprechen, und mich nicht auf die spärliche Polizeiakte verlassen.

Außer dem Spam, der mir die Vergrößerung bestimmter Körperteile anbot, lag nichts in der Mailbox.

Ich dezimierte wieder einen Gutteil des Kühlschrankinhaltes, bekrümelte mich ordentlich, weil ich, statt anständig am Tisch, lieber auf meinem Balkon aß. Dass es nicht mehr regnete, musste ich ausnutzen. Die Sonne schien flach auf die Frankfurter Skyline. Ich freute mich über diesen Ausblick auf die warm schimmernden Türme. Weit genug weg, nah genug dran.

Ich machte mich noch einmal zu Fuß auf den Weg. Erst ins Büro, aber eigentlich in meine Stammkneipe, dem ›Kleinod‹. Auf meiner PC-Tastatur lag ein neuer Schnellhefter. Susanne hatte mir Informationen über die Deutsche Finanzbank und Jens Scherer zusammengestellt. Studium im Rheingau an der privaten Business School, schneller Aufstieg nach einem Trainee-Programm der Bank, Dozent an der Frankfurt School of Finance. Alles sah stromlinienförmig, geradezu idealtypisch aus. Soziales Engagement in Wohltätigkeitsorganisationen, Mitglied im Kronberger Golfclub, der richtigen Partei beigetreten. Da hätte nichts mehr schief gehen dürfen.

Ich warf nur einen winzigen Blick in den Bürokühlschrank, entdeckte Susannes wunderbaren Original Taunus-Apfelkuchen, genehmigte mir anderthalb Stückchen und ging ins Kleinod.

»Alt? Klein?« Bernd fragte immer noch. Männer mögen es, wenn sie bei der Bestellung nur nicken müssen. Ein Gefühl von Heimat, von Verstandenwerden. Zwanzig Jahre Versuche mit Hefeweizen, Rotwein und verschiedenen Pilssorten, seit Kurzem die Rückkehr zur dunklenDüsseldorfer Marke. Auch eine Art von Tradition.

## Pathologie

Die riesige Gründerzeitvilla in der Kennedyallee sorgte für die nötige Ehrfurcht, wenn man das Institut für Rechtsmedizin Frankfurt betrat. Die Bürotür von Claudia Breker stand offen. Eingehüllt in eine Duftwolke aus Desinfektionsmittel versuchte sie, Ordnung in verschieden hohe Papierstapel zu bringen. »Sie kommen zu spät. Der Vogel ist schon ausgeflogen.« Auch Pathologen waren Ärzte, brauchten sich um ihre Patienten allerdings keine Sorgen mehr zu machen. Sie pflegten ihre eigene Art von Humor.

»Ich weiß, ich war auf seiner Beerdigung.«

»Und jetzt haben Sie noch Fragen? Steht doch alles in der Akte.« Sie schichtete kleinere Stapel zu bedrohlich schwankenden Aktentürmen.

»Ich habe ein Blatt Papier gesehen, mit einem äußerst knapp gehaltenen Text.«

»Was erwarten Sie? Shakespeare, Faust? Selbsttötung durch Arzneimittel in einer Psychiatrie. Ende.«

»Spuren von Fremdeinwirkung?«

»Hätte ich wohl reingeschrieben.«

»Niemand weiß, wie Scherer an das Mittel gekommen ist.«

»Das spielt für einen Gerichtsmediziner keine Rolle. Wir stellen die Todesursache, sonstige Verletzungen oder Krankheiten fest.«

Inzwischen hatte sie ihren Schreibtisch einigermaßen freigeschaufelt. Nun war genug Platz für ein Foto von einem fröhlichen Jungengesicht, das sie neben den Bildschirm stellte. Sie stand auf. Mit ausgestreckten eins achtzig wirkte sie noch überzeugender. »Der Fall ist abgeschlossen. Ich muss jetzt, neue Kundschaft wartet.« Sie drehte sich zu einem Spind um, tauschte den weißen gegen einen grünen OP-Kittel. Über ihre hochgesteckten braunen Haare zog sie eine Haube.

»Wie viele Tabletten hat Scherer den ungefähr eingeworfen? Nur damit ich einschätzen kann, ob er dafür gleich mehrere Packungen brauchte.«

»Steht doch alles –«

»Nein, steht nicht«, unterbrach ich sie.

»Natürlich, vielleicht haben Sie einen schlechten Faxausdruck bekommen.«

»Eher nicht. Ihr Computer kennt die exakten Werte, oder?«

»Herr Bernau, Sie Zeitdieb.«

»Ihr nächstes Opfer wird schon nicht kälter. Außerdem ist Ihr Rechner noch an.«

Mit einem abfälligen Brummen drehte sie sich zum Schreibtisch. »Privatdetektive. Selbstmord in der Psychiatrie. Verschwörungstheorie, was?« Sie hämmerte auf die Tastatur, klickte durch ein Menü. Eine Seite, die genauso aussah wie das Papier in der Polizeidirektion, erschien auf dem Bildschirm. »Hier steht es doch. Wirkstoffe in Blut, Leber und Niere. Verschiedene Mittel, die in der Klinik häufig benutzt werden, kommen dafür infrage.«

»Welche Dosis?«

»Na, Überdosis, was sonst?« Claudia Brekers Blick ging über die neu geschaffene Ordnung ihres Arbeitsplatzes und zielte dann an mir vorbei, Richtung Ausgang.

»Das ist ja sehr konkret, Frau Doktor.«

»Ja, tatsächlich zu schwammig. Das bedeutet sicher nichts.« Sie strich mit beiden Händen den Gürtel entlang, der ihren OP-Mantel zusammenhielt, und machte einen festen Doppelknoten.

»Ist eine genaue Analyse inzwischen aus der Mode gekommen? Sie sind doch eher wegen Ihrer präzisen, umfangreichen Ausführungen gefürchtet.«

»Nett von Ihnen, an diesem Wochenende allerdings ...«

Ihr Mund verzog sich zu etwas wie einem Schmollen. Ich zog meine Augenbrauen einen Tick höher und bewegte meinen Kopf näher zu ihrem. Geheimnisse brauchen Vertrautheit.

»Nun ja, ich hatte drei Wochen durchgearbeitet. Danach waren einfach ein paar freie Tage fällig. Ein neuer Kollege übernahm am Montag auf dem kleinen Dienstweg die Arbeit für mich. Er ist kompetent, hat ein ausgezeichnetes Studium hingelegt, toller Abschluss. Wirklich.«

»Ja?«

»Eigentlich assistiert er noch eine Zeit lang. Bei dem Andrang in den letzten Monaten musste er ordentlich mit anpacken, ob er wollte oder nicht. Das klappte alles wunderbar. Mein Vertrauen hat er.«

Ich versuchte es mit einem verständnisvollen Nicken.

»Für einen Tag Vertretung sollte es auf alle Fälle reichen. Dann ist ein anderer Kollege eingesprungen. Er hat ja keinen schlimmen Fehler begangen. Nur diesen genauen Wert, den hat er nicht analysiert.«

»Holen Sie das für mich nach?«

»Klar. Hätte ich bereits erledigt, wenn es mir aufgefallen wäre. Übermorgen kriegen Sie die exakte Dosis.« Ihre Augen bekamen das Funkeln, das die Termine mit ihr interessant machten.

Im großen, herrschaftlichen Foyer des Instituts fing das Telefon in meiner Hosentasche an zu rappeln. ›Büro‹ leuchtete es mir entgegen. »Hallo, Susanne.«

»Morgen, Roland. Charlotte Scherer hat angerufen. Sie klang aufgeregt, nicht so reserviert wie sonst. Du sollst dich bei ihr melden. Es gibt neue Informationen. Mehr wollte sie mir nicht sagen.«

»Okay. Ich fahre jetzt zur Bank, vorher rufe ich sie an.«

»Alles klar, bis später.«

Der Verkehr auf der Kennedyallee dröhnte zu laut für ein wichtiges Gespräch mit dem Handy. Hier war es nie leise. Der richtige Platz für die Pathologie mit ihren lärmresistenten Patienten. Ich fuhr Richtung Hauptbahnhof, auf der Mainbrücke wählte ich Charlottes Nummer.

»Ja?« Ihre Stimme kam verzerrt aus dem Lautsprecher.

»Bernau. Sie haben etwas Neues für mich?«

»Ja, kommen Sie bitte vorbei. Ich habe mit jemandem gesprochen, der merkwürdige Dinge erzählt hat. Ich verstehe nicht, was das bedeuten soll.«

»Aha, und wer war das?«

»Nicht am Telefon. Wann können Sie hier sein?«

»Am Nachmittag, ich melde mich vorher.«

# Die Bank

Die Oberfläche des Hochhauses in der Mainzer Landstraße bestand aus verspiegelten Fenstern. Es wirkte umso bedrohlicher, je näher ich ihm kam. Die drei Pförtner änderten an diesem Eindruck nichts. Einer von ihnen, der Älteste, trug an der rechten Hand einen braunen Lederhandschuh. Falls es überhaupt eine Hand war. In den Siebzigerjahren hatte ich das bei Kriegsversehrten öfter gesehen. Heutzutage erschien es mir wie aus einer vergangenen Welt. Er kam einen Schritt auf mich zu.

»Wohin möchten Sie?« Kein Bitte, kein Lächeln. Ich war als Fremdkörper identifiziert. Männer in dunklen Anzügen hielten ihre Dienstausweise vor Lesegeräte, Schranken öffneten sich. Mein grobes Wollsakko, die schwarze Jeans, das sah weder nach Banker noch nach einem bedeutenden Kunden aus.

»Ich habe einen Termin mit Herrn Dörnberg. Bernau mein Name.« Auch die Erwähnung eines wichtigen Menschen in der Bank vermochte es nicht, eine Bewegung in das steinerne Gesicht des einhändigen Pförtners zu zaubern. Er griff zum Telefon, drückte vier Zahlen und meldete sich mit einem festen Ton, fast militärisch. »Ein Herr Bernau sagt, er hätte einen Termin mit Herrn Dörnberg.«

Während er auf die Antwort wartete, ließ er mich keine Sekunde aus den Augen. Sie sagten ganz klar: Du gehörst hier nicht rein.

»In Ordnung. Jawohl.« Er legte auf. Mit seiner Linken tippte er auf eine Tastatur. Aus einem kleinen Gerät surrte eine Magnetkarte. »32. Stock, Zimmer 12. Die Karte brauchen Sie für den Aufzug.« Mit seiner rechten, ledernen Hand reichte er sie mir über den Tresen.

Die Schranken öffneten sich. Bis ich im Fahrstuhl verschwand, spürte ich seinen Blick an meinem Rücken. Im Lift fehlten die Etagenknöpfe, stattdessen ein Lesegerät für den Dienstausweis. Ich hielt meine Besucherkarte davor und die Türen schlossen sich.

»Herr Bernau?« Wieder ein Pförtner in einem blauen Anzug.

Ob in jedem der vierzig Stockwerke Sicherheitspersonal auf Besucher lauerte? Vielleicht nur in dieser Lackschuhetage, damit sich der Vorstand ohne Bodyguards bewegen konnte.

»Hier entlang, bitte.« Immerhin war er schon freundlicher. Er wusste genau, wo ich hinwollte.

Dörnbergs Vorzimmerdame residierte hinter einem Schreibtisch, der gut und gerne doppelt so groß war wie meiner. »Herr Dörnberg erwartet Sie bereits bei den Herren der Innenrevision. Wenn Sie mir bitte folgen wollen.« Ihre blonden, aufgetürmten Haare, fast im Stil der Sechzigerjahre, beeindruckten mich. Der enge Rock des dunklen Kostüms ließ nur kleine Schritte zu. Die waren dafür umso schneller. In einer Parfumwolke folgte ich ihr durch die Flure, deren Wände gediegene Werke deutscher Expressionisten zierten.

»Hübsch haben Sie es hier, wirklich nett.«

Die Dame drehte sich kurz um, gönnte mir ein Lächeln und beschleunigte ihr Tempo.

»Bitte.« Sie öffnete eine Tür, hinter der Dörnberg, Gerich, drei weitere Männer und eine Frau saßen.

»Herr Bernau, schön, dass Sie vorbeigekommen sind. Darf ich Ihnen die Kollegen von Herrn Scherer vorstellen?

Herrn Gerich kennen Sie ja bereits. Frau Becker, die Herren Simon, Gerlach und Rohde.«

Ich drückte allen die Hand, nickte jedes Mal brav, nahm den angebotenen Stuhl und holte Papier aus meiner Jackentasche, um mir Notizen zu machen.

»Wenn Sie mir die Arbeit einer Innenrevision erklären, ich bin da nicht so sattelfest.«

Herr Simon sah kurz zu den anderen, um dann für seine Erläuterungen ordentlich Luft zu holen. »Unsere Aufgabe ist es, zu verhindern, dass die Mitarbeiter die Spielregeln missachten. Kredite an Verwandte, zu besonders günstigen Konditionen. Zu riskanter Eigenhandel auf Kosten der Bank. Oder, wie es den letzten Jahren bei unseren Mitbewerbern zum Vorschein kam, Risikopapiere, die niemand mehr versteht. Toxische Geldanlagen brauchen wir nicht.« Mit süffisantem Lächeln blickte er zu seinen Kollegen. »Alles streng geheim nach Außen. Innen fordern wir die vollkommene Transparenz, um uns vor Risiken zu schützen. Quasi vor zu ehrgeizigen Typen, die blitzschnell auf der Karriereleiter hochklettern wollen und Umsatz mit Gewinn verwechseln. Der Fall des Baulöwen Schneider hat hier einigen das Genick gebrochen. Die Hypothekenabteilung konnte sich davon bis heute nicht erholen. Dort beobachtet jeder jeden, so kommt auch kein gutes Geschäft zustande.«

Dörnberg gab Simon ein kurzes Zeichen, dass er jetzt die Erklärungen übernehmen wollte. »Jens Scherer hatte viele Erfolge. Es gelang ihm immer wieder, zu riskante Deals rechtzeitig zu verhindern. Dadurch hat er dem Haus große Summen eingespart. Er besaß einen echten Riecher für Dinge, die aus dem Ruder zu laufen drohten. Das hat seine Karriere deutlich beschleunigt.« Bei seinen letzten Worten ruhte Dörnbergs Blick auf Simon, der in diesem Moment lieber aus dem Fenster schaute. Wahrscheinlich nicht, um sich am Panorama über die Stadt zu erfreuen. Seine Kollegen setzten eine Miene auf, die wohl eine möglichst sorglose Zufriedenheit ausdrücken sollte. Leichtes Nicken, freundlich hochgezogene Mundwinkel. Nur nicht auffallen.

»Wie bekommt man so einen Riecher?«, fragte ich Dörnberg.

»Scherer hatte neben den Prüfterminen, egal ob angekündigt oder überraschend, immer Kontakt zu den Mitarbeitern in den anderen Abteilungen. Er pflegte den persönlichen Umgang, sah sich selber nicht nur als internen Polizisten. Außerdem ist es ja auch im Interesse der Ressorts, die Risiken im Griff zu behalten. Sonst drohen Bonuskürzungen.«

»Gab es Kollegen, bei denen seine Arbeit deutlichere Konsequenzen hatte? Entlassungen oder hoher Schadensersatz?«

»Nein, so weit ist es hier schon lange nicht mehr gekommen. Unsere Kontrollen haben Wirkung, bereits im Vorfeld. Niemand möchte sich die Karriere kaputtmachen. Disziplin ist in unserem

Geschäft die oberste Tugend.« Für mich klang es abgedroschen. Als ob es noch nie einen Bankenskandal gegeben hätte.

»Gibt es persönliche Dinge, die für meine Ermittlungen von Bedeutung sein könnten?«

In diesem Moment hörte ich die Klimaanlage leise rauschen. Das vorher kaum wahrnehmbare Knarren der Bürostühle, das leichte Rascheln von Papier, es war verstummt. Gerich drehte geräuschlos einen silbernen Kugelschreiber zwischen seinen Fingern.

Dörnberg schüttelte den Kopf. »Da ist mir nichts bekannt. Scherer war beliebt. Er hatte keine Feinde im Haus, auch wenn unsere Abteilung zwangsläufig nicht zu den Populärsten zählt. Das liegt in der Natur der Sache.« In der Runde brach allgemeine Heiterkeit aus. Wahrscheinlich musste immer an dieser Stelle geschmunzelt werden. Hier kam ich nicht weiter, jedenfalls nicht so.

Die Tür des Aufzugs war schon fast geschlossen, als sich Gerich mit einer schnellen Bewegung hereinschob.

»Sie und Ihre Kollegen sind ja nicht gerade Plappermäuler. Ich hatte mir mehr Infos versprochen.«

Gerich schloss seine Augen und nickte. Solange wir uns noch im Gebäude aufhielten, sprach er kein Wort.

Vor dem Hochhaus schien die Sonne und der übliche Wind zerzauste mir die Haare. Gerichs Frisur war zu kurz, um zu wackeln.

»Kennen Sie das Weinkontor in Bockenheim?«, fragte er.

»Heute gegen acht wollte ich dort vorbeischauen.«

»Ich werde da sein. Zumindest, wenn Sie etwas stärker aus sich herausgehen.«

»Wein soll sehr anregend sein«, sagte er und bog Richtung S-Bahn-Station Taunusanlage ab.

# Julia

Ich rief noch einmal in Kronberg an und sagte Charlotte, dass ich in zwanzig Minuten bei ihr ankommen würde. Um diese Uhrzeit gab es keinen Berufsverkehr. Die Fahrt in die Wohnviertel der Upperclass ging zügig und war eine einzige grüne Welle an den Ampeln. An der eingebauten Vorfahrt bei einigen Menschen war wohl was dran, manch kürzere Strecke innerhalb Frankfurts dauerte deutlich länger.

Charlotte Scherer wirkte heute aufgekratzt. »Es ist eine Dame hier, die interessante Informationen hat. Eine Reporterin von der Frankfurter Umschau.« Sie schien mich förmlich Richtung Wohnzimmer zu drücken, um schneller an die Lösung des Falles zu kommen.

Auf dem Esstisch lagen eine Menge Papiere. Die Journalistin sah sich die DIN-A4-Blätter so an, als wären diese auch für sie vollkommen neues Material. In jeder Hand hielt sie ein Blatt und wechselte mit ihrem Blick immer wieder von einem zum anderen.

»Darf ich vorstellen, Roland Bernau, Julia Zeiss.«

Wir gaben uns die Hand, sie schenkte mir einen freundlichen Augenaufschlag.

Sie hatte eine angenehm ruhige Stimme. »Herr Bernau, ich war gespannt auf den Privatdetektiv.« Mit beiden Händen streifte sie ihre braunen Haare, die ihr beim Lesen nach vorne gefallen waren, über die Schultern. Ich konnte mein Lächeln nicht unterdrücken. Sie sah nicht schlecht aus.

»Ich hoffe, dass ich Sie nicht enttäusche.«

»Frau Zeiss hat uns ein paar, wie ich finde, äußerst bedeutende Unterlagen mitgebracht.« Charlotte sah dabei erst die Reporterin und dann mich an. »Es erscheint mir außergewöhnlich, dass Frau Zeiss einen Brief mit diesen Papieren am Todestag meines Mannes bekam. Und zwar von ihm.« Jetzt wollte auch ich einen Blick darauf werfen. Die recht groß gewachsene Zeitungsfrau bewegte sich einen kleinen Schritt zur Seite. Meine Neugierde stand mir scheinbar ins Gesicht geschrieben.

Es handelte sich um Fotokopien von Bankunterlagen. Der Briefkopf der Deutschen Finanzbank prangte auf etlichen Blättern. Die anderen konnte ich nicht entziffern, sie waren kyrillisch. Für die Adresse reichte mein Russisch noch aus, sie lautete immer Moskau. Einige Kopien sahen nach Abrechnungsbelegen aus, Maschinenausdrucke einer Buchhaltung. Die Zahlen waren international eindeutig: einfach sehr groß. Hier ging es um Millionen, keine Rubel, sondern die gute, alte D-Mark. Ich musste meinen Zeigefinger bemühen, um die Summen in den Griff zu kriegen. Die Kleineren hatten sieben Stellen, die Masse war achtstellig und manchmal war unter dem Strich etwas mit neun Ziffern. Dreihundertachtunddreißig Millionen. Und ein paar Zerquetschte.

»Der Brief war an die Redaktion zu meinen Händen adressiert. Ich wusste zuerst nicht, was ich damit anfangen sollte. Eine Notiz lag dabei, sonst nichts.«

Sie zog aus einer Klarsichtfolie einen gelben Klebezettel. Jemand hatte eine Handynummer darauf gekritzelt. »Ich habe dort angerufen, es war die Mailbox von Jens Scherer. Ich hatte seinen Namen bis dahin noch nie gehört. Kurz danach standen in den Zeitungen Meldungen von dem vermeintlichen Selbstmord. Jens S., ein Banker, der den Druck des harten Geschäfts nicht mehr aushielt. Per Suchmaschine fand ich allerhand Infos und seine Adresse.« Ihre Finger glitten auf den Papieren entlang wie über ein kostbares Schmuckstück. Natürlich war sie stolz, dass sie diese Unterlagen besaß.

»Warum haben Sie meine Kollegen bei der Polizei nicht informiert? Das ist ein starkes Indiz für ein Fremdverschulden.«

»Die Story muss hieb- und stichfest sein. Nur so kommt sie auf das Titelblatt.« Das kam jetzt etwas zu schnell aus ihr herausgeschossen. Charlottes Gesicht verlor deutlich an Farbe. »Entschuldigung, ich denke momentan in Schlagzeilen. Die Polizei hätte die

Informationen früher oder später veröffentlicht. Dann wäre mein Vorsprung dahin.«

Ich setzte mich an den Tisch und versuchte aus den Kopien schlau zu werden. »Was bedeutet das eigentlich? Große Zahlen und Russen. Das ist ja an und für sich noch nichts Böses.«

Julia Zeiss nahm den Stuhl neben mir.

»Ich habe mich bislang nicht so intensiv mit dem Material beschäftigt«, sagte sie. »Das Datum der Transaktionen liegt im Frühjahr 1990. Eine Summe wird abgebucht und kurz danach das Doppelte eingezahlt.« Ihr Zeigefinger wies auf die entsprechenden Stellen. Charlotte beugte sich über uns und folgte den Ausführungen mit zusammengepressten Lippen.

»Zwei Millionen minus, vier plus, acht runter, sechzehn rauf. Der Gewinn, aus welchen Geschäften auch immer, steigt kontinuierlich. Ob das was mit Börse oder Immobilien zu tun hat, keine Ahnung. Dafür sind nach meiner Erfahrung die Beträge zu rund, nur ganze Millionen.«

»Darf ich das einem guten Freund zeigen?«, fragte ich Julia. »Er ist vertrauenswürdig, ein alter Kumpel seit zwanzig Jahren.«

»Von mir aus, ja. Wenn Frau Scherer nichts dagegen hat.

Es sind bereits Kopien meiner Papiere.«

»Ich bin sicher, dass diese Gelder etwas mit dem Tod meines Mannes zu tun haben. Er schickt Ihnen den Brief und stirbt am nächsten Tag. An einen Zufall kann ich nicht glauben. Herr Bernau, Sie können über die Unterlagen verfügen.«

Sie hatte recht, aber musste es gleich die Russenmafia in Königstein sein? Ging es nicht eine Hausnummer kleiner? Ich sammelte die Blätter ein. »Was hält eigentlich Ihr Chef von dem Thema, möchte er nicht sofort die Auflage steigern?« fragte ich Julia.

»Er weiß noch nichts davon. Ich brauche mehr Fakten, weniger Vermutungen. Wir sind nicht die Blödzeitung.«

Ich grinste. Charlotte hob den Kopf und fand scheinbar keinen Grund, belustigt zu sein.

Julia Zeiss legte die Handtasche auf den Beifahrersitz ihres Cabrios und klappte das Stoffverdeck des japanischen Flitzers zurück. Die Fahrertür knarrte beim Öffnen. Es war nicht mehr das neueste Modell.

»Sie sagen mir Bescheid, wenn Ihrem Freund zu den Papieren was einfällt?« Sie setzte eine Sonnenbrille auf, schaute mich verschmitzt über die Gläser an und reichte mir eine Visitenkarte.

»Gerne, eventuell treffe ich ihn schon morgen. Ich bin mir nicht sicher, ob es für die Aufklärung des Falles nützlich wäre, in den nächsten Tagen darüber in der Zeitung zu lesen.«

»Ach, kommen Sie, vielleicht melden sich Leute, die was wissen. Ist doch Werbung für Sie.« Mit einem rauen Geräusch sprang der Motor an. Ich trat einen Schritt zu Seite, sie winkte mir kurz zu und innerhalb von Sekunden bog der Wagen quietschend in die Kurve. Ihre Haare wehten im Fahrtwind.

Vor dem Termin mit Gerich in Frankfurt blieb noch genug Zeit, in Kelkheim vorbeizuschauen. Im Büro war es deutlich kühler als in meinem Auto. Susanne hatte die Fenster aufgerissen und für ordentlichen Durchzug gesorgt. Ihr Schreibtisch war ja auch aufgeräumt.

»Es ist herrlich bei dir, fehlt nur der Eistee.«

»Der steht im Kühlschrank. Du darfst dich gerne bedienen. Wie lief es bei deiner Witwe?«

»Hier, schau dir das an.« Ich gab ihr die Papiere von Julia Zeiss. »Das erste echte Indiz für einen Mord. Er wusste etwas und er war der Meinung, dass die Presse es wissen sollte. Einen Tag vor seinem Tod schickt er den Brief los.«

»Sauber. Das sind verdammt große Summen. Aber von 1990, wen juckt das jetzt noch?« Susanne gehörte zur Gruppe der Skeptiker, eine weit verbreitete Spezies. Getarnt als Zweckpessimisten, machten sie einem das Leben schwer.

»Ich sehe, du hast die Kernfrage präzise herausgearbeitet. Für die Antwort gibt es die Million bei Günther Jauch. Ruf doch bitte Jürgen Roth an. Ich würde ihn gerne morgen treffen.« Jürgen war absoluter Insider beim Thema Korruption und Mafia. Was er bislang herausgefunden hatte, passte kaum in seine alljährlich erscheinenden Bücher. Bei deren Lektüre verlor ich blitzschnell den Glauben an unseren Rechtsstaat – was mit meinen eigenen Erfahrungen bestens übereinstimmte.

In meinem Büroraum war natürlich kein Fenster geöffnet. Susanne wollte mich davor bewahren, meine Zettelsammlung vom Fußboden aufklauben zu müssen. Knappe vierzig Grad, stehende Luft. Die typische erzieherische Maßnahme seitens einer Frau. Wer nicht aufräumt, darf fühlen. Ich schob meine Papierstapel näher zusammen und legte den Laptop darauf. Jetzt konnte ich ohne Risiko die Fenster öffnen.

Nur ein laues Lüftchen zog in den Raum, von Durchzug keine Spur. Unten am Brunnen spielten ein paar Kinder. Sie drehten kreischend ihre Runden im Wasser. Die Kleinen hatten alle Zeit der Welt. Die Mütter saßen auf den Bänken und waren vermutlich froh, ein wenig Ruhe vor den Plagen zu haben.

»Da würdest du gerne mitmachen.« Susanne erwischte mich beim Tagträumen. Fenster hatten mich schon immer dazu verleitet.

»Natürlich, warum auch nicht? Vielleicht gehe ich am Wochenende schwimmen. Der Brunnen ist doch etwas zu flach.«

»Jürgen Roth hätte morgen einen Termin frei. Mittagessen um eins auf der Berger Straße. Am Uhrtürmchen.«

»Wunderbar. Erst in die Pathologie, anschließend lecker essen.«

»Dir verdirbt wohl gar nichts den Appetit. Ansonsten nimmst du einfach was Vegetarisches.«

»Na ja, so schlimm wird's nicht werden.«

»Brauchst du mich noch? Ich würde heute gerne ins Schwimmbad gehen.«

»Einen erholsamen Feierabend wünsche ich dir.«

Es war eine echte Strafe, in Frankfurt-Bockenheim einen Parkplatz zu suchen. Allzu kreativ durfte ich in der Schlossstraße nicht parken. Das 13. Revier lag direkt neben dem Weinkontor. Nur Bockenheimer mussten hier nicht auf ihren Weinkonsum achten. Niemand wollte Richtung Auto an der Wache vorbeischwanken. Und eine Straßenbahnfahrt quer durch die Stadt gehörte nicht zu einem schönen abendlichen Ausklang.

Der Weinkeller befand sich im Hinterhaus. Im Hof standen jede Menge Fahrräder. Die meisten hatten ihre beste Zeit bereits hinter sich. Wer in Frankfurt ein teures Rad hatte, ließ es kaum aus den Augen. Viele meiner Bekannten trugen ihre guten Stücke sogar in die Wohnung.

Ich stieg die Treppe hinunter, von Gerich war durch die großen Fenster nichts zu sehen. Bei den Temperaturen saßen die Gäste eher im Garten. Hauptsächlich Pärchen, die sich weit über ihre Teller beugten. Das Essen schien bei ihnen nur eine Nebenrolle zu spielen, obwohl es nach allen möglichen Leckereien duftete.

Ich suchte mir im angenehm kühlen Keller eine ruhige Ecke, warf einen Blick auf die Karte, als eine junge Kellnerin vor mir stand.

»Was darf ich Ihnen zu trinken bringen?« Sie flötete so freundlich, allzu lange arbeitete sie in diesem Job noch nicht. Viele ältere Frankfurter Kellner waren stolz auf ihre knorrige Unfreundlichkeit. Bei Studentinnen, die sich ein besseres Trinkgeld versprachen, sah die Sache anders aus.

»Ich hätte gerne einen Grauburgunder.«

»Möchten Sie auch was essen?«

»Einen Salat, keinen so riesigen. Irgendwas Italienisches.«

»Ich kann Ihnen unseren Mediterrane empfehlen.«

»Gut, den bitte. Vielen Dank.«

Sie schenkte mir ihr schönstes Lächeln und verschwand Richtung Tresen.

»Guten Abend, Herr Bernau.« Ich hatte nicht bemerkt, dass Philipp Gerich inzwischen angekommen war.

»Ach, hallo. Sie haben sich angeschlichen.«

»Nein, ich glaube, Sie waren abgelenkt.« Er zog sich einen der Holzstühle zurecht, der ein Geräusch wie Kreide auf einer trockenen Schultafel machte. »Was machen Ihre Ermittlungen?«

»Es geht voran. Trotzdem bin ich erst am Anfang. Es klang so, als ob Sie mir weiterhelfen können.«

Er nahm die Karte, lehnte sich zurück, schaute mich an. Den dunklen Anzug hatte er gegen ein hellblaues Poloshirt und Jeans getauscht. In seinen kurzen, braunen Haaren war jetzt jede Menge Gel.

»Vielleicht, ja. Vermuten Sie, dass es Mord war?«

»Ich warte lieber noch auf ein paar Fakten. In den nächsten Tagen sind wir schlauer.« Ich musste an meinen Termin morgen früh in der Pathologie denken, wollte ihm das aber nicht auf die Nase binden. »Sie haben auf dem Friedhof gesagt, dass Sie nicht an Selbstmord glauben. Und dass Scherer verschiedene Seiten hatte.«

»Ein Grauburgunder. Essen kommt sofort.« Die nette Kellnerin reichte mir den Wein. Gerich bestellte den Gleichen und verzichtete auf Essen, die Bedienung ließ uns wieder allein.

»Jens hatte zwei Gesichter. Mindestens. Ich bilde mir ein, dass ich ihn gut kannte. Besser als andere, auch wenn es nicht immer schön war.« Gerich hatte aufgehört, mir intensiv in die Augen zu schauen. Er schob die kleine Weinkarte mit seinen gepflegten Fingern hin und her. Ich hielt mich mit Fragen zurück, wollte ihm die Zeit geben, das zu sagen, was ihm auf dem Herzen lag.

»Für seine Frau und unsere Vorgesetzten war er der bürgerliche Typ. Konservativ, geradlinig, er passte sich dem Klischee eines Bankers an. Sein Leben in Kronberg mit dem ganzen dort üblichen Trara. Golf und Tennis, Rotarier und Partei.

Unter den Kollegen ließ seine Hilfsbereitschaft deutlich nach. In der Innenrevision sitzen nicht nur trockene Oberbuchhalter, aber manche Methoden waren etwas zu ...«

»Zu investigativ?«

Gerich lachte. »Nein, so würde ich es nicht nennen. Eher Brecheisen. Dörnberg hatte in der Bank eine kleine Bemerkung über Jens gemacht. Er hat dessen guten Riecher und die persönlichen Beziehungen zu vielen Mitarbeitern erwähnt. Das war ein System, das Jens durchzog. Es ist normal, in Gesprächen jenseits der regulären Prüftermine Dinge zu erfahren. Bei ihm hat es Formen angenommen, die nicht korrekt waren.«

Vor meinen Augen tauchte ein Salatberg auf. Ich schob den Teller erst mal weg, Gerich sollte seinen Faden nicht verlieren. Er trank einen Schluck und hielt das soeben gebrachte Glas zwischen seinen Händen.

»Was war nicht korrekt?«

»Er hat den Leuten etwas vorgespielt. Freundschaft, gute Kumpel und so.«

»Das ist noch kein Brecheisen.«

»Jens ging immer weiter.« Das sagte er leise. Er kam ins Stocken, bewegte sich auf seinem Stuhl leicht von der einen auf die andere Seite.

»Er wurde also persönlicher? Intimer?« Seine Augen blieben auf den Wein gerichtet.

»Auch Ihnen gegenüber?«

Er zog das Weinglas zu sich heran. Sein Blick wanderte mit. »Ich möchte, dass sein Tod aufgeklärt wird. Sie sind Privatdetektiv, ich gehe davon aus, dass diese Dinge unter uns bleiben.«

»Ich bin nicht die Pressestelle der Polizei.«

Gerich nickte. »Jens konnte charmant sein. Er gab einem das Gefühl von Nähe, von Verbundenheit. Dann war er nur noch für die anderen der strenge Banker. Ich vertraute ihm.

Es war eine schöne Zeit, voller Zärtlichkeit.« Sein Blick kam wieder höher. Das Gesicht entspannte sich, die angenehmen Erinnerungen schienen durch seinen Kopf zu ziehen. Scherer war also schwul oder zumindest bi gewesen. Das würde Charlotte bestimmt nicht gefallen.

»Wie sah seine andere Seite aus?«, fragte ich ihn.

»Er wollte nicht nur eine private Beziehung. Ich sollte ihm die Unregelmäßigkeiten der überprüften Kollegen zeigen, bevor sie ins Protokoll gelangten. Manche Vorgänge tauchten in den Prüfberichten gar nicht mehr auf.«

»Was machte das für einen Sinn?«

»Sein Ziel war es, die Leute in den Griff zu kriegen. Mit einer Lappalie ging das noch nicht. Steter Tropfen höhlt den Stein, sagte Jens immer. Manchmal war ein größeres Ding dabei. In den letzten

Jahren ist in der Bank einiges passiert, viele Investmentbanker mussten ihren Hut nehmen, der Handel auf eigene Rechnung wurde drastisch reduziert. Wer sich etwas zu Schulden kommen ließ, war weg vom Fenster. Es gab nicht lang Federlesen. Unsere Jungs in London und New York durften fast alle gehen. Die meisten waren Zocker vom Feinsten.« In seiner Stimme schwang beinahe Begeisterung mit. Er konnte mir wieder in die Augen sehen und seine Arme zeigten mit weiten Bewegungen das umfassende System. »Jeder wollte seinen Teil vom Kuchen. Es ging um viel Geld, ob man es Bonus, Provision oder sonst wie nennt. Selbst die Personalabteilung beteiligte man über Bonuszahlungen an den Gewinnen der Spieler. Kaum jemand versuchte noch, die Strukturen zu verstehen, Hauptsache, die Kohle fließt.«

»Und Scherer?«

»Der wollte mehr als die offizielle Prämie. Er hat gesehen, welche Gelder man den richtig guten Zockern zahlt. Da hat kein normaler Taschenrechner gereicht, so groß waren die Summen.«

»Hat er es geschafft?«

»Sein Job war es herauszufinden, wo es in der Bank schiefläuft. Daraus machte er eine Nebeneinnahme. Es war ihm nie genug. Er dachte, es geht ewig so weiter und dass ich ihm helfen könnte, die Kühe besser zu melken.« Philipp Gerich sprach gelassen aus, worum es ging. Erpressung innerhalb der Bank. Das warf ein komplett neues Licht auf den Todesfall. Vielleicht passten so die Papiere von Julia Zeiss in die Geschichte.

»Es sind schon Menschen wegen deutlich geringerer Summen gestorben«, sagte ich.

»Die Beträge, die er den Leuten abgenötigt hat, fielen in Relation zu deren Gesamteinkommen nicht ins Gewicht. An die wirklich Großen ist er nicht rangekommen, aber auch den Kleineren hat es nicht wehgetan. Dreitausend Euro hier, achttausend dort. Die Gebühr für den Golfclub, der Urlaub auf den Seychellen, eine edle Uhr.«

Jetzt wollte Gerich meine Reaktion einschätzen, sein Blick ruhte fest auf mir. Ich genehmigte mir einen ordentlichen Schluck Wein. Angenehm leicht lief er durch meine trockene Kehle.

Der gute Jens war skrupellos gewesen. Die Zahl der potenziellen Täter könnte deutlich in die Höhe schnellen. Welche Beweise gab es? Die Bank würde den Teufel tun, mir Material für einen Skandal zu überlassen. Ob Gerich sich vor Gericht aus dem Fenster lehnen würde, bezweifelte ich. Öffentliche Aussagen hatte er ausgeschlossen. Blieben die Unterlagen von Julia Zeiss. Die stammten allerdings aus dem Jahre 1990.

»Was glauben Sie, Herr Gerich, wie viele hat Scherer zur Kasse gebeten? Und kennen Sie die Namen?«

»Die hat er für sich behalten. Ich denke, es waren mindestens sechs bis sieben, gerne auch gleichzeitig. Er nannte es seine Versicherungspolice gegen Arbeitslosigkeit. Er überspannte den Bogen nicht, er nahm ihnen, was sie sonst selbst verprasst hätten.«

»Möglicherweise hatte einer die Nase voll oder wollte sich grundsätzlich nicht erpressen lassen?«

»Bei uns arbeiten Zocker und Buchhalter, Mörder eher nicht.«

»Die findet man für Geld. Und das gibt es bei Ihnen in Hülle und Fülle.«

Gerich nickte.

Wir drehten uns im Kreis. Motiv und Verdächtige waren reichlich vorhanden. Allerdings noch nichts Handfestes.

## Pathologie II

Früher als geplant kam ich im Institut an. Die Parkplatzsuche entfiel heute, der Besucherandrang hielt sich in engen Grenzen.

Ich klopfte kurz und trat ein, ohne eine Antwort abzuwarten.

»Guten Morgen, Frau Doktor.«

Claudia Breker hatte inzwischen ihre Papiertürme vom Schreibtisch verschwinden lassen. Keller gab es in diesem Haus garantiert genug.

»Haben Sie so was wie *Herein* gehört?«

»Nein, aber ich weiß, dass Sie sich auf eine angeregte Unterhaltung mit mir freuen.«

»Na klar. Ich leide auch stark unter Langeweile. Setzen Sie sich bitte.«

So förmlich war sie selten. Hier lag nicht nur der Geruch verschiedener Chemikalien in der Luft. Ich versuchte, ein erwartungsvolles Gesicht aufzusetzen.

»Wir haben ein neues, differenzierteres Ergebnis der Blutanalyse.« Ihre Schultern hoben sich beim tiefen Einatmen. Sie drehte sich mit dem Stuhl, um ihre Beine unter den Schreibtisch zu bringen. »Es war ein Fehler, nicht gleich die exakten Werte der Substanzen in Scherers Blut zu messen. Das konnten wir korrigieren. Eine Kopie ist für Sie.«

Sie reichte mir ein Blatt, auf dem viele Zahlen und Kürzel standen. Manche Abkürzungen kannte ich von alten Fällen und meinem eigenen Gesundheitscheck. Neben den üblichen Werten, wie Cholesterin oder Leukozyten, waren zwei Zeilen dick unterstrichen.

»Was die Wirkstoffe angeht, hat sich nichts geändert. Methylphenidat und Nebenstoffe. Überdosis, das war bereits klar. Allerdings gibt uns die Menge zu denken.«

Da sie eine künstlerische Pause in ihren Ausführungen einlegte, versuchte ich, aus dem Zahlenwerk schlau zu werden. Vergebens. Ich blickte sie an.

»Die Werte sind eher ungewöhnlich, auch für eine Selbsttötung. Grundsätzlich haben wir wenig Kundschaft, die sich damit umbringt. Es ist manchmal zusätzlich mit im Blut, aber sonst nie die eigentlich tödliche Substanz. Die letale Dosis ist bei Methylphenidat mit den üblichen Tabletten nur in großen Mengen zu erreichen. Scherer ist trotzdem erheblich über das Ziel hinausgeschossen. Ein Drittel davon hätte ihn bereits getötet.«

Ich stieß einen kleinen Pfiff aus. »Es war nicht mit ein oder zwei Packungen getan?«

»Nein, es war eher ein halber Schuhkarton voller Pillen.« Ein interessanter Gedanke. Tut sich das jemand an? Claudia Breker fand die Vorstellung auch abwegig, wenn ich ihren Gesichtsausdruck richtig interpretierte.

»Bei so viel Zeug streikt der Magen«, sagte sie. »Ich glaube nicht, dass er sich die Substanz in Reinform besorgt hat. Das wäre ein zu großer Aufwand.«

Ich fing an, mit meinem Stuhl zu kippeln. »Also doch Mord?«, fragte ich vor mich hindenkend.

»Möglich, vielleicht sogar sehr wahrscheinlich.«

»Na, das ist eine klare Ansage.«

Sie lachte. »Hauptkommissar Schmitz freut sich bestimmt über eine wieder geöffnete Akte. Ich faxe ihm das Ergebnis gleich rüber.«

»Wie schnell wirkt das Zeug in dieser Dosis? Hat ihn das sofort umgehauen?«

»Ich schätze mal rund eine halbe Stunde bis zur Ohnmacht, etwas später der Herzstillstand. Laut Bericht lag er friedlich in seinem Bett.«

# Jürgen

Ich genehmigte mir ein schönes Eis. Schoko und Cappuccino. Für einen Abstecher in den Elektronikmarkt in der Berger Straße blieb noch Zeit. In der Abteilung für Videokameras bewegten sich die Männer zwischen den Regalen wie auf der Jagd. Sie schlichen die Reihen entlang, um Beute zu finden, auf der Suche nach einem neuen Spielzeug. DasMeiste brauchte kein Mensch. Interessant fand ich die winzigen Geräte. Früher lief so etwas unter Überwachungskamera für Spione. Heutzutage schnallten sich das die Kids an ihre Knie, wenn sie mit den Skateboards über die Plätze ratterten. Die spektakulärsten Sprünge gab es bei Youtube zu sehen. Ich kaufte einen Akku für meineKamera.

Die Sonne stand senkrecht, die vielen Straßencafés füllten sich zur Mittagszeit. Jürgen saß bereits beim Italiener am Uhrtürmchen. In der linken Hand hielt er eine Umschau und seine Pfeife, mit der rechten führte er in aller Ruhe einen Espresso zum Mund. Er nahm einen Schluck, stellte die Tasse ab und strich an seinem gepflegten, grauen Vollbart entlang. Ich kam von vorn auf ihn zu. So konnte er mich über die Zeitung hinweg wahrnehmen. Jürgen Roth mochte keine Überraschungen. Seine Recherchen zum Thema Korruption, Politik und Drogenmafia hatten ihn vorsichtig werden lassen.

»Roland, schön dich zu sehen. Setz dich doch bitte.« Bei ihm lächelten nicht nur die Mundwinkel, sondern auch die Augen. Er hatte ein einnehmend positives Wesen, trotz der vielen dunklen Storys, die er zutage förderte.

»Hallo, was steht heute Gruseliges in der Zeitung?«

»Ach, das Übliche. Wegen eines Verfahrenfehlers lässt die Staatsanwaltschaft einen Erpresser laufen. Ein Minister tritt lieber zurück, als die Quelle seines plötzlichen Reichtums zu nennen. Nur so Zeug. Wie jeden Tag also.«

»Die Welt ist schlecht. Das sieht nach Vollbeschäftigung für dich aus. Auf Lebenszeit.«

»Andersherum würde es mir besser gefallen. Und mit sechsundsechzig hätte ich es gerne ein wenig ruhiger. Wenn ich so etwas lese, kommt mir die Galle hoch.« Jürgen konnte sich sehr schnell sehr schön aufregen, aber stets untermauert von Fakten. Mit dem Stil schaffte er es in manche Talkshow.

Der Schatten des Kellners fiel auf mein Gesicht. »Was darf ich Ihnen zu trinken bringen?«

»Einen Latte macchiato bitte."

»Wünschen Sie die Karte?« Er hielt mir ein grünliches Kunstledermäppchen hin. Ich nickte und nahm es ihm ab.

»Du hast mir was mitgebracht?« fragte Jürgen. In seiner Stimme lag ordentlich Neugierde. So wusste ich wenigstens, dass ich nicht seine Zeit stahl. Aus meiner Tasche zog ich die Papiere von Julia Zeiss.

»Sie sind einigermaßen alt, aber für einen Mord hat es jetzt vielleicht immer noch gereicht.«

Er steckte die kurze, geschwungene Pfeife in einen Mundwinkel und schob seine rote Hornbrille auf die Nasenspitze. Mit den Blättern in den Händen lehnte er sich im Korbstuhl zurück. Seine großen Augen zuckten die Zeilen entlang. Aus der Pfeife stieg verstärkt Rauch auf. Ich entschied mich für Tagliatelle mit Meeresfrüchten.

Jürgen nahm die Pfeife aus dem Mund. »Bank, Russen, 1990. Die Filiale der Deutschen Finanzbank Berlin. Schnelle, positive Kontobewegungen. Das klingt nach Wendekriminalität.«

»Muss es gleich ein Verbrechen sein, weil viel Geld im Spiel war?«

»Nein. Zwischen den Buchungen liegen aber oft nur wenige Tage. Kann man auf legalem Wege diese Anzahl an Geschäften innerhalb von Monaten durchziehen? Und jedes Mal mit einigen Millionen Gewinn? Wohl kaum.« Der Kellner stellte schweigend meinen Latte ab. Er war sichtlich beeindruckt von Jürgens Ausführungen.

Ich genehmigte mir ordentlich Zucker und musste beim Umrühren über die Möglichkeiten nachdenken. Warum hatte Jens Scherer diese alten Unterlagen? Wen hatte er am Wickel? Wer mordete deswegen?

»Was heißt Wendekriminalität genau?« fragte ich.

»Zwei Bereiche sind das aus meiner Sicht. Am schlimmsten finde ich, dass westliche Großunternehmen die DDR nach Strich und Faden ausgenommen haben. Wie eine Weihnachtsgans. Vieles im Osten war Schrott, einiges eben nicht. Es gab Rohstoffe: Kali, Salz, Braunkohle. Die westdeutschen Geldhäuser übernahmen für lächerliche Summen die staatlichen Banken der DDR. Das war wie geschenkt, viel Geld, ganz ohne Arbeit. Und der Steuerzahler hat alles an der Backe. Netterweise nennt sich das Sondervermögen Ost, nichts als Schulden, viele davon zugunsten der DAX-Konzerne. Eine gigantische Umverteilung. Das war so gewollt und gehörte nicht zur offiziellen Kriminalität.« Er paffte ein paar Mal mit seiner Pfeife. »Manches ist auf dem kleinen Dienstweg gelaufen. Die verschwundenen Gelder der SED müssen auch irgendwo geblieben sein. Beim zweiten Bereich der Wendekriminalität, der vom Staat verfolgt wurde, ging es um den illegalen Umtausch von Ostmark. Der Wiedervereinigungsvertrag war schon geschrieben, die Menschen erkannten, dass hier eine einmalige Chance lag. So etwas kommt nur ein- bis zweimal im Leben vor. Eine Währungsreform mit Ankündigung, das hat es noch niegegeben.«

»Bankgeschäfte konnte man hinterher zurückverfolgen. Die Gefahr, entdeckt zu werden, war groß. Wie lief das?«

»Jemand leiht sich Westgeld, das er nach einigen Tagen zurückzahlt. Eine Adresse in Moskau. Sie tauschen es in Ostmark um. Zu einem Kurs, sagen wir eins zu sechs. Eine Million West gegen sechs Millionen Ost. Anschließend haben sie es ganz offiziell wieder zurückgetauscht. Eins zu drei. Das war der Umtauschkurs für die Bruderländer, für den Ostblock, wie es im Vereinigungsvertrag steht. Für die sechs Millionen Ost gab es zwei Millionen West. So hat sich das Westgeld verdoppelt. Ohne jedes Risiko. Sie haben aus dem Nichts Geld geschaffen.« Jürgen sah zufrieden aus. Mir klang es entschieden zu simpel.

»Wenn das so locker gelaufen wäre, hätte das doch jeder gemacht. Es hätte sich rumgesprochen, bei diesen Summen!«, sagte ich. »Außerdem, wo kamen solche Mengen Ostgeld her? Die wechselt man nicht mal eben so auf dem Alex oder vor dem Bahnhof Friedrichstraße.«

»Erstens«, Jürgen nahm einen kräftigen Zug aus seiner Pfeife, »haben es viele DDR-Bürger durchgezogen. Von der Verwandtschaft im Westen D-Mark geliehen, schwarz umgetauscht und dann sogar eins zu eins zurückgetauscht. So sollen ganze Altersheime in Ost-Berlin über Nacht reich geworden sein. Zweitens: Die Staatsbank der DDR hat Gerüchten zufolge die Notenpresse noch einmal ordentlich angeworfen. Es gab wohl Bedarf.«

»Unfassbar. Und wir zahlen Soli und die Zinsen für die Schulden der Wiedervereinigung bis zum Jüngsten Tag.«

»Es war ein Riesenfehler, die Fakten der Ostmarkumstellung vorher zu veröffentlichen. Jeder Gauner, ob klein oder groß, konnte seinen Reibach machen. Und woher hast du diese Papiere?«

»Von einem toten Innenrevisor. Er hat es in den Briefkasten geworfen und war einen Tag später in der Pathologie.«

Jürgens Augen blickten noch größer als sonst über die Brille. »Es fehlen die Namen«, bemerkte er, »nur Kontobewegungen und Kreditbewilligungen ohne Unterschrift. Du musst herausfinden, wer den Russen die Gelder genehmigt hatte. Wer das durchgezogen hat, möchte wohl kaum bekannt werden. Sei vorsichtig!«

Ausgerechnet Jürgen sagte das. Er scheute keinen Ärger, jetzt warnte er mich. Ich hatte nicht mehr den allergrößten Appetit auf die Tagliatelle, die der Kellner servierte.

## Anzeigenkunden

Ich wollte unbedingt die Ampel bei Grün erwischen. An der Kreuzung vor dem Polizeipräsidium war das angebracht. In diesem Moment fing das Handy an zu rappeln.

»Hallo?«

»Herr Bernau? Julia Zeiss hier. Hätten Sie kurz Zeit für mich?«

Die Ampel sprang auf Dunkelorange und ich ging in die Eisen. Der Wagen beschwerte sich mit krächzenden Geräuschen, die Wasserkiste kippte um und die leeren Flaschen klirrten über die Ladefläche.

»Ja, gerne. Wo sind Sie gerade?«

»In Sachsenhausen, Südbahnhof. Aber vielleicht können wir das auch per Telefon ...«

»Am Brunnen vor der Alten Oper, in einer Viertelstunde?«

»Bis gleich.«

Die Sonne blendete mich am Ende der Parkhaustreppe. In den Cafés an der Oper saßen, wie immer, die Wichtigen und die Schönen. Auf dem Rand des großen Brunnens sonnten sich die Touristen und die sparsameren Esser. Japaner fotografierten oder filmten permanent. Sie realisierten ihre Umwelt nur noch durch den Sucher ihrer Kamera. Jüngere Leute mit riesigen Rucksäcken kühlten ihre Füße im Wasser. Von Julia Zeiss war nichts zu sehen. Eine leichte Brise ließ die Fontäne Richtung Opernhaus wehen. Die Kinder jauchzten, wenn sie einen Schauer abbekamen. Ich setzte mich auf die trockenere Seite der Umfassung und schloss die Augen. Es war fast wie in Rom.

»So stell ich mir das Leben eines Detektivs vor! Sonne, Muße, ab und zu eine Verabredung mit einer gut aussehenden Frau.« Sie litt nicht unter Minderwertigkeitskomplexen, so viel war klar.

»Sie stehen mir im Licht! Und schon ist es mit der Sonne vorbei.«

»Oh, Entschuldigung, wie konnte ich nur.« Sie setzte sich und zog ihre Handtasche nach vorn, kurz bevor diese im Wasser landete.

»Was ist denn so dringend? Haben Sie wieder Post von einem Toten entdeckt?«

»Nein, eher Ärger mit den Lebenden.« Das schöne Lächeln verschwand. »Ich habe mit meinem Chef gesprochen und ihm die Unterlagen gezeigt. Ich will schließlich weiter recherchieren, dafür brauche ich Zeit.«

Ich bemühte meinen verständnisvollen Blick. Leicht bekümmert, tief in ihre Augen schauend.

»Er hatte eine Besprechung mit der Verlagsleitung. Solange ich keine Beweise vorlege, darf nichts gedruckt werden. Einfach auf Verdacht schreiben oder die Leser nach Hinweisen zu bitten, läuft nicht. Die Bank ist ein wichtiger Anzeigenkunde.« Sie schien Geschmack an ihrer Unterlippe zu finden, so kaute sie daraufherum.

»Vielleicht haben wir ja bald etwas Handfestes. Dann können Sie es wieder versuchen.«

»Sehr freundlich, Ihre Aufmunterung.«

»Nein, ehrlich! Jetzt, wo ich weiß, dass nicht sofort alles in der Zeitung steht ...«

»Ja?«

»Die Gerichtsmedizin hat ein neues Ergebnis. Selbstmord durch Pillen ist praktisch ausgeschlossen. Entweder hatte Scherer die reine Substanz oder sein Mörder. Dreifache Überdosis.«

»Oh, schön. Ich meine, äh, ein wichtiges Puzzleteil.«

»Kein Beweis. Aber merkwürdig genug. Wir müssen mehr über die Hersteller erfahren. Könnten Sie das übernehmen?« Ich gab ihr die Blutanalyse der Pathologin.

»Natürlich!« Das Lächeln tauchte wieder auf. »Dann sind wir quasi Kollegen. In unserer Branche duzen sich alle. Wäre das in Ordnung? Ich meine, wo Sie der Ältere sind?«

»Vielen Dank für Letzteres. Ansonsten gerne. Roland.« Ich reichte ihr die Hand.

»Julia.« Ein Augenaufschlag vom Feinsten.

Ich erzählte ihr von Jürgen Roths Vermutungen. Sie notierte es in ihrem hellblauen Notizbuch.

»Das ist doch was«, sagte sie. »Von solchen Tauschgeschäften während der Wende habe ich schon mal gehört.

Meine sonst so brave Mutter hatte eine Schwester in Ost-Berlin. Der hat sie Westmark geliehen, die hat es eins zu sechs in Ostmark getauscht. Beim gesetzlichen Umtausch eins zu eins hat sie einen ordentlichen Gewinn gemacht und mit meiner Mutter geteilt. So hatten beide was davon.«

»Deine Familie hat ja kriminelle Energie!«

»Nur für den Hausgebrauch. Das hat keinem Einzelnen wehgetan. Wie machen wir jetzt weiter?«

»Ich ruf dich an, wenn ich mehr weiß.«

»Okay. Wir können uns in den nächsten Tagen treffen. In der Bar hinter der Katharinenkirche?«, fragte sie.

»Gut, wir telefonieren.«

Sie gab mir die Hand. Beim Bussi waren wir noch nicht angekommen. In Frankfurt nur eine Frage der Zeit, aber nicht so extrem wie in München.

Es liefen einfach zu viele Menschen mit einem Eis herum. Jetzt wollte ich auch eins. Ich ging über die Hochstraße in die Fressgaß. Der Name war Programm, die Plätze in den zahlreichen Straßencafés ausnahmslos besetzt. Die Schlange an der Eisdiele war mindestens fünf Minuten lang.

Ich holte mir Mokka-Stracciatella. Keine Chance auf einen Sitzplatz und das nachmittags an einem Arbeitstag. Von hessischer Schaffenswut spürte ich nichts, es sah eher südländisch aus. Die Straßenmusiker waren am geschäftigsten. Der Akkordeonspieler spielte ganze zwei Stücke und quetschte sich nun mit Hut und Instrument durch die Reihen. Ein junges Paar unternahm keinerlei Anstrengungen, Geld aus den Taschen zu holen. Der Musiker testete ihre Schmerzgrenze und blieb beharrlich mit seiner Kappe vor ihnen stehen. Eine ältere Dame am Nachbartisch verschaffte den beiden Erlösung. Sie streckte ihren Arm aus und die Kopfbedeckung bewegte sich auf ihre Hand zu. Nachdem er alle Gäste abgeklappert hatte, begann das Akkordeon, vor dem nächsten Café zu spielen. Immerhin ein anderes Stück. Ich wischte mir die Waffelkrümmel von meinem Hemd und ging Richtung Parkhaus.

Im gläsernen Kasten der Sparkasse in der Passage zur Goethestraße stand die Hitze. Ich brauchte noch Bargeld. Hier hörte man nur das Surren der Maschine. Das dicke Sicherheitsglas schluckte das Lachen der Schaufensterbummler. Der Geldautomat schob mir die Scheine entgegen.

Ein bekanntes Gesicht gehörte zu einem Menschen, der sich, ohne Notiz von den Verkaufsauslagen zu nehmen, durch die Straße bewegte. Gestern hatte ich den Mann zum ersten Mal gesehen, in der Bank. Daniel Simon, der Innenrevisor, der angestrengt aus dem Fenster geschaut hatte. Es konnte nicht schaden, wenn ich mit ihm reden würde. Er hatte hundert Meter Vorsprung und ein ordentliches Tempo drauf. Das Rot der Fußgängerampel scherte ihn nicht. Zielstrebig marschierte er über den Goetheplatz, überquerte die Hauptwache. Hinter der Katharinenkirche hatte ich den Abstand halbiert. Seine Schritte verlangsamten sich, das Interesse an seiner Umwelt nahm zu. Er sah sich auffällig unauffällig um. Die Blicke streiften die Leute im Straßencafé, die Schaufensterreihen entlang und fast bis zu mir. Der alte Brunnen auf dem Platz verdeckte mich. Er verschwand in der Sandhofpassage. Ich legte einen Zwischenspurt ein. Als ich im Schatten der kleinen Einkaufsgalerie ankam, war Simon nicht mehr zu sehen. Zügig ging ich an den Fenstern der Lädchen vorbei. Die Geschäftsräume waren nicht tief, ich hätte ihn entdeckt, wenn er irgendwo hineingegangen wäre. Das Hi-Fi-Studio übte auf Männer eine starke Anziehungskraft aus. Es beanspruchte einen großen Teil der Passage. High-End-Röhrenverstärker, Plattenspieler, die man kaum allein tragen konnte, sogar Tonbandmaschinen gab es, zu heftigen Preisen. Männerspielzeug vom Feinsten. Kein Simon. Weder beim Optiker, noch in der Boutique. Blieb das Rechtsamt der Stadt Frankfurt. Oder die Bar für Schwule. Ehe ich das Rechtsamt unsicher machte, überwand ich meine Hemmung und spazierte in das Lokal mit den abgedunkelten Fenstern.

Zu den Klängen von Depeche Mode wirbelte der Barmann den Mixbecher durch die Luft. Das Chromgefäß drehte einen doppelten Salto, bevor er es auseinanderzog. Die Flüssigkeit lief dick und schwer in ein großes Glas. Eine Orangenscheibe zierte den Rand, ein Zahnstocher in die Schale der Frucht, eine Orchideenblüte auf das Hölzchen. Der Barkeeper stellte die kunstvolle Konstruktion auf den Tisch, an dem Daniel Simon saß. Er sah mich an, schenkte der Bedienung keinerlei Beachtung.

»Herr Bernau, das ist eine Überraschung.«

»Guten Tag, Herr Simon. Ist das eine Kaffeepause oder haben Sie Feierabend?«

»Fleißige Leute dürfen bei uns früher gehen. Selten, aber dennoch.« Er zeigte mit seiner Linken auf den ihm gegenüberliegenden Sitzplatz. Ich nahm das Angebot an.

Vom Sakko und der Krawatte hatte er sich befreit, sie lagen neben ihm. »Wären Sie Stammkunde, hätte ich Sie schon einmal hier gesehen. Ein Zufall ist das nicht.«

»Es war einer, dass ich Sie habe reingehen sehen.« Manchmal log ich richtig schlecht. Egal. »War Jens Scherer auch ein Stammgast?«

Er zog den Cocktail zu sich heran. Seine Augen blieben weiter auf mich gerichtet, während er am regenbogenfarbenen Strohhalm saugte. »Sie kommen gleich zur Sache.« Sein Blick wich nicht von mir. »Jens war die Bar zu öffentlich. Er bevorzugte private Treffen. Sehr private.«

Mit dieser Offenheit hatte ich nicht gerechnet. »Warum erzählen Sie mir das?«

»Falls es doch Mord gewesen sein sollte, sag ich's lieber selbst.« Er widmete sich seinem Drink, zog die Blüte von der Orangenscheibe. »Als Jens starb, sonnte ich mich. Zwei Wochen Mykonos.« Er strich fast zärtlich über die Blütenblätter der Orchidee. »Hoffentlich war es keine Langzeitvergiftung. Sonst habe ich ein Problem.«

»Es ging schnell.« Simons Art, dieses Getue und die permanenten, dezenten Anspielungen nervten. »Sein Tod scheint Sie nicht zu berühren. Waren Sie ihm böse?«

»Sehr sogar. Er lockte mit Liebe, heraus kam eine üble Geschichte.«

»Enttäuschter Liebhaber? Das ist nichts Ungewöhnliches.«

»Wenn es nur das gewesen wäre.« Er trank einen größeren Schluck von seinem Cocktail. »Wissen Sie, in unserer Bank gibt es keine Schwulen. Wie in einer Fußballmannschaft. Das könnte dem Geschäft schaden, von wegen seriös und so. Tausende von Männern und kein Homosexueller, unwahrscheinlich, oder?«

Ich nickte.

»Es ist der Karriere bei uns nicht förderlich, wenn man geoutet wird. Das nutzte Jens aus. Informationen und Geld wollte er haben. Bei mir hat er auf Granit gebissen. Ich bin auf meiner Leiter oben angekommen, höher geht es einfach nicht, leider. Mit fünfunddreißig ist das nicht schön. Aber ich habe von dem Laden auch langsam die Nase voll.«

»Scherer lief doch auch Gefahr, von einem seiner Erpressungsopfer als Homo hingestellt zu werden. Warum ignorierte er das Risiko?«

»Er organisierte sein Image, es glänzte sauber und perfekt. Seine Verbindungen, das Wissen, das ganze Umfeld. Er hätte dafür gesorgt, dass derjenige nirgendwo mehr ein Bein auf die Erde kriegen würde.«

»Ein tolles Motiv und dann so ein gutes Alibi. Schade.« Er nahm die Orangenscheibe und biss lächelnd hinein.

Sein Blick wollte mich als Ziel behalten.

# Versuch

»Ein neuer Auftrag.« Susanne winkte mit einer Handvoll Papieren. »Vor einer Stunde kam ein Fax von der Finanzbank. Die Personalabteilung möchte, dass du Angestellte überwachst. Krankmeldungen, eventuelle Nebenbeschäftigungen und so weiter. Großer Aufwand mit einem sauberen Honorar.« Das Wörtchen Honorar schaffte es immer wieder, ein positives Gefühl in mir auszulösen.

»Das klingt nicht schlecht.«

»Na ja, sie haben gleich das Kleingedruckte mitgeschickt.«

»Was heißt das?«

»Du musst Stillschweigen bewahren über sämtliche Dinge, die du von der Bank weißt. Soweit normal. Es betrifft auch Aufträge von Dritten, die in Beziehung zu ihnen stehen.«

Ein leichter Pfiff kam über meine Lippen. »Sie wollen mich kaufen. Wie viel ist es denen wert?«

»Ein Vorschuss von zwanzigtausend Euro.«

»Wirklich nett, dieser Versuch. Wir müssen leider auf diesen unerwarteten Geldsegen verzichten. Ich will mich noch im Spiegel anschauen können. Richte das bitte den Herren aus.«

»Wieder nichts mit der Gehaltserhöhung.« Mit einem Ratsch zerriss Susanne die Faxpapiere, steckte sie in den Reißwolf und schaute mich genüsslich an. Zwanzigtausend. Mindestens.

Nebenan klingelte das Telefon. Ich ging in mein Büro, griff beherzt mit beiden Händen in die Papierberge und entdeckte blind meinen Apparat. »Detektei Bernau.«

»Hier ist Julia. Ich weiß was Neues.« Ihre Stimme wäre für das Radio geeignet. Kuschelrock oder so.

»Das ist aber schön.«

»Nicht wahr? Ich habe einem guten Bekannten die Analyse aus der Pathologie gezeigt. Er war in der alten Hoechst AG Apotheker und hat in seinem Leben allerhand zusammengerührt.«

»Ist das schadlos an ihm vorübergegangen?«

»Soweit ich das beurteilen kann, ja. Nur der Haarwuchs hat gelitten. Dafür ist er ein netter Kerl mit viel Humor.«

»Was sagt er?«

»Pillen für unruhige Jungs enthalten Methylphenidat. Die gehen weg wie warme Semmeln.«

»Na toll, wahrscheinlich sind die Nerven der Mütter auch nicht mehr die Besten. Trümmerfrauen hatten andere Maßstäbe.«

»Leider produzieren etliche Hersteller Methylphenidat. Als das Patent auslief, warfen sich die Generikaproduzenten drauf.«

»Und jetzt?«

»Uli kennt sich aus: Die Wirkstoffe sitzen im sogenannten Trägermaterial. Jeder Pillendreher stellt für diesen Träger seine eigene Mischung her. Bist du noch dran?«

»Ich lausche dir angestrengt.«

»Also, es kann Zucker, Süßstoff, Stärke oder sonst was sein. Da kommt der eigentliche Arzneistoff hinein. Diese Grundmasse ist eine Art Fingerabdruck.«

»Wie sehr schränkt das den Kreis der verdächtigen Pharmariesen ein?«

»Es ist die Firma Neutis in Darmstadt.«

»Oh!« Ich war platt. Julia hatte ganze Arbeit geleistet.

»Das ging schnell, du kannst bei mir anfangen.« Ein lautes Lachen am anderen Ende der Leitung.

»Wenn ich meine Ergebnisse veröffentlichen darf.«

»Das könnte schwierig werden.«

»Na gut. Dann schreibe ich eben mit einem Pseudonym und verweise auf Informanten, die unter Schutz stehen.«

»Meine Klienten wären begeistert.«

»Irgendeine Belohnung muss für mich drin sein.« Ich sah Julias Schmollen direkt vor mir.

»Morgen Abend, acht Uhr, ich lade dich zum Essen ein.«

»Das ist nett. Und gleichzeitig belohnst du dich selbst.«

»So sieht's aus.«

Ich beschrieb ihr den Weg zu einem schicken Bistro in Bad Soden. Das ›Gustav's‹ hielt ich für angemessen. Eine vornehmere Küche und trotzdem ein guter Biertresen.

Auf meiner Seite der Autobahn floss der Verkehr, in der anderen Richtung sah es um diese Uhrzeit nicht gut aus. Halb Darmstadt schien in Frankfurt zu arbeiten. Ich biss das letzte Stück der Banane ab und warf die Schale auf die Beifahrerfußmatte. Es geht doch nichts über ein gepflegtes Frühstück. Susanne hatte einen Termin mit dem Sicherheitsbeauftragten der Firma Neutis vereinbart. Ich nahm die Abfahrt Weiterstadt, fuhr durch die Gewerbegebiete am Stadtrand und bog hinterm Hauptbahnhof auf das Firmengelände. Ein freier Besucherparkplatz erwartete mich. Die Stellplätze in der ersten Reihe blieben den Chefs vorbehalten, die neuen Karossen mit dem Stern auf der Haube gehörten sicher nicht den Fließbandarbeitern. Pharma lief immer, Krankheiten richteten sich nicht nach der Konjunktur.

Der ältere Herr im Pförtnerhäuschen erhob sich von seinem Platz und öffnete das kleine Fenster. »Zu wem möchten Sie bitte?« Er verhielt sich deutlich freundlicher als die meisten seiner moderneren Kollegen. Oft gab es nur einen wortlosen Blick, eine Aufforderung zur Bittstellung.

»Ich habe einen Termin bei Herrn Datz. Bernau mein Name, Roland Bernau.«

Der Pförtner schrieb auf einen Zettelblock, ließ einen mächtigen Metallstempel darauf krachen, riss das Blatt ab und reichte es mir durch sein Fensterchen. »Sie sind bereits avisiert. Verwaltungsbau, erster Stock, Zimmer 110.«

»Ich danke Ihnen.«

Er tippte kurz an seine Schirmmütze.

Das Firmengelände war überschaubar: Ein heller Jugendstil-Backsteinbau mit runden Fenstern in der obersten der drei Etagen, am Ende überragt von einem modernen Hochregallager. Links und rechts davon Produktionshallen in Stahlbauweise.

Hinter der schweren Eingangstür begrüßten mich Mosaike aus der Gründerzeit. Starke Damen in göttlicher Gestalt reckten sich mir mit einem heilsbringenden Licht entgegen. Die Germania der Pillendreher, für eine vollständige Bekleidung hatte es nicht mehr gereicht. Erstaunlich frivol für jene Zeit, aber Mediziner verlangten wohl schon immer nach einem freien Oberkörper. Ich zog mich am gusseisernen Treppengeländer nach oben.

Zimmer 110. Ich klopfte und öffnete die Tür so weit, dass mein Gesicht halbwegs durchpasste.

»Herr Bernau, kommen Sie rein.« Ein schmaler Mensch mit Resten von Haupthaar freute sich. Er drückte mit Kraft meine Hand und wies auf die kleine Besucherecke. »Nehmen Sie Platz. Kaffee?« Bevor ich antworten konnte, warf er seine Espressomaschine an. Mit mächtigem Knarzen mahlte sie die Kaffeebohnen. Ratternd spuckte das Ungetüm die dampfende Flüssigkeit in zwei Tassen. »Jetzt erzählen Sie mal, was uns die Ehre Ihres Besuches verschafft.« Er reichte mir eine Tasse.

»Normalerweise sind Pharmaunternehmen nicht so locker, was potenzielle Schwachstellen ihrer Produktion angeht. Geschweige denn der Werkschutz. Vielen Dank für Ihre Zeit. Und den Kaffee.«

»Herr Bernau, erstens habe ich gestern Abend nach dem Anruf Ihrer Kollegin ein paar Telefongespräche geführt. Sie scheinen mir ein integrer Mann zu sein. Wir waren, im weitesten Sinne, Kollegen.«

Ich nahm einen Schluck und schaute ihn über die Tasse hinweg an.

»Betrugsdezernat, Polizeipräsidium Darmstadt, fünfzehn Jahre durfte ich kleine Gauner jagen.« Er schüttete derart viel Zucker in seine Tasse, dass es selbst meine Portion deutlich übertraf.

»Zweitens bin ich stark daran interessiert, illegale Vorgänge bei uns zu unterbinden. Die Firma Neutis existiert seit einem Jahrhundert. Skandale gehören nicht zur Historie und so soll es bleiben.« Datz rührte lange in seiner Tasse.

»Es ist keine Affäre für Ihr Unternehmen«, sagte ich, »wenn eine geringe Menge einer Substanz verschwindet.« Er stellte seine Tasse auf den Holztisch.

»Da könnten Sie recht haben. Sollte aber tatsächlich hier so etwas passiert sein, erwarte ich von Ihnen Stillschweigen. Im Gegenzug führe ich Sie gerne durch die Produktion und zum betreffenden Herstellungsprozess.« Ein Mann klarer Worte. Ich nickte.

Im Gegensatz zum Treppenhaus entdeckte ich in der Fabrikation nichts aus der Gründerzeit. Riesige Rohrleitungen liefen die Decke entlang. An Fließbändern saßen Arbeiterinnen, die nur noch den ordentlichen Ablauf der Herstellung kontrollierten. Sie trugen Mundschutz und eine Haube für die Haare. Genau wie ich. Das schmückte niemanden, war aber Pflicht. Der Geräuschpegel hielt sich in Grenzen.

Zum Erstaunen meiner Nase stellte diese keine Geruchsbelästigung fest. Das hatte ich schon deutlich anders erlebt.

Datz zeigte auf eine Art Mischmaschine, deren obere Hälfte aus einer Plexiglaskuppel bestand, die untere aus Metall. Kleine Rohre endeten darin. Verschiedene Pülverchen, die völlig identisch aussahen, kamen hier zusammen. Ein Quirl vermengte sie. Er drehte sich derart schnell, dass ich ihn kaum erkennen konnte.

»Die Grundsubstanzen lagern in diesen Vorratsbehältern.« Er wies auf einige Metallkästen hinter dem Mischer.

»Entsprechend der Rezeptur werden sie verarbeitet und zur Presse weitergeführt.« Seine Hand glitt über einen Edelstahlschacht zu einer größeren Anlage, die zuckte und lautstark vor sich hin rumpelte. »Da drin wird der Stoff gepresst.« Von einer Seite rückten ohne Unterlass die leeren Plastikhüllen hinein. Auf der anderen verschwand bedruckte Aluminiumfolie in dem Kasten. Heraus kamen die üblichen Tablettenstreifen mit zehn weißen Pillen.

»Wenn ich Ihre Kollegin, Frau Söllner, richtig verstanden habe, geht es Ihnen nicht um die Dragees.«

»Das stimmt. Uns interessiert der Wirkstoff, die reine Substanz. Es war auch ein wenig von dem Trägermaterial dabei.« Datz ging zum Mischer zurück. Er streifte mit der Hand das Rohr entlang, sah sich seine Fingerspitzen an – sauber – und wirkte zufrieden. »Was Sie suchen, entsteht erst in diesem Gerät. Gleichzeitig kommt die Trägersubstanz dazu. Diese stellt die Masse in den Tabletten. Wir benutzen Zucker, Stärke und ein paar Zusatzstoffe wie Eisenoxid.« Er schaute mich mit angehobenen Augenbrauen an und schien abzuwarten, ob ich ihn verstanden hatte.

»Sie wollen mir sagen, dass es den Wirkstoff bei Ihnen ausschließlich an dieser Stelle und in diesem Apparat gibt. Auch nur mit der gesamten Grundmasse. Und zwei Meter weiter entstehen bereits die Pillen daraus.«

»Genau. Niemand steckt hier beiläufig die Hand rein. Das passiert einzig beim Reinigen. Der Automat protokolliert alle Veränderungen, jede Abweichung von der Norm. Außerdem lässt die automatische Staubabsaugung nur noch geringste Mengen zurück, die anschließend manuell entfernt werden. Eine Handvoll unbemerkt rausnehmen, das funktionierte bei den alten Maschinen, jetzt läuft das anders.«

»Und wer es trotzdem schafft, hat dieselbe Mischung wie in der Tablette, nur in Pulverform?«

»Ich sehe, Sie verstehen mich. Das wäre viel Zeug, das flößen Sie keinem Menschen nebenbei ein.«

Wir gingen ein paar Schritte weiter, der Lärm ließ nach. So leicht sollte mir die Firma Neutis nicht davonkommen.

»Ihre Trägersubstanz entsprach der im Blut des Opfers.«

»Der Täter konnte das Mittel ebenso gut kaufen. Es kann nicht bei uns passiert sein.«

Ich drehte mich im Kreis.

»Ob Sie mit Ihren Ermittlungen jemals etwas finden, bezweifle ich. Irgendeine illegale Pillenküche verwendet womöglich ein ähnliches Trägermaterial, von uns stammt es jedenfalls nicht.«

Datz führte mich nach draußen, unterschrieb meinen Besucherzettel und verabschiedete sich.

Das sah nicht gut aus. Ich würde Julia noch einmal bitten müssen, ihren Apotheker nach diesen speziellen Zusatzstoffen zu fragen. Sonst könnte es wirklich jeder Garagenpanscher gewesen sein, der statt Ecstasy nun Arzneimittel bastelt.

# Neuigkeiten

»Du hast Besuch.« Susanne zeigte in Richtung meines Büros.

»Wer ist es?«

»Du kennst sie. Sie hat nicht so viel Zeit.«

Die Tür zu meinem Arbeitszimmer stand offen, sodass Susanne die Sitzecke von ihrem Schreibtisch aus im Blick behalten konnte. Bei der offenherzigen Ordnung meiner Unterlagen war das sicher gut. Neugierig blickte ich in mein eigenes Büro.

Schwester Angela aus der Hartung-Klinik. Der Tag versprach doch noch interessant zu werden. Etwas an der Spitze ihrer braunen Pumps gefiel ihr nicht. Mit dem Daumen rieb sie dran rum.

»Darf ich Ihnen ein Tuch anbieten? Ich hätte auch Schuhputzzeug.«

Sie drehte sich zu mir um und wurde rot. »Entschuldigen Sie, dieser Fleck stört mich.«

»Kein Problem. Vielleicht habe ich sogar passende Schuhcreme.« Ich war mir nicht sicher, ob sie merkte, dass ich es nicht ganz ernst meinte. Sie wirkte irritiert. Ich setzte mich auf den Sessel gegenüber.

»Guten Tag erst einmal. Was führt Sie zu mir?«

»Guten Morgen. In meinem Kopf kreist alles um Herrn Scherer. Ob ich es hätte verhindern können. Wie er da lag. Es war schrecklich. Seine Situation in den Tagen, bevor es passierte. Deswegen bin ich in der Registratur noch mal seine Krankenakte durchgegangen.«

Schwester Angela stellte auf eigene Faust Nachforschungen an. Und sie kam zu mir. Das bedeutete, dass sie was entdeckt hatte.

»Ich muss mich auf Ihre Verschwiegenheit verlassen. Sonst schmeißen die mich raus.« In ihrer rechten Handfläche hielt sie eine schwarze Tasche. Ihre Finger drückten sich in das Leder. Ehe ich antwortete, sprudelte es weiter aus ihr heraus.

»Ich habe keine Lust, für diese Leute den Kopf hinzuhalten. Meine Unterschrift steht im Visitenbuch. Ich habe ihm ein paar Tabletten gegeben, wie von den Ärzten vorgeschrieben. Daran stirbt kein Mensch.«

»Das stimmt.«

»Genau. Es ist doch nicht meine Schuld! Zuerst kommt die Polizei und dann Sie. Die Patienten sind immer merkwürdiger drauf und wir müssen es ausbaden, wenn die süchtig nach Pillen werden oder vom Dach springen!« Jetzt redete sie sich regelrecht in Fahrt. In ihr hatte sich etwas angestaut, das raus wollte.

»Ich kann mich wirklich auf Ihre Verschwiegenheit verlassen?«

»Sie können es schriftlich haben, kein Problem.«

»Okay, das hätte ich gerne.« Sie lehnte sich auf dem roten Zweisitzersofa zurück. Ich ging zum PC, öffnete das Textprogramm, druckte die Zusicherung aus, unterschrieb das Blatt und reichte es ihr.

»Danke. Sie glauben bestimmt, dass ich übertreibe. Mündliche Versprechen sind nur allzu leicht gebrochen.«

»Entspricht das Ihren Erfahrungen allgemein oder eher denen mit Männern?«

Sie antwortete mit einem erstaunlich kehligen Lachen.

»Herr Bernau, Sie besitzen Menschenkenntnis. Sieht man mir meine Erlebnisse mit der männlichen Psyche an?«

Jetzt konnte ich ein Schmunzeln nicht unterdrücken.

»Nein, aber immer nur positive Beziehungen, wer hat die schon? Möchten Sie etwas trinken? Kaffee, Wasser, Saft?«

»Ein Kaffee wäre nett.«

Susanne warf mir einen amüsierten Blick zu, als ich in die Küche ging. Schwester Angela sollte sich bei uns wohlfühlen.

»Bitteschön.« Ich reichte ihr die Tasse. »Milch, Zucker.« Ich wunderte mich über jeden, der das Zeug ganz schwarz trinken konnte. Sie genehmigte sich beides. »Entschuldigen Sie, ich weiß gar nicht, wie Sie mit Nachnamen heißen. Immer Schwester Angela zu sagen, erscheint mir auf Dauer eigenartig.«

»Zingler. Der Name von meinem Ex, wegen meines Sohnes habe ich ihn beibehalten.« Sie führte vorsichtig die Tasse an den Mund, nahm einen Schluck und stellte sie ab. Mit zwei Fingern schien sie an ihren Lippen fühlen zu wollen, ob ihr roter Lippenstift noch ordentlich aussah.

»Was hat Ihr Aktenstudium ergeben? Haben Sie was Neues entdeckt?«

»Vielleicht wissen Sie es bereits, für mich war es neu. Scherer lag vor zwei Jahren schon mal in der Klinik, bevor ich angestellt wurde.«

Ich lehnte mich in meinem Sessel zurück. Niemand hatte es bislang für nötig gehalten, mir das mitzuteilen. »Interessant. Bitte sprechen Sie weiter.«

»Von Burnout ist da keine Rede. Er hatte ein Problem mit verschiedenen Mittelchen, die er schluckte. In der Akte wird von Entgiftung gesprochen. Es ging allerdings nicht um zu viele Kopfschmerztabletten. Wir sind nicht die Migräneklinik.« Langsam fand sie Spaß daran, Geschichten von ihrer Arbeit zu erzählen.

»Sondern?«

Angela Zingler schlug ihre Beine, die in einer engen Jeans steckten, übereinander und machte es sich auf dem Sofa bequem. »Zu seiner Krankenakte gehört eine Blutanalyse. Da tauchen Stoffe auf, die man sonst nur selten misst, wie eine Art Dopingtest. Aus meiner Zeit beim Deutschen Sportbund habe ich Übung mit Blutproben.«

»Die Werte von Jens Scherer sahen ähnlich aus?« Als Sportler hatte ich die Banker noch nie gesehen, der Vergleich gefiel mir. Speziell, was das Doping anging.

»So Typen brauchen das Zeug natürlich nicht für den Muskelaufbau. Es geht um Durchhalten, Euphorie, Siegeswillen. Aufputschmittel, die wie jede andere Tablette aussehen. Die wirft man nebenbei ein, das ist nicht so auffällig wie Kokain.«

Schwester Angela dachte richtig. Die Gerichte hatten einige Promis verknackt. Ob Sternekoch oder Liedermacher, Koks gehörte in der Szene für viele dazu.

»Wir behandeln allerhand Banker. Manche kommen wegen Burnout oder Depression. In letzter Zeit häufen sich allerdings die

Medikamentenprobleme. Speziell die Jüngeren sind hemmungslos. Die kennen das aus ihrer Technozeit. Loveparade in Berlin, im Studium haben sie weitergemacht. Gegen Prüfungsangst, Schlafmangel, Konzentrationsschwäche.«

»Wie weit ging es bei Scherer?«

»Das Blutbild spricht für sich. Alles, was es in den Clubs zu kaufen gibt. Mein Sohn erzählt mir von diesen Typen, Plastiktüte in der Hand, mit Pillen in allen Farben.« Angela Zingler lebte in der Realität. Eine schöne heile Welt – diese Vorstellung hatte sie hinter sich gelassen.

»Jetzt glauben Sie«, fragte ich, »dass Scherer, egal, ob mit Absicht oder aus Versehen, sich selbst getötet hat?«

»Warum nicht? Er liebte doch das Zeug.«

»Die Gerichtsmedizin hat eine massive Überdosis gemessen. In Pillenform schluckt das niemand.« Ich wartete auf ihre Reaktion, denn nur der Täter und die Ermittler wussten davon. Es dauerte einen Moment.

»Nein! Das heißt, ich bin nicht mehr verdächtig!«

Ihre Überraschung wirkte ehrlich und ich glaubte nicht, dass sie ein so großes schauspielerisches Talent besaß, mir was vorzuspielen. »Die Nachforschungen konzentrierten sich aber vorher auch nicht auf Sie.«

»Das gefällt mir. Es hat sich gelohnt, bei Ihnen vorbeizuschauen.« Ihre Augen strahlten mit den roten Lippen um die Wette.

»Das lohnt sich immer. Sie helfen mir, Licht in diesen Fall zu bringen. Scherer hatte eindeutig seit längerer Zeit Arzneimittel missbraucht. Wenn er sich nicht selbst getötet hat, wovon ich ausgehe, dann wusste das der Täter.«

Ihr schlanker Hals konnte ein Schlucken nicht verbergen. Sie drehte den Kopf zum Fenster, stellte den Blick auf eine undefinierbare Entfernung. Ich ließ sie einen Moment in Ruhe. Aber nur einen kurzen.

»Frau Zingler? Sie haben noch etwas für mich?« Ihre Aufmerksamkeit kehrte zögerlich zurück.

»Ich wollte nicht, dass es so wirkt, als ob ich jemanden anschwärze, um von mir abzulenken.«

»Ja?«

»Es ist eine Weile her ...«

»Klingt interessant.«

»Bei einem Spaziergang in den Wiesen unterhalb von Eppenhain. Es ist schön dort. Kennen Sie die Ecke mit den alten Apfelbäumen?«

Ich nickte. Nur nicht unterbrechen.

»Sie saßen auf einer Bank. Ich ging auf dem anderen Pfad entlang, weiter oben, hab die beiden zuerst nicht erkannt. Wie ein frisch verliebtes Pärchen, eng aneinander geschmiegt, er legte seinen Arm um sie. Ich war platt, als ich es geblickt hab. Dr. Hartung, aber seine Frau ist dunkelblond, die in seinem Arm hatte lange schwarze Haare. Sie drehte sich kurz zu mir um. Ein schönes Gesicht.«

»Kannten Sie die Dame?«

»Damals noch nicht. Bis sie in der Klinik auftauchte. Jetzt bestellt der Chef seine Geliebte schon ins Büro, dachte ich. Denkste, die Kollegin am Empfang sagte mir, sie hätte nach der Zimmernummer von Herrn Scherer gefragt. Es war seine Frau.«

Die Luft rauschte laut aus meinem Mund.

»Herr Bernau, ich weiß, das hat vielleicht gar nichts zu sagen. Ich wollte auch nicht ...«

»Es ist richtig, dass Sie das nicht für sich behalten.« In meinem Kopf ratterte es. Hartung und Charlotte als gemeinsame Giftmörder. Abstruser Gedanke. Warum eigentlich nicht? Er hatte die Mittel und beide ein Motiv. »Haben Sie mit anderen darüber gesprochen?«

»Nein«, sagte sie kleinlaut. »Ich bin nicht verrückt und setze solche Gerüchte in die Welt. Deswegen zermarter ich mir doch das Hirn. Ich konnte nicht schlafen, ich musste mit jemandem drüber reden.«

»Und die Polizei?«

Sie schüttelte den Kopf. »Ich möchte nicht mehr verhört werden. Man kommt sich vor wie ein Übeltäter. Die sorgen ruckzuck für ein schlechtes Gewissen. Ob man schuld ist oder nicht.«

Schmitz und seine Kollegen leisteten ganze Arbeit. So vergrault man Zeugen.

»Ihr Geheimnis ist bei mir gut aufgehoben. Wenn Sie weitere Informationen für mich haben, ich bin jederzeit zu erreichen.«

Ich gab ihr meine Visitenkarte und brachte sie zum Ausgang. Sie war bereits ein paar Treppenstufen hinuntergegangen, als mir eine Frage in den Sinn kam.

»Frau Zingler, hatte Jens Scherer während seines Klinikaufenthalts eigentlich ein Auto?«

»Ja, seinen Dienstwagen.«

»Am fraglichen Abend, war er kurz vorher unterwegs, wissen Sie das?«

»Er kam nach Beginn des Spätdienstes ins Haus zurück. Aber zu Fuß, sein Wagen parkte die ganze Zeit unten neben dem Tor. Ich saß mit meiner Kollegin auf der Bank im Garten. Wir führten unser Übergabegespräch draußen, das Wetter war so schön.«

»Danke, Sie haben mir wirklich geholfen.«

# Ärger

In den engen Gassen von Bad Soden staute sich die Hitze. Es wehte kein Lüftchen. Lachen und laute Stimmen drangen aus dem Garten des Italieners, Geschirr klapperte in der Küche. Ein Duft von Kräutern und Knoblauch fand aus dem geöffneten Fenster seinen Weg zu meiner Nase. Vielleicht hätte ich lieber hier einen Tisch reservieren sollen.

Zwei Ecken weiter war die Schwüle annehmbarer. Die Sonne hatte keine Chance, in die schmalen Gänge der Leopoldpassage zu strahlen.

Die Damen im Kosmetiksalon feilten nach Kräften an den Fingern ihrer eleganten Kundschaft. Der Immobilienmakler schloss seinen Laden ab, sein Gesicht sah nicht nach Feierabend aus. Wahrscheinlich durfte er noch zu einem Termin gehen. Vor dem Gustav's waren alle Plätze besetzt. Banker, überall. Langsam entwickelte ich einen Verfolgungswahn. Vier junge Frauen freuten sich über die Hugos, die ihnen der Kellner servierte. In ihren dunklen Kostümen samt Perlenkette wirkten sie zehn Jahre älter. An der Bar hockten drei Männer, aber nicht nebeneinander. Bier in der Hand, Löcher in die Luft hinter der Theke bohrend.

Auf der gegenüberliegenden Seite der Bar, getrennt durch den Eingangsbereich, setze ich mich an einen der edel eingedeckten Tische. Ein junges Pärchen turtelte, während ihr Eis die Form verlor.

Nach dem ausgedehnten Studium der Karte und einem ersten, kleinen Pils kam Julia. Sie trug eine helle Bluse, einen knapp über dem Knie endenden, bräunlich schimmernden Rock. Die Haare hatte sie hochgesteckt.

»Hallo.« Ich stand auf für die obligatorischen, angenehmen Begrüßungsküsschen.

»Guten Abend, ich hoffe, du wartest noch nicht so lange?«

»Nein, kein Problem. Hast du es gleich gefunden? Frankfurter kommen selten aus ihrer Stadt heraus.«

»Alles bestens, ich kenne mich in der Gegend aus. Das Rathaus ist um die Ecke, für ein Interview mit dem Bürgermeister war ich schon mal da. Probleme mit der Stadtkasse, das Übliche im Lokalteil.« Julia machte es sich im Sessel bequem, zupfte die Bluse zurecht und blätterte in der Karte. Der Kellner wartete unsere Begrüßungszeremonie ab.

»Haben Sie bereits etwas ausgewählt?«

»Einen Grauburgunder, bitte.«

In diesem Sommer verlangten alle diesen Tropfen.

»Gerne. Der Herr noch ein Pils?« Ich nickte.

»Was gibt es Neues? Bist du nach Darmstadt gefahren?«

»Ja, bin ich.«

»Das klingt schlecht.« Julia legte den Kopf leicht zur Seite und formte einen kleinen Schmollmund. »Waren sie nicht lieb zu dir?«

»Doch, kein Problem, der Sicherheitsmensch ist in Ordnung. Er hat mir die Herstellung gezeigt, genau die Maschine, in der das Zeug entsteht. Da liegt der Knackpunkt.«

»Wieso?«

Ich erklärte ihr, wie dort alles funktionierte und warum das Gift nicht aus dieser Anlage stammen konnte.

»Was wollen wir unternehmen?« Immerhin benutzte sie den Plural. Es klang positiv und nicht nach Aufgeben.

»Dein Apotheker muss noch mal ran. Ob in der Analyse der Pathologie jeder Zusatzstoff exakt mit denen der Firma Neutis übereinstimmt. Das ist wichtig. Wenn die nicht passen, können wir Neutis vergessen.«

»Ich werde Uli morgen anrufen.«

Es entstand eine kleine Pause, in der sich unsere Blicke trafen. Das Schweigen dauerte zu lange für eine normale Gesprächspause.

»Was denkt eigentlich dein Freund über berufliche Termine am Abend, nervt ihn das nicht?« Ich hoffte, die wahre Bedeutung meiner Frage war nicht allzu offensichtlich.

»Ich kann mir vorstellen, dass es ihn stören würde. So oft, wie ich unterwegs bin. Da es ihn nicht gibt, hält sich der Ärger in Grenzen.« Ihre Finger begannen, das perfekt aufgedeckte Besteck millimeterweise zu verschieben.

»Das verstehe ich nicht. Warum ist eine attraktive Frau wie du Single?« Noch hatte es ihr das Silberbesteck angetan. Sie richtete fest ihren Blick darauf, aber ihr Mund deutete eine Veränderung an.

»Du bist ja ein ganz Charmanter. Baggerst du jede auf diese Art an?«

Sie schaute zu mir. Das helle Braun ihrer Augen war mir schon beim letzten Treffen aufgefallen. Julia hatte etwas äußerst Anziehendes, und sie wusste es.

»Was heißt hier baggern? Es ist eine Tatsache, dass du gut aussiehst und trotzdem solo bist.« Ich versuchte, sachlich zu bleiben. Zumindest äußerlich.

»Wer will denn eine Zeitungsreporterin? Tödliche Arbeitszeiten, viele Wochenenddienste und Macken habe ich auch, sogar einige.«

Diese Einladung, näher darauf einzugehen, nahm ich gerne an.

»So schlimm wird's nicht sein. Ein Schuhtick und Shopping als Hobby sind heutzutage vollkommen normal.«

Sie lachte. »Das klingt, als ob deine bisherigen Beziehungen nicht auf Intellekt basierten.«

»Du hast wahrscheinlich recht. Ein schönes Lächeln und noch schönere Augen waren mehr als einmal mein Verderben.« Jetzt versuchte ich mich mit einem Schmollmund. Gepaart mit meinem besten Dackelblick musste das einfach wirken.

»Du siehst dich als Opfer der Frauen? Wenn du so weitermachst, könnte ich Mitleid empfinden. Ich glaube aber, das wird nichts.« Ich gab Schmollen und komisch gucken auf.

»Und mit welchen schrecklichen Macken schlägst du jeden Mann in die Flucht?«

»Eigentlich wird umgekehrt ein Schuh draus.« Sie hielt mir ihr Weinglas entgegen, das der Kellner zuvor unauffällig hingestellt hatte, ohne unsere Unterhaltung zu unterbrechen. Vorsichtig stießen wir an und sahen uns beim Trinken tief in die Augen.

»Was bedeutet das? Dein Ex interessierte sich nur für Fußball und starke Autos?«

»Es war eher sein Hang zu Mittelchen, die ihn euphorisch machen mussten. Dann war er nicht mehr ganz zurechnungsfähig. Das möchte ich aber nicht auswalzen. Lass uns den Abend genießen.«

Die Stunden vergingen viel zu schnell. Julia erzählte von ihrer Arbeit und dem ein- oder anderen skurrilen Kollegen. Ich durfte ihr dubiose Kriminalfälle in allen Einzelheiten schildern. Manchmal kam ich mir vor wie mein eigener Großvater. Opa berichtet vom Krieg. Manche Geschichte hatte ich zu oft ausgebreitet. Jede für sich entsprach der Wahrheit, inzwischen schmückte ich sie zu üppig aus. Julia hatte ihren Spaß. Sie zeigte Interesse an Ziel- und Rasterfahndung, Terroristen und Schwerstkriminellen.

Der Kellner öffnete die Türen, um die kühle Abendluft hereinzulassen. Eine leichte Brise zog angenehm durch den Raum. Die meisten Gäste waren gegangen.

»Möchtest du noch was trinken?«, fragte ich sie.

»Vielen Dank, besser nicht.«

»Etwas ohne Alkohol?«

»Das ist lieb von dir. Ich bin müde, morgen früh wartet wieder mein toller Chef auf mich.« Ihr Gesicht ließ keine Begeisterung erkennen. Ich gab dem Ober ein Zeichen.

»Wo hast du deinen Wagen geparkt?«, fragte ich vor dem Gustav's.

»Am Kurhaus, gegenüber der Eisdiele.«

»Was steht in den nächsten Tagen auf deinem Programm? Lokalpolitiker jagen oder Kindergarteneröffnungen?«

Sie gab mir einen Knuff in die Seite. »Du bist ganz schön frech. Ich kann ja nicht jeden Tag über so hervorragende Themen wie Bankermord schreiben.«

»Du denkst an unseren Apotheker? Wenn der nichts Neues liefert, sieht es nach einer Sackgasse aus.«

»Kein Problem, ich rufe Uli morgen an.«

Wir überquerten den Platz hinter dem Rathaus. In den Schaukästen des alten Kinos erlosch das Licht. An den Wochentagen lief keine Spätvorstellung. Ein Schatten schloss den Eingang von innen ab.

»Dahinten steht er.« Julia zeigte in Richtung Park. Ihr Cabrio stand auf der anderen Seite der Königsteiner Straße. Durch die Hecken am Rande der Parkanlagen sah ich, wie die Lampen im ehemaligen Badehaus ausgingen. Einige ältere Herrschaften kamen uns von dort entgegen.

Wir lehnten uns an ihr Auto.

»Vielen Dank für die Einladung«, hauchte sie. »Für den schönen Abend.«

»Weißt du nicht mehr? Es war die Bezahlung einer hervorragenden Informantin.«

»Ich dachte, ich wäre inzwischen deine Mitarbeiterin?«

»Du hast mir echt geholfen.«

Julia lächelte, öffnete die Wagentür. Bevor sie einstieg, kam sie einen Schritt auf mich zu. Vielleicht ging es ihr wie mir, ich mochte sie nicht gehen lassen.

»Hättest du Lust, am Wochenende was zu unternehmen? Im Taunus erträgt man die Hitze besser«, sagte ich. Der Duft ihres Parfums wollte zu mir. Sie roch gut.

»Wenn ich Zeit ...«

Sie blickte über meine Schulter.

Ich drehte mich um. Da traf mich der erste Schlag.

# Harter Kurs

Das Blut in meinem Mund schmeckte nach Metall. Ich hasste es. Der Bursche vor mir war dabei, mein Gesicht zu verunstalten. Er bewegte sich wie ein Boxer. Die Visage passte dazu. Seine Pranke flog auf meinen Kopf zu. Ich duckte mich zur Seite, er traf die Schulter.

Julia schrie. Ein zweiter Mann. Ein Berg von einem Kerl. Er packte sie, schleppte sie vom Parkplatz Richtung Gebüsch.

Mein Kiefer tat höllisch weh, in meinem Hirn drehte es sich. Ich zog meine Fäuste zum Schutz nach oben. Sein Hieb knallte auf mein Ohr. Irgendetwas in meinem Schädel knackte.

Ich drängte vorwärts, tat so, als ob ich zurückschlagen wollte. Soweit war ich noch nicht.

Er tänzelte nach hinten, kam aber gleich wieder. Julias Schreie wurden leiser.

Der Typ prügelte auf meine Deckung ein. Ein dummes Grinsen durchzog sein Gesicht.

Mein erster Schlag ging daneben. Dafür gab er mir mit der Linken einen Leberhaken. Seine rechte Gerade streifte mein Kinn nur. Sonst wäre es dunkel geworden. Er war kein Anfänger.

Ich wich zurück, sein durchtrainierter Körper folgte mir von der Straße zwischen die parkenden Autos.

Meine Faust streckte sich zu einer langen Handkante und schlug zu. Ich erwischte ihn an der Nase. Blut lief über seine Lippen. Seine Finger tasteten den Mund ab, er sah sich die roten Fingerspitzen an. Das hätte er nicht machen dürfen.

Ich verpasste ihm einen mächtigen Schlag gegen die Stirn. Er taumelte nach hinten. In der nächsten Sekunde gab es ein schreckliches Geräusch.

Der schwarze Porsche war vielleicht etwas zu schnell. Mein Angreifer flog durch die Luft.

Der Schädel krachte auf die Windschutzscheibe. Sein Körper drehte sich über das Dach und fiel auf den Asphalt. Der BMW dahinter kam nicht mehr rechtzeitig zum Stehen.

Ich lief in den Park. Im spärlichen Licht der Laternen sah ich ihn zwischen den mächtigen Bäumen. Gute zwei Meter, mindestens hundertdreißig Kilo Lebendgewicht.

Den Aufprall seines Partners konnte er nicht überhört haben. Er sah zum Unfall. Die Scheinwerfer der Wagen leuchteten kreuz und quer, streiften sein Gesicht.

Ich rannte auf ihn zu. Trockene Äste knackten unter meinen Füßen. Er drehte sich zu mir um. Das würde hart werden.

Auf der Straße schwoll der Lärm an. Die Stimmen der Menschen waren schrill. Eine Frau schrie immer wieder, dass doch jemand den Notarzt holen müsse.

Der Riese sah zum Gebüsch. Julia, sie rief meinen Namen.

Immer leiser.

Der Kerl setzte sich in Bewegung. Ich nahm meine Abwehrhaltung ein.

Bevor ich mich versah, verschwand er einfach. Er flüchtete mit erstaunlichem Tempo in Richtung Bahnhof.

Hinter den Bäumen bewegte sich ein Schemen.

»Mir ist schlecht.«

Ich führte Julia ins Helle, sie zitterte am ganzen Körper. Für die Leute am Straßenrand war es der nächste Schock, uns zu erblicken. Ein Pärchen wich zurück.

Julia war von den Büschen völlig zerkratzt. Ihre Bluse hing zerrissen herunter.

Das geronnene Blut schränkte meine Bewegungen ein.

Gesicht, Hals und Hände waren vollkommen verklebt.

Ein Sanitäter tippte dem Notarzt, der vor dem Schläger kniete, an die Schulter und zeigte auf uns. Der Arzt zog ein Tuch über die Leiche, griff seinen Koffer und steuerte auf mich zu. »Sie sehen gut aus. Halloween ist erst im Herbst.« Den Humor von Ärzten mochte ich noch nie. Sein Assistent strahlte mir mit einer riesigen Taschenlampe in die Augen. In meinem Kopf tanzten die Sternchen Ringelreihen. Das grelle Licht schwenkte zu Julia. Ich entdeckte an ihr Gott sei Dank keine größeren Verletzungen. Der Arzt tupfte ihre Kratzer mit einer Tinktur ab. Schönheit vor Blutverlust.

»Haben Sie etwas mit dem Unfall zu tun?«, fragte er.

»Mhmmhm.« Julia war nicht nach einem Gespräch zumute.

»Dann werden die Herren«, er nickte in Richtung eintreffender Polizei, »ein paar Fragen stellen.«

Jetzt kam ich an die Reihe. Mit seinen Handschuhfingern drehte er meinen Schädel in den Strahl der Lampe.

»Bei Ihren Blessuren reicht der Tupfer nicht.« War das Besorgnis in seinem Gesicht? »Wir fahren Sie in die Klinik. Da müssen wir zumindest was nähen, röntgen kann auchnicht schaden.«

»Ich wäre Ihnen dankbar, wenn Sie mich in die Notarztzentrale nach Kelkheim bringen könnten.«

»Da ist keine Radiologie.«

»Ich weiß, röntgen können wir immer noch, aber in Hofheim.«

»Haben Sie was gegen das Krankenhaus in Bad Soden?« Er wusste scheinbar nicht, ob er belustigt oder erstaunt sein sollte.

»Ja.« Zu einer längeren Antwort fehlte mir die Lust.

Damit war das Thema erledigt. Schlechte Erfahrungen sind durch nichts zu ersetzen.

Der Rettungsassistent wich nicht von meiner Seite. Auf den Stufen zur Kelkheimer Notarztzentrale schob er mich mit seiner linken Hand vorwärts, seine rechte umklammerte meinen Ellbogen. Der Eingang schwang automatisch auf.

»Oh!« Der Pfleger hinter dem Empfangstresen sprang hoch, ging über den Flur, öffnete eine Tür und kam mit einem Arzt wieder raus.

»Das lohnt sich«, murmelte der, übernahm mich vom Sanitäter und bugsierte mich zu einer Liege. »Was für eine Maschine haben Sie denn geknutscht?«

»Einen Kraftmeier.« Ich war mir nicht sicher, ob er es verstanden hatte. Meine Lippen fühlten sich an wie Teppichwülste. Sie waren inzwischen auch so groß. Einen Spiegel bot mir niemand an. »Ich werde die Wunden zuerst reinigen. Wir fangen mit der Platzwunde über dem Ohr an. Das sieht übrigens angerissen aus.« Er sah zu Julia und zeigte auf einen Stuhl inder anderen Ecke. »Setzen Sie sich dort hin.«

Ich war froh, dass sie sich die Zeit genommen und mich begleitet hatte. Ob sie morgen arbeiten gehen würde? Eher nicht. Sie wirkte verloren und müde. Das Rendezvous hatte ein ziemlich dummes Ende gefunden.

»Ich habe eine gute Nachricht für Sie.« Wieder ein Mediziner mit Humor.

»Das Desinfizieren brennt heutzutage nicht mehr.«

»Und die Schlechte?«

»Wir müssen nähen, klammern reicht nicht. Vier Stiche, eine Betäubung lohnt nicht.«

»Ach ja. Wie oft haben Sie sich schon ohne Narkose stechen lassen?«

»Ich bin mehrmals täglich dabei. Glauben Sie mir, ich leide mit.« Seine Glaubwürdigkeit hielt sich in engen Grenzen.

»Okay, machen Sie.«

Er werkelte eine Zeit lang an mir herum. Ich war von den Schlägen noch zu betäubt, um allzu viel zu merken. Im Vergleich zu den Schmerzen im Kiefergelenk waren es nur Mückenstiche.

»Schlafen Sie mir nicht ein. Sie müssen ein klein wenig durchhalten.«

Der Pfleger schnitt einen Streifen Pflaster von der Rolle. Man sah den beiden die Übung im Zusammenspiel an.

Mit einem Finger nahm der Arzt das Pflaster und platzierte es über meinem Ohr.

»Das war es schon. Ihre aufgeplatzten Lippen verheilen von allein. Wenn Sie bitte den Mund einmal öffnen.«

Inzwischen war meine Mimik wieder beweglicher.

»Nein, da brauch ich nichts machen. Alle Zähne noch drin. Der Speichel desinfiziert die Verletzungen im Mundraum.«

Ganz langsam schloss ich meinen Mund. Schnell ging nicht.

»Ich schreibe Ihnen ein Schmerzmittel auf. Falls Ihnen übel werden sollte, lassen Sie sich röntgen. Ja?« Ich nickte.

Julia erhob sich aus ihrer Ecke. Ich wollte diesen nach Desinfektionsmitteln duftenden Ort verlassen. Meine Beine wackelten, der Pfleger begleitete uns in den Flur.

Wir nahmen ein Taxi.

»Zu dir oder zu mir?«, fragte ich sie. Ihr Knuff in meine Rippen war diesmal nur angedeutet, dennoch zuckten meine Knochen vor Respekt.

Sie schaute mich an. »Ich möchte heute Nacht nicht gerne allein in meiner Wohnung sein.«

»Kein Problem. Bei mir ist Platz genug.«

Kurz vor eins landeten wir endlich auf meiner wundervollen Matratze. Zähneputzen fiel aus. Sonstiges auch.

## Polizeibekannt

Irgendein Idiot klingelte Sturm. Es war schon hell, auch wenn das im Sommer nicht unbedingt etwas über die Uhrzeit sagte. Ein Auge versuchte, sich zu öffnen. Viertel nach acht. Ich drehte mich Richtung Pantoffeln. Mein Fuß suchte den Boden. Der Depp an der Klingel wollte es wirklich wissen. Der zweite Fuß erreichte den Teppich, mein Rumpf bewegte sich allmählich in die Senkrechte. Julia zuppelte ihre Bettdecke nach oben, bis nur noch ein Büschel Haare rausschaute. Ich zog meinen Bademantel an und schlurfte zur Wohnungstür. Die Menschen hinter dem Guckloch sahen offiziell aus. Die Kommissare Krüger und Giel, man kannte sich.

»Herr Bernau, guten Morgen.«

Ich nickte, drehte mich um und ging in die Küche.

»Sie waren letzte Nacht Zeuge eines Unfalls. Ist das richtig?«, fragte Krüger schon im Gehen.

Ich brummte zur Bestätigung.

»Ist Ihnen der Tote bekannt?«

»Wir haben uns nur ganz kurz getroffen.« Ich strich vorsichtig über mein Gesicht. »Aber er wollte scheinbar was von mir.«

»War Ihre Bekanntschaft rein körperlicher Natur oder haben Sie sich vorher unterhalten?« Ansätze von Humor sogar bei Polizeibeamten.

»Nein, er hat sich weder vorgestellt noch irgendwas gesagt.«

»Glücklicherweise steckte bei dem Herrn ein Führerschein in der Jacke. Ausgestellt von den russischen Behörden. Vielleicht erklärt das seine Schweigsamkeit.«

Der Morgen versprach, interessant zu werden.

»Möchten Sie einen Kaffee?«

Krüger drehte sich zu seinem älteren Kollegen. Dessen Figur zeugte von stetem Appetit. Giel nickte, zog einen Stuhl heran und setzte sich ungefragt. Die Espressomaschine lärmte ordentlich, dreimal hintereinander. Wahrscheinlich endete jetzt JuliasNacht.

»Kann es sein«, begann Giel, »dass Sie den Unfall, der natürlich unter unglücklichen Umständen geschah, durch Ihren körperlichen Einsatz begünstigten?«

»Das haben Sie schön gesagt. Ja, ich würde mich besser fühlen, wenn niemand über uns hergefallen wär. In jeder Hinsicht.« Ich schilderte den beiden den gestrigen Abend. Es lohnte sich nicht, irgendetwas zu beschönigen. Falls ein anderer Zeuge widersprechende Aussagen gemacht hätte, wäre meine Glaubwürdigkeit futsch.

Giel hörte gar nicht mehr auf, seinen Kaffee umzurühren. Gepaart mit dem Klimpern des Löffels ließ mich der Duft der Bohnen an angenehmere Dinge denken. Ich musste mich zusammenreißen, um nicht in Meditation zu versinken. Gerade Polizisten wollten ernst genommen werden.

»Am Straßenverkehr bin ich nicht schuld. Der Typ prügelt auf mich ein, ich schlage einmal zurück. Eindeutiger kann Notwehr nicht sein.«

»Okay, davon gehen wir aus«, sagte Giel. »Ein Unfall mit Todesfolge unter vorheriger Gewalteinwirkung löst im Büro leider Hektik aus.«

Ich nickte. »Klar, versteh ich, das muss sein.«

Ein Verhör bei Kaffee und alten Brötchen. Krüger bohrte weiter. »Was glauben Sie, warum sind diese Schläger ausgerechnet über Sie hergefallen?«

»Um uns zu beeindrucken.«

»Wie meinen Sie das?«

»Die beiden haben keine Fragen gestellt, es war kein Raubüberfall, also bleibt nur eine Drohung übrig. Eine Warnung vor Schlimmerem. Der Russe hätte womöglich noch was gesagt, wenn er nicht unter die Räder gekommen wäre.«

Giel hob die Hand, um von Krüger zu übernehmen.

»Das deckt sich mit unseren Informationen. Der Tote war zur Fahndung ausgeschrieben. Seinem Datenblatt zufolge schüchterte er Menschen ein, im Auftrag von Kreditgebern oder Vermietern. Landläufig nennt man das Moskau-Inkasso. Man setzt sie gerne bei säumigen Schuldnern ein, bei Mietnomaden klappt das wohl gut.«

»Nein, ich bin schuldenfrei. Die Wohnung ist bezahlt, ich kaufe keine Autos auf Pump und mein Wirt ist auch mit mir zufrieden.« Vom anderen Ende des Flurs hörte ich die Dusche. Diese schöne Unterhaltung unter Männern konnte nicht ewig weitergehen.

»Vielleicht hat es mit einem Ihrer Fälle zu tun?«, fragte Giel.

»Ehemänner, die ich in flagranti erwische, bemühen selten russische Schlägertrupps.« Ich stapelte lieber tiefer, Rosenkriege gehörten nicht zu meinen Aufträgen.

Giel erhob sich. »Ich verstehe Ihre Angst, Kundschaft zu verlieren. Wir brauchen aber weitere Informationen. Auch Ihrer Gesundheit könnte das zuträglich sein. Wer weiß, möglicherweise kommen diese Herren aus Russland noch einmal auf Sie zu.«

Giel sprach aus, was auf der Hand lag. Dieser unschöne Gedanke hatte sich bereits in meinen Hinterkopf geschlichen. Ich brachte die beiden nach draußen.

Der Geruch von einem Rasierwasser, das ich niemals benutzen würde, hing zu nah an meinen schrumpeligen Vortagsbrötchen. Ich öffnete das Küchenfenster und sog die frische Morgenluft in meine Lungen.

Leberwurst und Marmelade erschienen mir als die geringste Belastung für mein Kauwerkzeug. Das Kiefergelenk meldete sich mit jedem Bissen. Die Treffer des Russen zeugten von praktischer Übung. Hatte ihm auch nichts genützt.

»Morgen.« Ein nasser Wuschelkopf schlich herein. »Haben mir die Herren was übrig gelassen?«

»Die waren nur durstig.«

Irgendwie fühlte ich mich nicht in der Lage, aufzuspringen und Julia den Stuhl zurechtzurücken. Eine Handbewegung musste diesmal reichen. Mein grauer Jogginganzug schlapperte an ihr herum. Sie drückte das Brötchen. Ganz langsam, wie in Zeitlupe, nahm das Backwerk wieder seine Ausgangsform an.

»Du siehst nach einem schlechten Traum aus. Hast du was geträumt?«, fragte ich sie.

»Eine Mischung aus ›King Kong‹ und ›Jurassic Park‹, schrecklich realistisch. Aufwachen ging nicht. Es hat ewig gedauert, bis ich gerettet wurde.« Trotz der vielen Kratzer und Flecken im Gesicht war sie schön anzuschauen. Ihre Augen hatten den Glanz nicht verloren.

»Welcher strahlende Held durfte dich retten? Ein blonder Hüne oder eher ein Athlet mit meiner Figur?«

»Weder noch, es war«, sie schaute an mir vorbei, »es war der Boden.«

»Ja?« Sollte ich mir Sorgen machen?

»Ein Monster jagt mich, T-Rex und der Kerl in einer Person. Er schnappt nach mir, ich beweg mich wie in Gelee. Ich stürze, er steht über mir und brüllt. Auf einmal dreht sich die Erde, schneller und schneller. Ich kann mich an einem Baum festhalten. Ein Riss im Boden tut sich auf und verschluckt den Kerl. Er schreit, er versucht sich an Wurzeln und Felsen zu klammern. Alles bebt und sein Schreien verschwindet.«

Das Klirren ihres Kaffeebechers auf dem Teller holte mich in die Gegenwart zurück.

»Das klingt nicht schön.«

»Ich war froh, dass ich aufgewacht bin.«

»Beide Gauner sind verschwunden, einer für immer.«

»Lieber der als einer von uns!«

»Das ist wahr.«

»Was meinen die Polizisten, gibt es eine Spur?«

»Nur den Namen des Toten, ein Russe.«

Julias Hand zuckte, ein nervöser Tic. »Was denkst du, wer dahinter steckt?«

»Ich glaube weder an einen Zufall, noch an einen alten Fall als Ursache. Vielleicht waren es die Freunde einer Moskauer Bank, die vor langer Zeit in Berlin ordentliche Gewinne eingestrichen hat.«

Sie führte den Becher an ihren Mund, nahm einen kleinen Schluck und schloss die Augen. »Soll das heißen, die Russenmafia ist hinter uns her?« Ihre Stimme klang unruhig.

»Das nehme ich nicht an. Was nützt eine Warnung ohne Absender? Wenn wir zu nah dran wären, hätte es nicht nur Prügel gegeben.«

»Na, jetzt bin ich aber erleichtert. Wüssten wir mehr, gäbe es eine Kugel, oder was?«

Ich musste lachen. Julias Lebensgeister kamen zurück.

»Genau, dann wär Ruhe.«

Sie stand auf, ging in den Flur, drehte sich zu mir um.

»Ich finde es nicht lustig. Du hast Erfahrung mit diesen Verrückten. Mir wird ganz schlecht bei dem Gedanken, dem Kerl von gestern Abend wieder zu begegnen. Ich dachte, ich überleb es nicht. Der hat mich gegriffen, mit einer Gewalt, wie ich es noch nie erlebt habe. Von dir war nichts zu sehen. Ich konnte nicht mal schreien! Er hat seine ekelhaften Finger auf meinen Mund gedrückt und mich einfach weggeschleppt. Ich lag auf der Erde, er hat sich auf mich gehockt und meinen Kopf in den Matsch gequetscht. Und du sagst, es hat nur Prügel gegeben!« Sie verschwand im Flur. Im nächsten Augenblick knallte die Schlafzimmertür.

Ich klopfte und wartete einen Moment. Der Türgriff quietschte. Die Tür mehr als einen Spalt zu öffnen, traute ich mich nicht. Sie saß im Sessel am Fenster, mit den Händen umfasste sie ihr Gesicht. In meinem Hals saß ein dicker Kloß. Ich ging zu ihr, kniete mich hin und versuchte möglichst leise zu sprechen.

»Entschuldige bitte. Das war reichlich dämlich von mir.« Tränen liefen über ihre zerkratzten Wangen. Sie drehte sich weg, machte kein Geräusch. Ich legte meinen Arm auf ihren. Unter dem Stoff spürte ich, wie sie zitterte.

»Ich bin manchmal etwas zu sarkastisch. Gestern, das war hart. Ich glaube, Sprücheklopfen ist meine Art der Bewältigung. Verzeih mir, ich hätte wissen müssen, was es für dich bedeutet. Ich bin ein echter Idiot.«

Sie schniefte, wischte sich die Tränen weg und schaute mich an. »Das bist du. Ich komme hier her, weil ich Angst habe, allein zu Hause zu sein, und du verbreitest noch mehr Panik. Sehr einfühlsam!« Sie fummelte ein Taschentuch aus ihrer Handtasche. »Ich blöde Kuh denke, ich habe eine tolle Story. Endlich was Heißes!« Sie schnäuzte sich kräftig.

»Scheiß Ehrgeiz.« Das klang viel besser. Ihre Finger legten sich auf meine Hände. »Glaubst du eigentlich selbst die Horrorgeschichten, die du erzählst?«

»Unser Fall muss gar nichts mit den Russen zu tun haben. Es gibt einige Verdächtige. Leute aus der Bank, Scherers Erpressungsgeschichten oder womöglich sogar ...«

»Ja? Hast du mir was verschwiegen?«

»Nein, natürlich nicht. Ich bin nur noch nicht dazu gekommen, es dir zu sagen.«

Ein Brummen war der erste Teil ihrer Antwort. »Du Heuchler, sag schon!«

Ich erzählte von Schwester Angela, vom Verhältnis zwischen der Witwe und Dr. Hartung. Ihr Gesicht hellte sich auf. »Na, das ist doch was Neues.«

## Eins nach dem anderen

Nach einer Dusche unter Schmerzen sah ich einigermaßen menschlich aus. Abgesehen vom Pflaster auf dem Ohr, einer bunten Visage und den aufgeplatzten Lippen alles bestens.

Unsere Autos standen in Bad Soden. Das Taxi hielt hinter dem Blumenladen am Kurpark. Der riesige Blutfleck beeindruckte die Spaziergänger, am Straßenrand diskutierten Rentner über den angeblichen Tathergang. Obwohl die Feuerwehr in der Nacht ordentlich geschrubbt hatte, war die Blutlache deutlich sichtbar. Julia schüttelte sich. »Wie geht's weiter?«

»Du sprichst mit deinem Apotheker. Der genaue Vergleich des Giftes und der handelsüblichen Pillen ist der Dreh- und Angelpunkt. Ich werde mir Hartung vorknöpfen. Charlotte Scherer kommt als Nächste dran.«

»Sind die Russen nicht mehr aktuell?« Diese Frage sprach sie vorsichtig aus.

»Doch, leider. Irgendwie muss ich herausfinden, wer damals in Berlin die Kredite bewilligt hat.«

Statt eines Bussis, drückten wir uns ruhig.

Ganz wohl war mir nicht, sie fahren zu lassen.

Aus der Entfernung ahnte ich es. Wer vor dem Quellenhof ohne gültigen Parkschein stand, wurde prompt bestraft. Ein Strafzettel zierte meinen Scheibenwischer. Irgendwann müsste sich das Blatt wenden, immer nur Ärger, das konnte nicht so bleiben.

Im Rückspiegel sah meine Lippe noch besser aus. Alle Farben des Regenbogens.

Eifersucht und private Beziehungen waren nach der Statistik das Hauptmotiv für Mord. Nicht von mysteriösen Fremden, sondern von der eigenen Familie oder dem direkten Umfeld ging die größte Gefahr für Leib und Leben aus. Chefarzt Dr. Friedrich Hartung hatte eine schöne Geliebte und bestimmt auch ein wunderbares Labor.

Heute musste es der Parkplatz vor dem Eingang sein. Meine Knochen fühlten sich dem steilen Weg zur Klinik nicht gewachsen.

»Guten Tag, wo finde ich Dr. Hartung?«

Diesmal bewegte sich ihr Blick sofort nach oben. Die Dame an der Rezeption musterte mich, sicher mit der Frage im Hinterkopf, ob meine Erscheinung und ihr Chef irgendwie zusammenpassten.

»Haben Sie einen Termin?«

»Ja«, log ich, »mein Name ist Bernau. Ich komme, um den Fall Scherer zu untersuchen.«

Das beschleunigte ihre Bewegungen. Sie griff zum Telefon.

»Hallo, Rita. Hier ist der Herr Bernau für Herrn Dr. Hartung. Wegen dem Scherer, du weißt schon.« Sie schaute mich kurz an, mein Anblick war eindeutig unangenehm für sie.

»Danke, ich schick ihn hoch.« Sie legte den Hörer bedächtig auf den Apparat. »Erster Stock, rechter Flur, Zimmer 12.«

Eine weiße Doppelflügeltür. Ich klopfte und trat ein, ohne eine Antwort abzuwarten.

»Guten Morgen, Herr Bernau. Sie können gleich durchgehen.«

Die Chefsekretärin war wesentlich älter als ich es erwartet hatte. Nach meiner ersten Begegnung mit dem smarten Hartung dachte ich an etwas Jüngeres. Jeder pflegt seine Vorurteile. Ohne eine Miene wegen meines Anblickes zu verziehen, wies sie in Richtung Chefbüro. Ein dickes Lederpolster auf der Innenseite der offenstehenden Tür schützte die Gespräche des Chefs vor der Außenwelt. Ich ging hinein und schloss die Tür.

Er saß hinter einem mächtigen Möbel. Man hätte drei Schreibtische aus so viel Holz bauen können. Unbeirrt von meiner Anwesenheit unterschrieb er einige Briefe. Bedächtig klappte er die Mappe zu und legte den schwarzen Füllfederhalter auf die grüne Lederunterlage.

»Herr Bernau«, er erhob sich aus einem abgewetzten Ledersessel, »schön Sie begrüßen zu dürfen. Sie sehen mitgenommen aus, hatten Sie einen Autounfall?«

Er kam auf mich zu und griff mit beiden Händenmeinen rechten Arm. Seine Augen tasteten mein Gesicht ab. Ich erwartete jeden Moment eine ausführliche Diagnose meiner Blessuren.

»Nein, kein Unfall. Das war Absicht. Allerdings nicht meine.«

»Sie sind überfallen worden?« Im Gegensatz zu seinem herzlichen Empfang klang das weniger gespielt. Nach meinem Geschmack für einen Mann aber immer noch zu pathetisch.

»Irgendjemanden stören meinen Ermittlungen.«

»Entsetzlich! Sie reden von einem anderen Fall?« Hartung bot mir einen Stuhl an. Er setzte sich und kippte in seinem Sessel fast in die Horizontale.

»Wir sprechen vom Fall Scherer.« Vorsichtig ließ ich mich auf dem Sitz nieder. »Der Täter scheint nervös zusein.«

Er sah mich über seine Brille hinweg an. »Täter? Verstehe ich nicht?« Aus seiner Schräglage wurde einKippeln.

Ich versuchte, es beiläufig rüberzubringen. »Sie wissen es noch nicht? Es war Mord. Das hat die Pathologie eindeutig festgestellt.«

Er hörte auf, mit dem Sessel rumzuwackeln. Seine Lippen verloren ihre Röte, er presste sie aufeinander. Der Chefarztstuhl knarrte, als ob sein Besitzer im Moment deutlich an Gewicht zugelegt hätte. Eine unangenehme Ruhe lag in diesem Raum. Hartungs Kopf kam mir näher, von seiner starken Ausstrahlung war nichts mehr zu spüren. Die hellgrauen Augen, sonst von seiner dezenten Bräune angenehm betont, blickten mich fahl an.

»Wenn das stimmt, wäre es eine Katastrophe für unser Haus. Ein freiwilliges Ende, soweit man bei einer psychischen Erkrankung von einer freien Entscheidung reden kann, das haben hier einige gesucht.« Es entstand eine Stille im Zimmer. Das Rufen eines Vogels im Park lenkte meinen Blick nach draußen. Ein leichter Wind ging durch die Blätter der Kastanie.

»Keine Privatklinik verkraftet eine Gewalttat dieses Ausmaßes. Die Patienten werden uns meiden.« Er legte eine

Pause ein, um die Bedeutung seiner Worte hervorzuheben.

»Herr Bernau, Sie können sicher sein, dass es in meinem Interesse liegt, diesen Mord so schnell wie möglich aufzuklären.«

Seine Ernsthaftigkeit überzeugte mich. Das war vorher nicht der Fall gewesen. »Ich tu, was ich kann. Sie verstehen, wenn ich Ihnen trotzdem die unangenehme Frage nach Ihrem Alibi stelle?«

»Natürlich. Ich war auf einer Oldtimerrallye, dafür gibt es jede Menge Zeugen, sogar Stempel auf meiner Fahrerkarte.«

»Wo fand das Ganze statt?«

»Hier im Taunus, von Bad Homburg über den Feldberg nach Hofheim, Kelkheim, Kronberg. Das Ziel war Friedberg.«

»Dann sind Sie zweimal bei dieser Fahrt an Königstein vorbeigekommen. Hatten Sie einen Beifahrer?«

»Den hatte ich.«

»Darf ich Sie nach dem Namen fragen?«

Sein Füllfederhalter klackerte auf dem Schreibtisch Morsezeichen. Hartungs Blick war umso ruhiger.

»Sie haben meine Frau noch nicht kennengelernt. Eine angenehme, äußerst kultivierte Person. Nur manchmal vergisst sie sich. Das wäre der Fall, wenn sie von der Beifahrerin erführe. Deswegen bitte ich Sie um Diskretion.«

Ich nickte.

»Eine Kollegin aus der Klinik, unsere neue Assistenzärztin. Meine Frau hatte uns vor einiger Zeit gesehen, wie wir bei einem Gespräch etwas vertraulicher miteinander umgingen.«

»Der Name?«

»Judith Momitz. Ihr Dienst beginnt gleich, ich kann sie herbitten.« Hartung wirkte erleichtert. Eigentlich war ich ja wegen der Beziehung zu einer anderen hier.

»Es freut mich, wenn Sie sich so gut mit der Damenwelt verstehen. Im Fall Scherer könnte das aber von Nachteil sein.«

Er ließ mich nicht aus dem Blick, nahm den Füller, um damit am Mundwinkel entlangzufahren. Ich musste ihn stärker aus der Reserve locken. Er reagierte auf meine Behauptungen zu beherrscht.

»Meine ehemaligen Kollegen von der Polizeidirektion Bad Homburg würden sich bestimmt für Ihre ausgedehnten Spaziergänge in Eppenhain interessieren.«

»Wandern die auch gerne?«

»Nein, sicher nicht.« Kommissar Schmitz konnte ich mir mit seinem Bluthochdruck nicht als Wandervogel vorstellen.

»Für jede Fortbewegungsart finden Sie eine andere Begleitung. Ihre Beziehung zur Witwe des Mordopfers ergibt das beste Motiv.«

»Wer behauptet das?« Für einen Augenblick war er laut. Mehr kam nicht, seine Beherrschung funktionierte wieder.

Ich musste die Zeugenrolle von Schwester Angela übernehmen, um ihre Anonymität zu schützen. »Wenn die Sonne über Eppstein untergeht, genieße ich den Blick von Eppenhain. Für verliebte Paare scheinen die Bänke an den Streuobstwiesen eine starke Anziehungskraft zu besitzen. Ich treffe immer auf Menschen, die nichts als ihren Schatz sehen. Es ist an diesen Wiesen schrecklich romantisch.«

»Ja, und?« Hartung gab sich schmallippig.

»Charlotte Scherer verwechselt man nicht so schnell. Und die Vertraulichkeiten, wie Sie es nennen, sahen nicht gerade nach Brüderchen und Schwesterchen aus.«

»Was soll das? Was bringen Sie hier noch alles nach oben? Das geht Sie einen Dreck an!« Er sprang hoch, gab dem Schreibtisch einen ordentlichen Tritt und fuchtelte mit den Armen herum wie ein Sizilianer. »Ich habe ein Alibi. Ihre simplen Versuche, mir den Mord zu unterstellen, können Sie sich sparen!« Sein Ton war aggressiv. »Wenn Sie so weitermachen, wird das Folgen für Sie haben! Ich warne Sie!« Das sah nach Volltreffer aus. Derart schöne Drohungen konnte nur ein Chef ausstoßen. Ein angeschossener.

»Ich gönne Ihnen jeden Spaß, mit wem Sie wollen. Aber mit der Witwe eines Mordopfers, das interessiert alle. Für die Zeitung mit den großen Buchstaben ist das ein gefundenes Fressen.«

»Billige Erpressung! Ich war nicht in der Klinik, als Jens Scherer starb. Schluss, Aus, Ende!«

»Sie haben hier die Mittel, das Opfer ist hier gestorben und Ihr Motiv ist ein echter Klassiker. Sie waren zu zweit.«

»Alles Quatsch. Fragen Sie Charlotte. Sie hat garantiert ein Alibi. Sie liebte ihren Mann, nicht mich.«

Es war an mir, sich zurückzulehnen. Hartung ließ den Kopf hängen, er brauchte einen Moment, um sich zu fassen.

»Seit einiger Zeit haben wir eine Art Verhältnis. Wir wollten beide unsere Ehen nicht aufs Spiel setzen. Ab und zu trafen wir uns. Es knisterte mächtig, auch ohne jedes Mal Sex zu haben. Deswegen die Treffen wie in Eppenhain.«

Ich konnte ihm die Anstrengung ansehen, seinen Oberkörper straff aufzurichten.

»Das ist kein Grund, Jens umzubringen. Wir wussten, dass der Reiz dieser Beziehung verfliegen wird, wenn uns der Alltag einholt. Es musste unser kleines Geheimnis bleiben. Das ist alles, was ich dazu sage.«

Er ging zu Tür, öffnete sie und schaute in meine Richtung. Mehr war heute nicht zu holen. Hartung spielte ein heißes Spiel mit zwei Liebschaften gleichzeitig. Seine Aussage erschien mir glaubwürdig, das Motiv Eifersucht war bei dieser Konstellation nicht allzu stark. Vielleicht hatte diese Partnerschaft für Charlotte Scherer ein anderes Gewicht. Ich stand auf.

Jeder Knochen bewies mir mit Schmerzen seine Existenz. Eine dampfende Badewanne, mit viel Schaum, das wäre es jetzt.

Dicht vor ihm hielt ich inne. Für Hartung war es spürbar unangenehm, mich nah heranzulassen. Er drehte seinen Kopf weg. »Fragen Sie Charlotte. Sie gibt Ihnen sicher zu ihrem Alibi Auskunft.«

Der Wagen rollte schneller als erlaubt den steilen Berg hinab. Nach dem Ortsausgang Königstein konnte man auf der B8 weit ins Land schauen. Die Schlote in Höchst warfen weiße Wolken in den blauen Himmel. Zum Glück blieb der Duft dieser Arbeit in der Mainebene.

Vor der Stadtmitte staute es sich. Der Kelkheimer war nicht gern zu Fuß unterwegs. Jenseits der Frankfurter Straße, die sich durch die halbe Stadt zog, ging es in die Wohngebiete leicht bergauf. Selbst ohne Höhenunterschiede war für viele ein Verzicht auf das

Auto ein abstruser Gedanke. Egal, wie teuer der Sprit war. Wenn ich jemanden traf, der eine längere Strecke zu Fuß hinter sich hatte, war klar, dass er nicht aus Kelkheim stammte.

Im Büro roch es angenehm nach Kaffeebohnen. Susanne genoss ihre Tasse nach dem Mittagessen. Eine Hand im Aktenordner, die Finger der anderen ließen den Henkel los, um die Computermaus zu suchen. Ihr Blick klebte am Monitor. Vielleicht brauchte sie doch eine Brille.

»Haben unsere lieben Kunden ihre Rechnungen bezahlt?«, fragte ich.

»Nein, alle nicht. Eine ist noch offen, die sollte jetzt auch mal überwiesen werden.« Sie drehte sich zu mir um. »Auweia, wie siehst du denn aus?«

»Danke für deine Anteilnahme, ich weiß das zu schätzen.«

»Sieht nur das Gesicht so aus?«

»Nur ist gut. Die Rippen habe ich seit einigen Stunden nicht mehr gesehen. Ich spüre sie allerdings. In welcher Farbe die zurzeit leuchten, kann ich dir nicht sagen.«

»Du Armer! Wie ist das passiert?«

Ich erzählte ihr vom etwas zu aufregenden Abend in Bad Soden.

»Glaubst du, dass es Zufall war?«

»Ich bin noch nie zufällig zusammengeschlagen worden.«

»Nein, so mein ich das nicht.« Sie grinste. »Hat es mit dem aktuellen Fall zu tun?«

»Davon gehe ich aus. Schließlich habe nicht nur ich auf die Nase bekommen. Julia ist auch ganz fertig mit den Nerven. Wären es irgendwelche Schläger gewesen, hätten sie sie bestimmt nicht in den Park gezerrt. Das sieht nach einem Auftrag aus.«

Susanne stand auf und streichelte mir über das Gesicht.

»Wenn du schon mal mit einer schönen Frau essen gehst. Sie hat übrigens vorhin angerufen.«

»Ja, und weiter?«

Susanne wollte mich zappeln lassen. Sie sortierte ihre Unterlagen, schloss den Aktenordner und stellte ihn in den Schrank. »Sie möchte dich nachher treffen, im historischen Archiv der Bank. Ihr habt um zwei Uhr einen Termin mit dem Leiter. Hier ist die Adresse.« Sie reichte mir einen Zettel.

»Okay.« Ich hatte noch Zeit. Nach Mittagessen war mir nicht zumute. Irgendetwas brauchte ich im Magen, sonst würde der Tag zu lang werden. Der Archivar wartete bestimmt nicht mit Häppchen.

Ich checkte meine Mails, von denen jeden Tag deutlich zu viele kamen, schaute kurz in die Post. Die Rechnungen waren in der Überzahl. Vielleicht sollte ich doch ins Bistro gehen. Ein leichter Salat wäre jetzt genau das Richtige.

# Das Archiv

Das Steak lag mir irgendwie im Magen. Mein Wagen schaukelte über die Straßenbahngleise am Platz der Republik. Ich bog in die Mainzer Landstraße Richtung Opernplatz ein. Bankentürme von beiden Seiten. Die Geschehnisse des gestrigen Abends holten mich ein. Der Tag war bislang vollgestopft mit Gesprächen, beim Autofahren musste ich an den toten Russen denken. Ich hatte einen Menschen getötet. Es war Notwehr, er oder ich. Sollte sein Auftrag nur eine Warnung sein? Er ging ohne Waffen auf mich los, sein Ziel war nicht mein Tod. Zumindest nicht in dem Moment. Notwehr klang immer nach Recht. Wer das hatte, brauchte keine Gewissensbisse zu haben. Eigentlich. Er flog durch die Luft, die Autos trafen und zermalmten ihn. Früher hatte ich einige Begegnungen der harten Art. Der Dienst in Frankfurt brachte das zwangsläufig mit sich. Angefangen mit Rangeleien, einstecken und austeilen, ob prügelnde, volltrunkene Ehemänner oder sogenannte Fußballfans. Wer Polizist werden wollte, durfte vor Körperlichkeiten dieser Art keine Angst haben. Wer in noch brutaleren Situationen furchtlos vorging, lebte allerdings gefährlich.

Die Kiezkönige steckten damals ihre Reviere mit äußerster Brutalität ab. Zeitweise dachten die Bürger, dass sich die Verbrecher einfach gegenseitig abknallen sollten. Die großen Schießereien auf der Konstablerwache und der Kaiserstraße übertrafen alles bisher Dagewesene. Diese Bandenkriege öffneten eine neue Dimension. Messer und Pistolen waren zweite Wahl, Uzi und Kalaschnikow sprachen jetzt.

Ein chinesischer Tourist musste im Kugelhagel vor einem Fastfoodrestaurant sterben, damit das Fass überlief. Ob unsere

Razzien oder die Rückkehr eines vorher ausgewiesenen Bandenchefs vom Balkan endgültig für Ruhe sorgten, wusste niemand. Das Archiv lag am Anfang dieser längsten Straße Frankfurts. Ein perfekt sanierter Gründerzeitbau aus hellem Sandstein. Zwischen den Bürohochhäusern ein merkwürdig anmutendes Relikt aus der vermeintlich guten alten Zeit. Fast ein Fremdkörper, mit einem kleinen Park und modernen Skulpturen auf dem englischen Rasen. Parkplätze gab es natürlich weit und breit nicht. In zweiter Reihe parkten jede Menge Lieferwagen, die Strafzettel für die Feuerwehreinfahrt kosteten zu viel. Ich fuhr in die Tiefgarage direkt daneben, unter dem Trianon-Hochhaus. Meine Reifen quietschten auf dem frischen Bodenbelag. Drei Stockwerke tiefer sah es aus wie in einem Showroom eines Nobelkarossenhändlers. Nicht nur die dicksten Modelle deutscher Hersteller warteten hier auf ihre stolzen Besitzer. Manche Marken erkannte ich erst auf den zweiten Blick: Lotus, Cobra, Wiesmann. Neben diesen Schlitten platzierte ich meine Karosse.

Julia lehnte mit geschlossenen Augen am schmiedeeisernen Zaun der riesigen Villa. Die Sonne strahlte auf ihr schönes Gesicht. Trotz des lauten Verkehrs auf der vierspurigen Straße konnte sie abschalten. Ich versuchte, sie nicht zu erschrecken.

»Hallo, ich dachte, du hättest dich in deiner Redaktion vergraben?«

Zwischen den vielen Kratzern lächelte sie, ohne ihre Augen zu öffnen.

»Das habe ich auch, eine halbe Stunde. Dann wollte ich einfach was tun. Wie lief es bei Hartung?«

»Bei dem war nichts zu holen. Der sammelt Geliebte und Oldtimer. Die Autos behält er wahrscheinlich länger.«

Sie blinzelte in die helle Nachmittagssonne. »Was heißt das für unseren Fall?«

»Für Charlotte Scherer hat er nicht gemordet. Das wäre für ihn nicht Motiv genug. Bei ihm müsste es eine Bedrohung seiner gesamten Lebensqualität sein.«

»Wenn seine Frau sich scheiden ließe, käme ihn das teuer zu stehen.«

»Die Klinik gehört seit Generationen seiner Familie. Bestimmt gibt es einen ordentlichen Ehevertrag mit Gütertrennung.« Julias Gesicht kam in meinen Schatten, was bei der hoch am Himmel stehenden Sonne ziemlich nah war.

»Was du so unter ordentlich verstehst.« Sie legte ihre Hände auf meine Schultern. Das sah nicht nach der Ausgangsbasis für eine normale Begrüßung aus. »Ich freue mich, dass ich dich kennengelernt habe«, sagte sie, so leise es der Straßenlärm zuließ. »Auch wenn unsere gemeinsamen Erlebnisse bislang recht ruppig waren, wäre es schön, mehr aus deinem Leben zu erfahren.« Seit Jahren hatte das keine Frau zu mir gesagt. Meine Verlegenheit sah sie mir garantiert an. Julias Kopf neigte sich leicht nach vorne, ihr Lächeln ging vom Mund zu den Augen. »Du sagst ja gar nichts? War das zu direkt für dich?«

Mir war nicht nach Reden zumute, Julia hatte mich überrumpelt. Es gab diese Momente, in denen man sofort merkte, dass sich was verändert hatte. Ich nahm sie in die Arme und hielt sie fest.

Nach einer längeren Weile lösten wir uns langsam. Ganz langsam.

»Kannst du jetzt wieder sprechen?«, fragte sie.

»Ja, ich weiß nur nicht, ob die Mainzer Landstraße der richtige Ort für ein wichtiges Gespräch ist.«

»Du hast recht. Wir müssen nichts überstürzen.«

Ich nickte vorsichtig. Missverständnisse entstanden rasend schnell, man konnte gar nicht genug aufpassen, was man sagte, ob mit Worten oder der Körpersprache. Ihr Gesicht strahlte eine Zufriedenheit aus, ich wollte nirgendwo anders hinschauen.

»Übrigens, warum sind wir hier? Hat die Meisterdetektivin was entdeckt?«

»Noch nicht, eventuell können wir im Archiv was finden.«

Am Eingang hing kein Schild, das anzeigte, zu wem das Gebäude gehörte.

»Meinst du, die lassen uns so mir nichts dir nichts rumstöbern?«

»Das meine ich. In der Redaktion fiel mir die Decke auf den Kopf. Ich wollte was unternehmen, herausfinden, wer schuld ist an dem ganzen Mist. Wir haben einen Termin mit dem Leiter des Archivs.«

»Welche Geschichte hast du ihm erzählt? Doch nicht die Wahrheit?«

Sie lachte. »Fast. Es geht um die tolle Leistung der deutschen Banken, den Osten nach der Wende aufgebaut zu haben. Ohne ihr Engagement hätte das nie geklappt. Wir wollen eine Serie darüber schreiben.«

Ich griff mir an die Stirn. »Das hat er geschluckt?«

»Er freut sich auf uns. Du bist übrigens ein neuer Kollege, der auf Journalismus umschult. Falls du in Beamtenmanier komische oder undiplomatische Fragen stellen solltest.«

Bevor ich mich über ihre Frechheit beschweren konnte, schob mich Julia ein paar Stufen hoch, vor die mächtige, mit Gusseisen bewehrte Glastür. Sie drückte einen Klingelknopf, der aus dem rauen Mauerwerk ragte. Ich hörte keinen Gong. Die schwere Tür klackte leicht am Türschnapper und öffnete sich in ruhiger Gediegenheit. Leider nicht mehr ganz so eng aneinandergeschmiegt, gingen wir hinein.

Unsere Schritte waren das Lauteste in der kleinen Halle. Der weiße Steinfußboden reflektierte die vielen Deckenlichter. Eine junge Frau in einem blauen Kostüm kam auf uns zu. Sie schaffte es, trotz ihrer hohen Absätze, geräuschlos über den Boden zu schweben.

»Guten Tag, Sie sind die Herrschaften von der Zeitung?«, fragte sie uns mit einem gewinnenden Lächeln. Nach meinen Begegnungen mit spezielleren Pförtnern in den letzten Tagen, gewann sie meine volle Aufmerksamkeit. Wir nickten beide, die Freundlichkeit der Empfangsdame wirkte echt. Sie wies auf einen kleinen Tisch, auf dem Besucheranmeldungen warteten. »Wenn Sie sich bitte eintragen und Ihre Ausweise hinterlegen.«

Julia kramte in der Handtasche herum, förderte Papierblätter, Notizbüchlein und Smartphone ans Tageslicht, bevor sie ihr riesiges Portemonnaie entdeckte. Ihr Presseausweis bestand aus einer Plastikkarte. Da ich diesen nicht besaß, zückte ich meinen Personalausweis.

Vielleicht kamen wir mit unseren Kratzern und blauen Flecken zu unglaubwürdig rüber. Ich konnte mir jedenfalls nicht vorstellen, dass es üblich war, die Papiere der Besucher zu fotokopieren. Genau das tat das blonde Lächeln.

»Herrn Mildenberger finden Sie im Untergeschoss, die Treppe hier vorne, einen Stock tiefer.« Sie reichte uns Besucherausweise, die wir ans Revers heften durften.

Ein paar Schritte weiter öffnete sich die Eingangshalle zu einem riesigen Saal. Wie in einem Spielfilm aus den Dreißigerjahren: Der Kongress tanzt. Mächtige Marmorsäulen umrahmten eine Fläche, auf der Hunderte von Tänzern genug Platz hätten, bei einem Wiener Walzer ihre Runden zu drehen. Die Kapitelle gingen in eine umlaufende Verzierung über, deren feinste Stuckarbeiten mich an Elfenbeinkunst erinnerten. Auf drei Seiten des oberen Stockwerks standen die strahlend hellen Säulen des Balkons. Der Bauherr dieser Pracht hatte ein gewisses Repräsentationsbedürfnis besessen. Die breite Treppe führte uns ins Reich des Archivars. Neben der mit Ornamenten verzierten Tür zeigte uns die Gegensprechanlage mit Videoüberwachung, dass wir nicht im 19. Jahrhundert lebten. Ich drückte auf den Knopf, ein kleines LED-Licht strahlte uns an.

»Ja, bitte?«, schnarrte es.

»Zeiss und Bernau, wir sind angemeldet«, antwortete ich.

Die Tür summte, ich zog sie auf. Das Gewicht überraschte mich. Auf der Innenseite war statt Holz jede Menge Stahl zu bewegen. Der modrige Geruch von altem Papier zog sofort in meine Nase. Er weckte die Erinnerung an frühere Zeiten. Wir standen vor riesigen Regalen, beladen mit Akten, Büchern und grauen Pappkisten. Aus dem schummrig beleuchteten Gang lief ein Mann auf uns zu, für einen Archivar erstaunlich schnell. Sein gelbes Sakko blähte sich vom Schritttempo, die dünnen, blondgrauen Haare leisteten keinen Windwiderstand. Er streckte Julia im Gehen die Hand entgegen.

»Mildenberger, ich leite das Archiv.«

»Guten Tag, Julia Zeiss, das ist mein Kollege, Herr Bernau.«

Er lächelte Julia an, blickte auf mich, gab mir die Hand.

»Ich hoffe, Ihre Blessuren haben Sie sich nicht gegenseitig zugefügt?«

»Nein«, antwortete Julia, »so schlecht ist das Betriebsklima bei uns noch nicht. Wir recherchieren zum Thema Fußballfans.«

»Ich dachte, Sie arbeiten für die Wirtschaftsredaktion?«

»Die Fans haben eine enorme Bedeutung für die Umgebung der Bundesligavereine. Was, glauben Sie, wäre Gelsenkirchen ohne Schalke? Außerdem interessieren sich viele Börsianer für Fußball. Zocker eben.«

Er lachte. »Beides trifft nach meiner Erfahrung voll zu. Schließlich besitze ich auch eine Dauerkarte für die Eintracht, und Aktienhändler haben wir in rauen Mengen. Da gibt es Geschichten, ich sage Ihnen!« Bevor er das tat, war er schon wieder weitergegangen. »Kommen Sie, das Thema Wiedervereinigung liegt hier vorne.«

Seine Hand griff eine Kurbel am Ende eines Regals. Wie von Geisterhand begannen alle Kurbeln der danebenstehenden Regale sich mitzudrehen. Tonnen von Material glitten nahezu geräuschlos über den Boden. Eine Reihe schob die Nächste vor sich her, das halbe Archiv geriet in Bewegung. Ein Wunder der Technik.

Nicht so schön war der Duft, der sich seinen Weg bahnte. Mildenberger deutete meinen Gesichtsausdruck richtig. »Diese Papiere sind erst vor Kurzem vom ehemaligen Standort aus der Junghofstraße hierher umgezogen. Dort ist das Mauerwerk feucht. Die Unterlagen riechen deutlich älter, als sie sind.« Er machte ein paar Schritte in den Gang, der sich neu geöffnet hatte. »Auf dieser Seite«, er wies nach rechts, »finden Sie alles von 1990, gegenüber lagert 1989. Das ist für uns noch nicht wirklich historisch. Die Journalisten stellen aber so oft Fragen zu diesem Themenkomplex, dass der Vorstand der Freigabe einem großen Teil der Akten zustimmte.« Er drehte sich zu uns um. Julias Hand strich über die Aktenordner. Meter für Meter Informationen. Welche waren für unseren Fall wichtig? Ein langes Regal, die Ordner in vier Reihen übereinander. Nummern, Abkürzungen, Orte oder Vorgänge standen in fein säuberlicher Handschrift auf den Aktenrücken. Filialeröffnungen, Kredite, Bilanzen. Das könnte schwierig werden. Julia wirkte zuversichtlich, sie setzte für Herrn Mildenberger ihr bestes Recherchelächeln auf.

»Uns interessiert besonders die Übergangsphase«, erklärte sie ihm. »Zwischen dem November '89 und der Einführung der D-Mark im Osten. Das ging ja relativ schnell. Sie, ich meine natürlich Ihre Bank, wurden doch genauso kalt erwischt wie die gesamte Bundesrepublik. Neue Chancen, neue Risiken. Wie lief das ab, wo hat Ihr Institut die ersten Schritte in Richtung DDR gemacht?«

Mildenberger griff mit den Daumen seine Sakkorevers und wippte auf den Schuhspitzen. Es war die Stunde des Archivars. »Das lässt sich ganz einfach beantworten. Unsere Berliner Direktion hatte von Anfang an alle Hände voll zu tun. Die Ossis stürmten den Ku'damm, nur mit Ostgeld ausgestattet. Die Geschäfte hatten geschlossen, aber die Lokale machten den Umsatz ihres Lebens. Dann fing es an. Die Inhaber wussten nicht, wie sie mit der Ostmark umgehen sollten, und riefen unsere Kundenbetreuer an. Annehmen, in der Kneipe umtauschen oder die Leute erst zur Bank schicken? Das Chaos war riesig.«

»Wie reagierten Ihre Mitarbeiter?«, fragte ich. »Gab es irgendwelche Vorgaben aus dem Westen?«

»Die Direktoren in Berlin wollten keine Konferenzen in Frankfurt zu dem Thema abwarten. Konnten sie auch nicht, es musste ja Begrüßungsgeld ausgezahlt werden. Die Stadt besaß kaum Bargeld! Außerdem plante man, die Ossis gleich an unser Haus zu binden und das Geschäft nicht den Sparkassen zu überlassen. Die Filiale am Bahnhof Zoo blieb rund um die Uhr geöffnet. Das war sogar eine Anordnung vom Regierenden Bürgermeister Momper. Unglaubliche Szenen spielten sich dort ab. Möchten Sie sich ein Video dazu ansehen?« Er guckte uns mit großen Augen auffordernd an. Viele Menschen steigerten sich regelrecht in eine Euphorie, wenn sie von den Ereignissen des Mauerfalls und der Wiedervereinigung sprachen. Kehrte man zur Gegenwart zurück, beruhigten sie sich. Julia versuchte, seinen Schwung aufrechtzuerhalten.

»Sehr gerne, tolle Idee! Sie stecken ja so richtig in der Materie drin. Wie kommt das?«

»Unsere Historische Gesellschaft gibt zu besonderen Anlässen kleine Schriftbände heraus. Da darf der Untergang des Kommunismus im Osten natürlich nicht fehlen. Außerdem habe ich ich vor Kurzem einen Vortag zu diesem Thema im Union-Club halten dürfen.« Er wippte auf seinen gut belüfteten, beigefarbenen Sommerschuhen.

»Nicht schlecht.« Julia sah ihn ehrfurchtsvoll an. »Den Club möchte ich unbedingt mal von innen sehen. Aber ohne Einladung komme ich nicht rein.« Sie schmollte ihn an. Frauen schrecken vor nichts zurück, wenn sie ein konkretes Ziel erkennen.

»Ich werde Ihnen für die nächste Veranstaltung eine Einladung zukommen lassen. Ich habe ja Ihre Daten.«

Bevor Julia ihm um den Hals fiel und wir immer noch nicht die entscheidenden Fakten besaßen, hakte ich nach.

»Es ist für uns außerordentlich wichtig, mit einem der Verantwortlichen von damals ein Interview zu führen. Haben Sie vielleicht die Namen der Berliner Direktoren?«

Diese Frage war eine erneute Steilvorlage für ihn. »Aber natürlich, wo denken Sie hin? Ohne diese Männer wäre unser Geschäft im Osten niemals so aufgeblüht.«

Prompt drehte er sich um, hockte sich in den Gang und zog an einer großen Pappschachtel. Der Deckel des Archivkartons öffnete sich, im Gegenlicht einer Deckenlampe stieg Staub auf. Ein Ordner kam zum Vorschein, schwarzes Leder klappte auf. Er blätterte kurz, legte ihn zurück, nahm eine Mappe heraus. Wieder blättern, nächste Mappe. Er schüttelte den Kopf. »Das gibt es nicht.«

In der Hocke rutschte er weiter und zerrte einen anderen Karton aus dem Regal. Broschüren, Fotobände, Flyer. Seine Finger glitten wie durch ein Kartenspiel. »Es fehlen diese Berliner Dokumente von '89 und '90. Ich hatte sie vor einem Vierteljahr in der Hand. Das kann nicht sein.«

»Haben Sie sie verliehen?«, fragte ich.

»Wir sind ein Archiv und nicht die Stadtbücherei. Hier geht nichts raus!«

Eine dritte Kiste in der untersten Ecke brachte auch nicht das gewünschte Ergebnis.

»Ich versteh es nicht. Die Akten kriegen doch keine Beine.«

Julia hockte sich neben ihn. »Es gibt sicher Kollegen in Berlin, die sich an ihre Chefs erinnern?«

»Klar, aber bis wir die Leute gefunden und es ihnen erklärt haben - viel zu umständlich.« Mildenberger ruckelte an Pappkartons und Ordnern, bis sie eine ordentliche Fläche bildeten. »Unser Historisches Archiv unterliegt nicht mehr dem Datenschutz.

Bei der aktuellen Datenbank sieht das anders aus. Da brauchen wir erst vier Unterschriften, bis Sie irgendetwas erfahren.«

Wir trotteten Richtung Ausgang. Mildenberger strich sich seine staubigen Finger am Sakko ab. Er sah zerknirscht aus.

»Rufen Sie bitte die Pressestelle an, so streng geheim sind die Daten der Pensionäre nicht. Vielleicht klappt es ja.«

Er drückte uns einen Flyer zur gesellschaftlichen Bedeutung des Archivs in die Hand.

»Sobald Sie weitere Fragen haben, würde ich mich freuen, Ihnen helfen zu dürfen. So eine Pleite kommt nicht mehr vor. Wir sehen uns bestimmt im Union-Club.« Letzteres galt nur Julia. Für mich blieb ein Seitenblick übrig.

Endlich eine Lungenfüllung mit frischer Luft. Soweit man an der Mainzer Landstraße von Frische reden konnte. Julia hakte sich bei mir unter, was meiner inneren Befindlichkeit zuträglich war.

»Und jetzt, du Superdetektiv?«

»Wozu kennen wir Leute bei der Innenrevision der Bank?

Wen fragen wir, einen Indianer oder den Häuptling?«

»Häuptling geht schneller.«

Ich zog Dörnbergs Visitenkarte aus meinem Portemonnaie und wählte die Nummer. Die Sekretärin mit dem blonden Helm stellte mich gleich durch. Nach meiner kurzen Erklärung bat Dörnberg um eine halbe Stunde Zeit. Wir verabredeten uns in einem Bistro.

Die Ampel an der Taunusanlage kannte kein Mitleid. Sie sprang nach gefühlten fünf Minuten auf ein Grün, das nur bis zur Verkehrsinsel in der Mitte der Fahrbahn galt. Für die Gegenrichtung gab es eine andere Schaltung. Die dunklen Karossen aus der Junghofstraße hatten Vorrang vor den Fußgängern.

Die lange Glasfront des Cafés im Erdgeschoss des Japan-Towers verriet die gähnende Leere. Die Mittagszeit war vorüber, in den Büros der Banker standen eigene Espressomaschinen. Zum kalten Luftschwall der Klimaanlage dröhnte aus den kleinen Lautsprechern ein nerviger Elektrosound. Alle erdenklichen Zubereitungsarten von Kaffee leuchteten von einem LCD-Monitor. Wir bestellten beide einen Latte macchiato. Die üppigen, braunen Ledersessel im hinteren Teil des Raumes wirkten, im Gegensatz zu den blauen Stühlen vorne, deutlich einladender. Ich versackte im tiefen Polster und fühlte mich sofort wie in einem modernen, englischen Herren-Club. Falls es das gab. Von den Wänden schauten uns bunte Acrylbilder mit gegenständlichen Motiven an, eindeutig jenseits des guten Geschmacks. Der Wirt hatte sie garantiert im Internet ersteigert. Julia lag regelrecht in ihrem Sitzmöbel. Sie drehte ihre langen Haare zu einem dicken Zopf, legte ihn über die Schulter und spielte mit den Fingern darin. »Was denkst du von Charlotte? Jetzt, wo du von ihrem Verhältnis mit Hartung weißt?«

»Die leidende Witwe kaufe ich ihr nicht mehr ab. Die beiden schmiedeten zwar keine Pläne für eine gemeinsame Zukunft, ihren Mann hat sie trotzdem nach Kräften betrogen. Auch wenn es manchmal platonisch zuging, von einer reinen Freundschaft kann nicht die Rede gewesen sein. Ging es nicht nur um Sex, war die Sache eher noch ernster.«

Julia lachte. »Du bist ein wahrer Frauenversteher. Woher hast du diese tiefe Einsicht in die Seele einer Frau, du Single?«

Ich musste grinsen. »Das sagt die Richtige. Weit und breit kein Kerl in Sicht, aber lästern.«

»Ich unterbreche Ihre angeregte Unterhaltung nur ungern.« Wir hatten Dörnberg nicht bemerkt.

»Ja, schade«, dachte ich laut. »Da wir Ihretwegen hier sind, ist es wohl besser, wir setzen dieses Thema ein anderes Mal fort.«

Dörnberg zog sich einen schweren Sessel vom Nachbartisch heran. Er öffnete den Knopf an seinem schwarzen Nadelstreifensakko, zog eine silberne Lesebrille aus der Innentasche und legte einige Papiere auf den Tisch. Ohne große Umschweife kam er gleich zur Sache. »Glücklicherweise ist unsere Datenbank gut in Schuss. Es ist nicht selbstverständlich, dass Dinge aus der Wendezeit digital vorliegen.«

Wir nickten brav, um die tolle Leistung seiner Bank zu honorieren.

»Die Namen habe ich Ihnen auf diesem Blatt ausgedruckt. In dem infrage kommenden Zeitraum hatte die Niederlassung in Berlin vier Geschäftsführer. Drei amtierten dort immer gleichzeitig. Ein Wechsel fand im Sommer 1990 statt, der Kollege ging in Pension.« Mit einem Finger zog ich das entscheidende Papier vorsichtig in meine Richtung, verfolgt von Dörnbergs blauen Augen. Die Namen sagten mir nichts, außerdem war West-Berlin Ende der Achtziger weit weg. Ich schob es zu Julia.

»Kennen Sie die Herren?«, fragte sie ihn.

»Jein. Laut Datenbank bekommen zwei von ihnen regelmäßig die Einladung zu unserer Pensionärs-Weihnachtsfeier. Der Direktor, der damals ausschied, ist jetzt neunzig. Ich weiß nicht, ob er für Sie interessant ist.«

Julia ließ sich in ihren Sessel fallen, ich schloss die Augen und verneinte.

»Der zweite Ehemalige ist vor drei Jahren vorzeitig in Rente gegangen. Nach seinem Erfolg im Osten hatte ihn der Vorstand nach Frankfurt geholt. Er wohnt im Taunus, hier ist seine Adresse.« Dörnberg hatte eindeutig keine Bedenken, was den Datenschutz anging. Er reichte mir den Computerausdruck, eine Kronberger Anschrift stand darauf. Das sah besser aus, der Mann lebte im Umfeld von Jens Scherer.

»Den Dritten kenne ich persönlich. Es ist mein Vorgesetzter, ich bin sein Stellvertreter für den Vorstand.«

Soweit es der Ledersessel zuließ, richtete ich mich auf. Neben den Namen vermerkte die Liste Geburtsdaten. Zwei ältere Jahrgänge, zwei Jüngere.

»Adrian von Sensburg.« Dörnberg tippte auf das Blatt.

»Er war damals ziemlich jung. Seine vorherigen Stationen: Düsseldorf, New York und London. In Berlin umfasste sein Geschäftsbereich zuerst den Eigenhandel, die Betreuung vermögender Kunden kam hinzu, schließlich das Kreditgeschäft. Das ist in Banken traditionell der größte Bereich. Er wird immer von zwei Geschäftsführern gemeinsam geleitet. Weil er noch relativ unerfahren war, stellte man ihm den Kollegen zur Seite, der kurz darauf in Pensionging.«

»Seine Adresse fehlt«, bemerkte ich.

»Für den Vorstand gelten andere Datenschutzregelungen. Das kann man nicht einfach abrufen.«

»Aber Sie«, sagte Julia, »Sie wissen doch bestimmt, wo er wohnt?«

Dörnberg schaute über den Rand seiner Lesebrille. »Wir haben privat Kontakt, als sein Stellvertreter kenne ich selbstverständlich ebenso seine Anschrift. Sein Haus steht in Königstein. Genauer gesagt, in Falkenstein.«

Allmählich wurde es für mein Erinnerungsvermögen zu viel, ich schrieb es auf den Zettel. »Zwischen Kronberg und Königstein. Schöne Lage, könnte mir gefallen. Nur ein bisschen einsam da oben.«

Das amüsierte ihn sichtlich. »Mein lieber Bernau, mit einem Chauffeur und der S-Klasse relativieren sich Entfernungen. Auch in der Freizeit.«

Natürlich stieg jetzt der Sozialneid in mir hoch. Diese kleinen Vergünstigungen erleichterten einem das Leben deutlich. Ich musste dringend die Honorare anheben. Während ich kurz tagträumte, nahm Julia die Papiere.

»Wie sieht es mit dem vierten Mann aus?«, fragte sie. »Ist er genauso gut ausgestattet? Vom Alter her könnte er noch arbeiten.«

Aus einer feinen Ledermappe, die ich vorher nicht bemerkt hatte, ich tippte auf Goldpfeil oder Montblanc, zog er ein weiteres Blatt.

»Er lebt und arbeitet in New York. Peter Sailer gründete ein Consulting-Unternehmen. Er hilft Industriellen aus dem Osten, ihr hart verdientes Geld über die ganze Welt zu verteilen.«

»Mit Osten meinen Sie nicht die neuen Bundesländer?«, fragte Julia.

»Nein, wirklich nicht. Es sind eher die Herren von der Gas- und Ölindustrie aus Sibirien und vom Schwarzen Meer.«

Da waren sie wieder, die Geschäftsmänner aus Moskau. Auf wunderbare Weise schnell zu viel Kohle gekommen. Umgeben von Beratern und Bodyguards. Kapital und Gewalt lagen dort nach meiner Erfahrung nah beieinander.

»Sie kennen Herrn Sailer?«, wollte ich wissen.

»Ich hatte vor längerer Zeit mit ihm zu tun. Er ist aber seit zehn Jahren nicht mehr bei der Finanzbank. Sie finden weitere Informationen problemlos im Internet.« Dörnberg nahm die Lesebrille von der Nase, strich mit der Hand an seinen dunkelbraunen Haaren entlang, die mit Gel in Form gebracht waren, und erhob sich. »Wenn Sie meine Unterstützung benötigen, rufen Sie bitte an.«

»Sie haben uns sehr geholfen, Herr Dörnberg«, hörte ich mich sagen.

»Das mache ich für Charlotte. Sie kann diese Ungewissheit über die letzten Stunden von Jens nicht ertragen.«

Er verabschiedete sich so schnell, wie er gekommen war.

Ich ging mit Julia durch die Taunusanlage Richtung Parkhaus. Für die nächsten Tage gab es genug zu tun. Die Liste der Verdächtigen, oder zumindest der zu Überprüfenden, wurde länger. Mein Gehirn versuchte eine Auflistung. »Jetzt haben wir vier Banker. Zwei in Rente, einer in New York, der für die Russen arbeitet, und ein Vorstandsmitglied. Okay, einer ist neunzig, den streichen wir.

Eine untreue Ehefrau, ein Psychodoktor und ein paar russische Schläger. Wie passt das mit der Überdosis zusammen?«

»Heute wollte ich mich mit Uli in Fischbach treffen, wegen der Medikamente. Er hat angerufen und gesagt, dass er Feuer für unsere Detektivarbeit gefangen hat. Vielleicht kannst du das übernehmen?« Ihre Stimme klang gleichförmig, fast monoton.

»Du siehst traurig aus. Was ist mit dir?«

»Ich möchte nicht in den Taunus fahren, schon gar nicht am Abend und zu einem Essen. Ich würde mich nicht aus meinem Auto trauen, geschweige denn vom Restaurant zum Parkplatz.«

Ich legte meinen Arm um ihre Schultern. Sie blieb stehen, ein paar Tränen liefen über ihr Gesicht.

Als ich ihren Kopf an meiner Brust spürte, fühlte ich mich wie ein Beschützer. Toller Beschützer, gestern ging wirklich alles schief.

»Ich kann nicht mehr Detektivin spielen. Mit dir zusammenarbeiten und ein großes, geheimnisvolles Puzzle lösen, das ist spannend. Wenn die Bösen in meine eigene Welt kommen, wird eine Grenze überschritten. Ich werde dir weiter helfen, vielleicht nicht so offen wie bisher.« Sie atmete schwer, unterbrochen von etwas, das sie herunterschlucken musste.

So standen wir eine kleine Ewigkeit. Sie löste sich zögerlich von mir, zumindest mit der winzigen Andeutung eines Lächelns. Wahrscheinlich eher mir zuliebe als ihrem wahren Gefühlszustand entsprechend.

Aus der Handtasche zog sie ein Papierschnipsel.

»Das ist der Name des Restaurants, in dem ich mich mit Uli verabredet habe. Kennst du als Kelkheimer bestimmt.«

»Ich danke dir für deine Hilfe in den letzten Tagen. Ohne dich wäre der Fall vollkommen undurchsichtig.«

»Nichts zu danken. Ich wollte schließlich mit einer tollen Story auf Seite eins.«

Ich nahm den Zettel, umfasste ihre Hände. Langsam ging sie einen Schritt nach hinten, während ihre Finger noch in meinen lagen. »Tschüss, Roland. Ich melde mich.«

So verschwand sie im Park.

Auf dem Weg nach Kelkheim stieg Müdigkeit in mir auf. Ich schaffte es kaum, meine Augen offen zu halten und mich auf den Verkehr zu konzentrieren. Vor dem Treffen mit dem Apotheker brauchte ich ein Bett. Die letzte Nacht unter Schmerzen war nicht erholsam.

Um diese Uhrzeit gab es genug freie Parkplätze vorm Haus. Der Doppelparkerstellplatz in unserer heimeligen Tiefgarage blieb mir erspart.

Ich befreite den Briefkasten von den Anzeigenblättchen, schlurfte die Treppe hoch und verzichtete auf die ordentliche Ausrichtung meiner Schuhe auf dem Fußabtreter.

Die Rollläden ratterten herunter. Es dauerte wenige Momente, bis ich auf meinem herrlich weichen Sofa in das Reich der Träume hinüberschlummerte.

Es fühlte sich wie eine ganze Stunde an, waren aber nur zehn Minuten, in denen ich von kleinen Trollen, Krokodilen und anderen saurierartigen Reptilien durch den Dschungel gehetzt wurde. Meine Nachbarin über mir war so gnädig, mich mit Stühlerücken zu wecken. Mein Körper schien sich in Teilen erholt zu haben. Das Gehirn gehörte nicht dazu.

# Chemie

Von außen brutale Betonarchitektur der Siebzigerjahre, innen war der erste Eindruck auch nicht unbedingt besser.

Die Restaurants in hessischen Bürgerhäusern mussten mit Qualität Punkte machen. Mit ihrem Äußeren hatten sie gegen die Fachwerkidylle der vielen Gartenwirtschaften keine Chance.

»Buon giorno.« Ich bekam das mehrfach zu hören, von jedem der Kellner, freundlich, nie nebenbei, unaufdringlich.

Im vorderen Bereich, rund um den Tresen, waren alle Plätze belegt, mitten in der Woche. Der hintere Teil, obwohl deutlich moderner und italienischer eingerichtet, kam nicht so gut an. Wahrscheinlich fehlte den Gästen dort die Anmutung eines norddeutschen Schützenhauses, die der Raum vorne seit Jahrzehnten versprühte. Julias Beschreibung passte: groß, Brille, Vollbart, nur wenige, aber noch dunkle Haare. Meistens ein echtes Lächeln im Gesicht.

»Entschuldigung, sind Sie Uli?«

»Ja. Mit wem habe ich die Ehre?«

»Roland Bernau, ich komme für Julia, sie fühlt sich heute nicht wohl.«

»Das ist schade. Ich hatte mich doch tatsächlich auf ihre Gesellschaft gefreut. Bitte, nehmen Sie Platz.«

Ich rückte mir den Stuhl zurecht, während er weitersprach. »Julia hat mir einiges von dem Fall und Ihrer unangenehmen Begegnung in Bad Soden erzählt.« Die aufgeschlagene Speisekarte lag vor ihm, ein geripptes Glas sah nach Apfelwein aus. »Ich bin öfter hier, mit meiner Frau jeden Sonntag, ansonsten immer nach dem Volleyball. Eigentlich brauche ich die Karte gar nicht.« Er reichte sie mir.

»Danke.« Bevor ich sie aufklappen konnte, stand ein Kellner hinter mir. Uli bestellte eine Pizza Quattro Stagioni, ich Vitello Tonnato. Das hatte ich gestern zwar schon, es änderte aber nichts an meinem gelegentlichen Heißhunger darauf.

»Ich bin Ihnen wirklich dankbar. Ohne Ihre Analysen wäre es kein richtiger Fall.«

Er winkte nur ab.

»Doch doch, Sie haben in den Ergebnissen der Gerichtsmedizinerin eine echte Spur entdeckt.«

Er strich über seinen Bart. »Ach, das war nicht schwierig, mehr ein Kreuzworträtsel. Wir gucken ständig, was die Konkurrenz entwickelt. Die Asiaten nehmen jede deutsche Maschine auseinander, um sie nachzubauen. Früher die Kameras, heutzutage sind es Autos. Die Pharmaunternehmen machen das mit den Pillen genauso. Manchmal dauert das lange und ist kompliziert. Bei älteren Präparaten liegen die Fakten weitestgehend vor. Da geht es nur noch um den Patentschutz. Der ist nach fünfundzwanzig Jahren futsch. Den Rest erledigt der PC mit seinen Datenbanken.«

Das klang simpel, trotzdem blieb die Frage nach der Mischung aus Darmstadt. Niemand konnte dort den reinen Wirkstoff mit nur einem geringen Anteil der Trägersubstanz entnehmen. Ich schilderte ihm die Geräte und die Herstellung. Er kraulte sich am Kinn. Vielleicht regte das seine Hirndurchblutung an.

»Ein anspruchsvolleres Rätsel«, sinnierte er. »Was Sie beschreiben, ist tatsächlich ein geschlossenes System. Man bekommt alles gleichzeitig oder gar nichts. Das spricht eindeutig gegen die Firma Neutis als Quelle der Substanz.«

»Und jetzt?«

»Ich weiß es nicht, möglicherweise ist die Zusammensetzung nur ein Zufall.«

Na super. Ich versuchte, mir meine Enttäuschung nicht ansehen zu lassen. Wahrscheinlich ohne Erfolg. An einem Tag gibt es auf die Nuss, an einem anderen fällt die schönste Spur wie ein Kartenhaus zusammen.

Ich entschädigte mich einstweilen mit dem leckeren Essen, unterbrochen von Ulis Fragen zur geheimnisvollen Welt der Verbrecherjagd.

# Charlotte

In der Nacht fiel die Temperatur kaum. Mit den Sonnenstrahlen des späten Vormittags stieg die Hitze weiter an. Für mich deutlich zu hoch. Ich rief Charlotte Scherer an. Unter der Vorgabe, ihr die neuesten Fakten zu präsentieren, nahm sie sich Zeit für mich.

In ihrem Betonhaus in Kronberg hielt sich eine angenehme Kühle.

»Möchten Sie einen Café Frappé?«

»Gerne, wenn es nicht zu viel Mühe bereitet.«

Ohne auf diese Höflichkeitsfloskel einzugehen, verschwand sie in der Küche. Mit einer gefüllten Glaskaraffe und Gläsern auf einem Tablett kam sie zurück. Die feinen Eisteilchen sorgten für eine herrliche Abkühlung. Ich berichtete ihr von den Geschehnissen der letzten Tage. Vielleicht hatte sie meine Gesichtsdeformationen mit etwas anderem als ihrem Fall in Verbindung gebracht. Nach meinen Erklärungen hatte sich das jedenfalls geändert.

»Warum hat mein Mann die Unterlagen aus Moskau an Frau Zeiss geschickt? Er konnte das doch innerhalb der Bank regeln, schließlich arbeitete er für die Innenrevision. Sein Job bestand darin, solche Dinge in Ordnung zu bringen oder sie zumindest an seine Vorgesetzten weiterzuleiten. Jetzt fühlt sich irgendjemand dadurch bedroht.«

»Vielleicht stieß er in der Bank an seine Grenzen? Eventuell zeigte niemand Interesse an den Papieren. Andererseits«, ich genehmigte mir noch einen angenehmen Zug von dem Eiskaffee, »andererseits war er nicht der Typ von Weltverbesserer, der die Menschheit retten wollte.«

Ihr Kinn stieg an und wandte sich von mir ab. »Was wollen Sie damit sagen?«

»Ihr Mann hat nicht immer zum Wohle seines Arbeitgebers gehandelt. Er hat auch auf eigene Rechnung gearbeitet.«

»Als Angestellter dort? Ich weiß nichts von weiteren Geschäften.«

Jetzt begann der für die Witwe deutlich unangenehmere Teil. Es fiel mir nicht leicht, ihr vom Doppelleben des Toten zu berichten. »Er hat auf verschiedenen Ebenen Nutzen von seinem internen Wissen gezogen. Vielleicht ist Ihnen ja hier und da die eine oder andere Anschaffung aufgefallen. Ohne, dass es eine Kontobewegung gab.«

»Ich schaue nicht so sehr auf die Kontoauszüge. Das war seine Sache, er war der Banker. Was meinen Sie mit verschiedenen Ebenen? Sprechen Sie bitte nicht verklausuliert.« Ihr Ton klang angestrengt. Ich konnte mir nicht vorstellen, dass sie all diese Geschichten nie bemerkt hatte. Geschweige denn seine Beziehungen zu Männern. Schneewittchen im Elfenbeinturm, so naiv war sie nicht.

»Er hat Kollegen erpresst. Oder, wie man sagt, die Dinge auf dem ganz kleinen Dienstweg geregelt. Verfehlungen der anderen behielt er für sich. Gegen gewisse Geschenke, versteht sich.«

Sie stand unvermittelt auf. Ihr Kaffeeglas klirrte auf der Tischplatte. »Was erzählen Sie für einen Unsinn? Erpressung, Quatsch! Das hatten wir nicht nötig.« Sie stolzierte Richtung Terrassentür.

Für einen Moment dachte ich, dass unser Gespräch beendet war. Ich durfte aber nicht lockerlassen, ich brauchte noch Informationen von ihr. »Frau Scherer, es tut mir leid, wenn ein paar unschöne Wahrheiten ans Licht kommen. Vielleicht ist es besser, Sie hören es von mir anstatt von anderen. Dass Sie davon nichts wussten, spricht für Sie.«

»Was wollen Sie damit sagen? Haben Sie uns für ein Erpresserpärchen gehalten? Machen Sie sich nicht lächerlich, schließlich bin ich Ihre Auftraggeberin, vergessen Sie das nicht!«

»Nein, Sie verstehen mich falsch.«

Sie drehte sich abrupt zu mir um. Tränen ließen die Wimperntusche in kleinen schwarzen Streifen über das Gesicht laufen.

»Ich schäme mich, dass mein Mann das tun konnte. Falls es stimmt.«

Um das Gespräch in ruhigere Bahnen zu lenken, ging ich auf sie zu. Sie wandte sich ab. Ich stellte mich, fast in Tuchfühlung, schräg hinter sie. Unsere Schultern berührten sich kurz. Ihre Kieferknochen schienen den ungenießbaren Gedanken zermahlen zu wollen. Es sah mehr nach Wut als nach Trauer aus.

»Es gibt Zeugen dafür, dass er Kollegen erpresste. Niemand von denen unternahm etwas dagegen.«

»Das klingt schrecklich organisiert. Ist das üblich, haben andere das genauso gemacht?«

»Organisiert würde ich es nicht nennen. Eine gewisse Routine war vorhanden. Es ist ja eigentlich der Sinn von Wissen, es einzusetzen. Allerdings zum Wohl der Bank.«

Sie ging zu einer Kommode, holte sich ein Taschentuch aus einer Schublade und wischte sich mit einem Blick in den darüber hängenden Spiegel die Tränen aus dem Gesicht.

»Wie hängt das alles mit dem Tod meines Mannes zusammen?« Sie schien den Spiegel gefragt zu haben.

»Das kann ich Ihnen noch nicht sagen. Vielleicht direkt, vielleicht gar nicht. Erpressung ist ein starkes Motiv. Ihr Mann könnte es übertrieben haben, an den Falschen geraten sein.«

Sie drehte sich zu mir um, kam jetzt ziemlich nah.

»Die Unterlagen aus Moskau?«

»Gut möglich.«

»Werden Sie es herausfinden?«

»Geben Sie mir Zeit.« Sie nickte.

»Ich habe eine unangenehme Frage.«

»Was kann noch schlimmer sein? Mein Mann ist tot und er war ein Erpresser.«

Von seinen homosexuellen Beziehungen hatte ich bislang nichts verraten. Das wollte ich ihr und mir im Moment nicht antun. »Sie kennen das aus jedem Fernsehkrimi. Die Kripo fragt den Ehepartner standardmäßig nach einem Alibi.«

»Sie sind aber nicht die Polizei, Sie ermitteln in meinem Auftrag. Warum um Himmels Willen bedrängen Sie mich mit diesem Quatsch?«

»Um jemand anderen aus dem Visier zu bekommen. Der Kreis der Verdächtigen schrumpft auf diese Art.«

»Von wem reden Sie, was hab ich damit zu tun?« Sie traute mir entweder nicht zu, von ihrem Verhältnis mit Hartung zu wissen, oder sie konnte sich ihn nicht als Täter vorstellen. Beides war mir egal.

»Dr. Hartung hat mir empfohlen, Sie nach Ihrer gemeinsamen Beziehung zu befragen. Er möchte nicht als mordender Liebhaber dastehen.«

»Der Idiot! Ich glaube es nicht, was fällt dem denn ein!« Ich hätte es nicht besser formulieren können. Dieses Gespräch bekam jetzt eine vergnüglichere Note. Charlottes Blässe verschwand.

»Sie hatten laut seiner Aussage nicht vor, Ihre jeweiligen Ehen aufs Spiel zu setzen. Es wäre eine Liebschaft am Rande, sozusagen.«

»Er ist geistreich, humorvoll auf eine angenehme Art und übt eine gewisse Anziehungskraft auf mich aus. Das gebe ich zu. Für ein gemeinsames Leben reicht das aber nicht. Muss es auch nicht, ich will das gar nicht.«

»Sie würden ihn als Täter ausschließen?«

»Ich kann ihn mir überhaupt nicht als Mörder vorstellen.«

»Und damit war er es nicht?«

»Ich weiß, was Sie denken. Friedrich ist ein Schöngeist. Als Chef dreht er manchmal auf, wird hier und da laut. In seiner Freizeit ist er wirklich immer gut drauf, hat tausend Ideen und einen nicht zu bremsenden Tatendrang.«

Vor allem bei den Damen. Der Chefarzt als Lichtgestalt, das brachte mich nicht weiter. »Wo waren Sie zum Todeszeitpunkt?«

»Ich bin am späten Nachmittag shoppen gewesen, mit Frau von Sensburg.« Sie ging davon aus, dass ich diesen Namen kannte. Wenn Dörnberg mir gestern nicht erzählt hätte, dass sein Vorgesetzter im Vorstand so hieß,hätte ich nicht wissend nicken können.

Charlotte öffnete eine Schublade ihrer Kommode. Diesmal quoll jede Menge Papier heraus, bildete kleine Stapel, einzelne Blätter segelten auf den Boden.

»Hier ist sie!«

Sie reichte mir eine Abrechnung ihrer Kreditkarte. Das Datum passte. Frankfurt, Goethestraße, Cartier. Was wollte man mehr. »Am Abend habe ich mit Herrn Dörnberg eine Wohltätigkeitsveranstaltung besucht.«

Diese Abrechnung, die Überwachungskameras beim Juwelier und viele Zeugen ergaben ein perfektes Alibi. Charlotte Scherer in Teamarbeit mit Friedrich Hartung durfte ich als mordendes Pärchen abschreiben. Trotzdem kam für mich im Moment nur jemand aus dem direkten Umfeld des Toten als Täter in Frage. Vielleicht lag ich vollkommendaneben.

Der leitende Kriminalhauptkommissar Ralf Schmitz hatte kein Vertrauen zum Telefon an seinem Arbeitsplatz. Deswegen bat er mich, ihn persönlich in der Bad Homburger Polizeidirektion heimzusuchen. Er musste die Akte Scherer wieder öffnen. Die extreme Überdosis erreichte man nicht durch Pillen. Das war selbst für so einen Sturkopf wie Schmitz nicht von der Hand zu weisen.

In seinem Büro roch es nach Arbeit. Nach der von Straßenbauarbeitern. Er sah aus, als hätte ihn die Hitze niedergerungen. Das Rot seines Gesichtes ähnelte dem Glühen der Herdplatte eines gusseisernenOfens.

»Roland, setz dich. Schön, dass du kommen konntest.«

Ich machte es mir auf einem harten Stuhl bequem. Eine freundliche Begrüßung hatte ich von meinem knorrigen ExKollegen nicht erwartet. »Warum wolltest Du nicht am Telefon reden?«

»Ach, weißt du, hier haben die Wände Ohren. Die Internetnutzung der Mitarbeiter wird stichprobenartig kontrolliert, heißt es. Die angerufenen Telefonnummern werden registriert, und weiß ich, ob in der Telefonzentrale jemand die Gespräche aufzeichnet? Ich möchte nicht wetten.« Die Staatsschergen wurden überwacht. Kein Vertrauen zu niemandem, die Zeiten hatten sich geändert.

»Wie kann ich dir helfen, so ganz unter uns?«

Er lehnte sich nach vorn, stützte seine massigen Arme auf den Schreibtisch. »Es tut mir leid, dass ich dich beim letzten Mal angemotzt hab. Du hattest recht, ich unrecht. Die Faktenlage sah da noch anders aus. Ich hatte keine Lust auf Vermutungen und Verschwörungstheorien. Die Gerichtsmedizinerin hat dich bestätigt.«

»Du brauchst dich nicht zu entschuldigen, ich habe doch gesehen, was hier los war.«

»Ja, und es ist nicht besser geworden. Natürlich ist die Akte wieder geöffnet. Der Täter wird uns allerdings nicht weglaufen. Wir haben zurzeit zwei wichtigere Fälle.«

Wenn Mord schon nicht mehr dringend war, musste ich mir um unsere Gesellschaft, aber nicht um meine Auftragslage Sorgen machen.

Schmitz schien meine Gedanken lesen zu können. »Uns fehlen die Leute an allen Ecken und Enden. Seit Jahren senkt man für die oberen Zehntausend die Steuern und wir spüren die Folgen. Stellenabbau, Überstunden, einen steigenden Krankenstand. Dabei hat man den Wählern genau das Gegenteil versprochen. Ich kriege zu viel, wenn ich auf einem Wahlplakat das Wort Sicherheit sehe. Das haben die Konservativen gründlich verbockt.« Seine Gesichtszüge wirkten mehr verzweifelt als wütend, seine Hautfarbe tendierte inzwischen zu Dunkelrot.

»Was kann ich für dich tun? Willst du mich engagieren?« Er lachte.

»So weit kommt es noch.« Er ließ sich in seinen dicken Bürosessel plumpsen. »Obwohl, schön wäre es. Outsourcing ist in Mode. Vielleicht gibt es irgendwo im Innenministerium einen Topf für Honorarkräfte, von dem ich nichts weiß.«

»Möchtest du mit mir über die Unzulänglichkeiten der hessischen Polizei philosophieren oder schwebt dir ganz konkret was vor?«

»Ich habe nicht genug Beamte für den Fall. Außerdem arbeitest du besser als meine Leute. Die sind zwar gut, allerdings bist du einen Tick pfiffiger. Halte mich bitte in Zukunft auf dem Laufenden.« Solche Komplimente hörte man gerade von ehemaligen Kollegen immer wieder gerne, besonders wenn man den Staatsdienst verlassen hatte. Alte Liebe rostet nicht. Schmitz war ein ruppiger Typ, aber er gehörte zu den Guten. Er wollte jeden zur Strecke bringen, egal wie viel Aufwand das bedeutete. Das hielt ich nicht mehr für selbstverständlich im Reich des Innenministers. Meine eigene Geschichte belegte das ausreichend.

»Kein Problem, solange es mit den Interessen meiner Klienten nicht kollidiert.«

»Alles klar.« Mit Schwung katapultierte sein Chefsessel ihn nach vorne. »Trotzdem, Vergiftung durch Psychopharmaka in einer Klinik, ich will nicht an Mord glauben. Dass die Dosis hoch war, gut, das hat die Breker entdeckt. Aber eine hohe Dosis macht aus einem Selbstmord keinen Mord. Schon gar nicht bei unserer Überstundenanzahl.«

Ich schüttelte den Kopf bei so viel Hartleibigkeit. Ich wusste ja, von wem es kam, und nahm ihn nicht wirklich ernst.

# Residenz

Ganz oben auf meiner To-do-Liste stand die Überprüfung der ehemaligen Berliner Direktoren der Finanzbank. Laut Dörnbergs Computerausdruck wohnte einer in Kronberg-Schönberg. Meine Recherchen brachten kaum Infos: Gerhard Ernst, vierundsechzig Jahre alt, einige Vorträge zum Thema ›Wie wir den Osten eroberten‹ oder ›Erfolgreiche Zusammenarbeit zwischen Privatbanken und öffentlichen Institutionen am Beispiel der Treuhand‹. Das passte zu dem, was mir Jürgen Roth über die Praktiken der Westkonzerne in der Wendezeit gesagt hatte. Vielleicht auch zu den Papieren mit den großen Summen aus Moskau. Ich freute mich auf das Treffen mit diesem Herren. Das Gespräch versprach, interessant zu werden.

Von Bad Homburg war es ein Katzensprung zum Kronberger Ortsteil Schönberg. Die Adresse lag direkt hinter dem Park des Schlosshotels. Viel vornehmer ging es nicht mehr. Ich fuhr an verspielten Gründerzeitvillen vorbei, wie man sie eher aus Kurstädten kannte. Hölzerne Veranden, liebevoll saniert. Etwas verschnörkelt, selten übertrieben. Die Bauherren waren womöglich die Höflinge der Kaiserin Viktoria, die nach dem Tode ihres Mannes, Kaiser Friedrich III., das Schloss als Witwensitz bauen ließ.

Ernst wohnte eine Straße weiter oben. Durch die Bäume erkannte ich einen Bau, der nicht nach Sandstein, geschweige denn nach neogotischem Tudorstil aussah. Beton der Siebzigerjahre, sieben Geschosse. Eine typische Wohnanlage, erst auf den zweiten Blick realisierte ich, dass es sich um eine Seniorenresidenz handelte. Das verunsicherte mich. Für diese Adresse war Ernst zu jung.

Die große Glastür schob sich automatisch zur Seite. Dahinter ging es gediegen zu. Kleine Sitzgruppen mit französischen Sesseln, dicke Teppiche und Ölgemälde, keine billigen Kunstdrucke. An einem eleganten Schreibtisch, natürlich passend zum Ambiente, saß eine hochtoupierte Dame. Sie reagierte prompt auf meine Annäherung.

»Guten Tag, was kann ich für Sie tun?«

»Hallo, mein Name ist Roland Bernau, ich suche Herrn Ernst, Gerhard Ernst.«

»Einen Moment bitte.« Nach der Eingabe in ihre Datenbank drehte sie sich wieder zu mir um. »Sind Sie ein Verwandter?«

Ich wollte auf die Schnelle ungern eine neue Lüge erfinden und griff zu meiner erprobten Legende. »Nein, ich bin Journalist und arbeite an einer Geschichte der deutschen Banken während der Wendezeit. Herr Ernst war damals Bankdirektor in Berlin. Ich komme auf Empfehlung seines ehemaligen Kollegen.«

Sie schrieb etwas auf einen Notizblock. »Zweiter Stock, Sie nehmen den Aufzug auf der rechten Seite. Oben gehen Sie geradeaus, mittlerer Gang. Melden Sie sich bitte im Büro der Station 3.«

Ihr Blick ruhte auf mir. Wahrscheinlich, um mit anzusehen, wie ich versuchte, die Anweisungen zu verarbeiten. Mithilfe des Zettels sollte mir das gelingen.

Station 3 klang nicht gut für meinen Residenzbewohner. Vielleicht hatte er inzwischen Gebrechen, die ihn nicht mehr aufstehen ließen.

Im zweiten Stock sah es nicht ganz so gediegen aus. Immer noch gepflegt und alles topp in Schuss, es kam mir aber abwaschbarer vor. Der mittlere Gang endete mit einer verschlossenen Milchglastür. Ich klingelte, eine südländisch aussehende Frau öffnete mir.

»Herr Bernau?« Wie im Hochhaus der Bank, man reichte mich weiter. Die Sicherheit der Banker war auch hier gewährleistet.

»Genau. Ich würde gerne mit Herrn Ernst reden.«

»Wir können schauen, wie es ihm geht.«

Langsam machte ich mir Sorgen um den Gesundheitszustand meines Bankiers.

Sie klopfte an eine Tür und trat ein, ohne auf Antwort zu warten. »Herr Ernst, Besuch für Sie.«

In Erwartung von medizinischen Gerätschaften und Infusionsflaschen ging ich hinein. Nichts davon fand sich in diesem Zimmer. Es war aufgeräumt, wenige Bilder an den Wänden, kein Schnickschnack zur Dekoration. Auf der Kante seines Bettes saß ein älterer Herr. Er hielt zu meinem Erstaunen eine goldglänzende Mundharmonika in den Händen. Die Pflegerin nickte mir kurz zu und verließ den Raum. Gerhard Ernst schaute mich an, sagte kein Wort.

»Guten Tag, Herr Ernst. Mein Name ist Bernau, ich bin Journalist und schreibe einen Zeitungsartikel, die Geschichte Ihrer Bank.«

»Ah ja.«

»Ja, speziell über Ihre Zeit während der Wende in Berlin.«

»Wende, ja.«

Er hob die Mundharmonika an den Mund und spielte ein Lied. Es war ›Ein Jäger aus Kurpfalz‹. Alle Strophen. Als hätte er noch nie etwas anderes gemacht. Ich traute mich nicht, ihn zu unterbrechen. Er endete mit einem zufriedenen Lächeln und nahm die Mundharmonika von den Lippen.

»Michael, warum hast du Mutti nicht mitgebracht?« Er sah mich entrüstet an. Damit hatte sich wohl eine Möglichkeit der Nachforschungen erledigt. Herr Ernst sah zwar fit aus, konnte auch ganz toll Mundharmonika spielen, mit dem Erinnerungsvermögen schien es allerdings deutlich zu hapern. Kurz füllte ich die mir angebotene Rolle aus und erwähnte die Hinderungsgründe der Mutter. Das quittierte er mit »Muss i denn zum Städele hinaus.«

Die Pflegerin schaute herein. »Alles in Ordnung bei Ihnen?«

Herr Ernst legte noch einen Zahn zu, in ihre Richtung spielend. Ich zog es vor, mich von meinem Gesprächspartner zu verabschieden, wovon dieser aber keinerlei Notiz nahm.

Am Ausgang rauchte die Empfangsdame einen Zigarillo. Sie blies den Qualm mit einem unverschämt zu nennenden Blick aus. Garantiert kannte sie den Gesundheitszustand von Ernst. Der Eroberer des Ostens hatte einen ordentlichen Alzheimer. Ich war mir nicht sicher, ob ich die ehemaligen Berliner Direktoren als Informanten oder Verdächtige einstufen sollte. Scherer hatte am Tag vor seinem Tod die Moskauer Papiere an die Zeitung geschickt. Leider fehlte die Seite mit den Unterschriften. Vier Direktoren gab es seinerzeit, zwei mussten gemeinsam unterschreiben. Sie drehten mit den Russen ein riesiges Rad. Die eingesetzten Summen vervielfachten sich in allerkürzester Zeit, während die Absicherung für diese Gelder gegen null tendierte. Wäre der Deal geplatzt, hätten Köpfe rollen müssen. Wenn die Schlussfolgerungen von Jürgen Roth zutrafen, war das ein unglaublicher Betrug am Steuerzahler. Auf jeden Fall hinterließ die Bank in der Öffentlichkeit einen miserablen Eindruck. Und erst recht die Unterzeichner. Gigantische Schadenersatzforderungen kämen auf sie zu. Mir rauchte der Schädel.

Zwischen den Kastanienbäumen vor der Residenz spürte ich einen frischen Windzug. In der Hitze des Nachmittags war das mehr als willkommen. Es sah nicht nach Gewitter aus, nirgends eine Wolke am Himmel, fühlte sich aber wie der Wind vor dem Regen an.

An meinem Wagen stand jemand, der mir schon aus einiger Entfernung bekannt vorkam.

## Export

»Wie geht es dir?« Mit Julia hatte ich so schnell nicht gerechnet.

»Was machst du hier?«, fragte ich sie.

»Ist das die herzlichste Begrüßung, die du draufhast?«

»Entschuldige bitte.«

Ich drückte sie erst einmal ordentlich, ganz ohne Bussi, aber von Herzen.

»So ist es besser. Ich habe in deinem Büro angerufen. Susanne hat mir gesagt, wo du sein müsstest.«

»Und dann bist du extra hierhergefahren? Das ist nett von dir.«

»Da muss ich dich leider enttäuschen. Ich hatte gerade in der Nähe zu tun. Dunkle Machenschaften im Landratsamt, Korruption bei der Verkehrsgesellschaft.«

»Die Welt ist schlecht, selbst im liebreizenden Taunus.«

»Möchtest du spazieren gehen?«

»Mit dir immer gerne.«

Wir gingen Richtung Tal. Die kleinen Straßen boten genug Abwechslung für den, der sie noch nicht kannte. Es war nicht die übliche hessische Bauweise, Haus an Haus. Hier zählte der schöne Blick auf das Schloss, die Burg oder die Frankfurter Skyline. Die Vorstandsdichte war in Kronberg deutlich höher als im Rest der Republik. Entsprechend hoch lagen die Immobilienpreise.

»Darf ich mir einbilden, dass du mich um meinetwegen sehen möchtest?«, fragte ich.

»Natürlich. Wenn es dir hilft.« Julias Laune war sichtlich besser als gestern, ihr Lächeln erleichterte mich.

»Du wolltest den Taunus meiden. Woher der Sinneswandel?«

»Erstens ging es um meine Arbeit. Beim Termin im Hofheimer Landratsamt habe ich keine Angst um mein Leben. Und zweitens ist es noch hell genug.«

»Schön, dann werde ich dich in Zukunft zu Kaffee und Kuchen statt zum Vino einladen.«

Sie lachte. »Das darfst du.«

»Warum bist du wirklich hier?« Wir bogen von der Parkstraße in Richtung Golfplatz ab, der das Schlosshotel umrahmte. Julia nahm meinen Arm.

»Ich will die Sache nicht einfach auf sich beruhen lassen. Eine Recherche auf den Internetseiten von Neutis konnte ich mir heute Morgen nicht verkneifen.«

»Wenn du nichts gefunden hättest, wärst du nicht nach Kronberg gekommen.«

»Schlaumeier. Zumindest ist es vielleicht eine Möglichkeit, einen der vielen Knoten zu lösen. Eine kleine Chance, aber dennoch.«

»Nämlich?«

Julia ließ mich zappeln. »Ist es nicht herrlich hier? So ein Häuschen würde mir auch gut stehen. Mit einer deutlichen Anhebung meiner Zeilenhonorare oder einem Buch über diese Geschichte sollte das klappen.«

»Ein toller Gedanke. Ein Leben in der Schickeria habe ich mir schon immer gewünscht.«

»Wer redet denn von dir?«

»So hab ich das nicht gemeint.«

Netterweise zog sie meinen Arm fester an sich. »Ich habe herausgefunden«, begann sie, »dass Neutis vor zwei Jahren einen großen Teil seiner Methylphenidatproduktion nach Bukarest verlegt hat. Was du gesehen hast, war nur eine kleine Herstellungseinheit gegenüber dem, was dort steht.«

»Wenn in Rumänien die gleichen Maschinen wie in Darmstadt sind, bringt uns das keinen Schritt weiter.«

»Dann hättest du recht. Ist aber nicht so. Sie haben sämtliche alten Gerätschaften hier abgebaut und da wieder aufgestellt.« Wir nahmen den öffentlichen Weg durch den Golfplatz hindurch zum Hockeyfeld. Die Bäume boten einen angenehmen Schatten, vom Wind spürte ich nichts mehr und der Regen hatte es sich auch anders überlegt.

»Wie hast du das herausgefunden?«

»Ich habe zuerst beim Verband der Maschinenbauer angerufen. Denen habe ich erzählt, dass wir einen Bericht über die Verlagerung von deutschen Arbeitsplätzen Richtung Osteuropa planen. Ob das für die Unternehmen einen kurzfristigen Umsatzanstieg bedeutet.«

»Nicht schlecht. Was haben sie gesagt?«

»Dass man meistens die alten Maschinen in ausländische Fabriken stellt. Die Autokonzerne nutzen die Pressformen von ausgelaufenen Modellen und erfinden für ihre Zweit- und Drittmarken scheinbar neue Fahrzeuge. Das sind eigentlich nur die alten Typen der Premiummarke.«

»Wie sieht es bei den Pharmaunternehmen aus?«

»Unterschiedlich, oft werden für die deutschenStandorte neue Maschinen gekauft, die Abgeschriebenen gehen ins Ausland. So bleibt die Produktivität hier höher, obwohl die Personalkosten im Osten wesentlich niedriger sind. Andere Firmen nehmen die neuen Geräte für die Billiglohnländer, um die maximale Rendite rauszuholen und der deutschen Belegschaft zu zeigen, wo der Hammer hängt.«

Auf dem Golfparcours schlug ein Spieler in voller Tracht – karierte Bermudashorts, Poloshirt und Schildmütze – mächtig in den Sand, um seinen Ball aus dem Bunker zubringen.

Vor lauter aufgewirbeltem Staub konnte ich nicht erkennen, ob er es schaffte.

»Okay, das klingt jetzt nach toller Wirtschaftsberichterstattung. Wie hast du die Infos von Neutis bekommen, das ist doch irgendwie ein Betriebsgeheimnis?«

»Ich habe beim Betriebsrat angerufen. Diesmal war ich Reporterin für die Zeitschrift des Gewerkschaftsbundes. Als Thema die erfolgreichen Beispiele der Verhinderung des übermäßigen Exportes von Arbeitsplätzen.«

Ich musste einen bewundernden Pfiff von mir geben. »Du bist ja eine ganz kalte Lügnerin.«

»Alles für den guten Zweck. Sie haben mir stolz erzählt, wie es ihnen gelang, nur alte Maschinen nach Bukarest zu schicken.«

Alte Maschinen, waren das nicht auch die Worte des Werkschutzchefs bei Neutis? Da ging mehr als bei den neuen, hermetisch abgekapselten, elektronisch überwachten Tablettiergeräten.

»Was heißt das für uns?« Ich sprach es vor mich hin, eher für mich als für Julia.

»Warst du schon mal in Rumänien?«, fragte sie.

Damit keimte wieder die Hoffnung auf, unsere Spur zu reanimieren. Wir vollendeten die Runde um den Golfplatz. Ich drückte Julia, diesmal garniert mit zwei Bussis, und versprach, sie auf dem Laufenden zu halten. Sie fegte in ihrem Cabrio um die Ecke, als Charlotte Scherer meinen Anrufannahm. Ihr erschienen die neuesten Ergebnisse schlüssig. Etwas zurückhaltender wurde sie beim Thema Dienstreise nach Bukarest, schließlich finanzierte sie mein Spesenkonto. Ich konnte ihr zum Glück verdeutlichen, dass es ohne genaue Recherchen vor Ort nicht ging.

Zurück im Büro suchte ich auf der Internetseite von Neutis deren Pressesprecher. Herr Metz war ganz angetan von meiner Idee, einen schönen Bericht für die Handelszeitung zu schreiben. Es sollte um die Maßnahmen der Pharmahersteller gegen die Konkurrenz der Generikafirmen gehen. Irgendwie mussten die Forschungsausgaben wieder reingeholt werden, auch wenn der Patentschutz bereits abgelaufen war. Mitleid mit einem Chemieunternehmen war unter Journalisten nicht weit verbreitet. Umso mehr erfreute mein Engagement Herrn Metz. Er bot sogar die Übernahme der Reisekosten an, die ich als seriöser Reporter natürlich ablehnte. Metz sagte mir, dass er seine Kollegen in Rumänien über meine demnächst zu erwartende Ankunft umgehend informiere. Mir schickte er eine Mail mit allen nötigen Anreiseinfos sowie einem Empfehlungsschreiben.

Susanne hatte heute früher Feierabend gemacht. Rund um die Espressomaschine herrschte Ordnung, im Kühlschrank leider gähnende Leere. Weit und breit kein Taunusapfelkuchen.

Weil Bukarest jetzt drängte, wollte ich nicht warten, bis Susanne mir morgen ein Flugticket buchen würde. Sie kannte sich damit perfekt aus, im Gegensatz zu mir. Bis ich endlich eins zu einem halbwegs angemessenen Preis ausdruckte, verging eine kleine Ewigkeit. Die Flugdaten und den Anlass meiner Dienstreise hinterließ ich Susanne auf einem Schmierblatt. Es konnte nicht schaden, sie zu informieren, wo ich war. Man konnte ja nie wissen.

Mein Körper quälte sich, dem Wecker um 5:30 Uhr Folge zu leisten. Das war nicht meine Zeit. Der Spiegel bestätigte das.

Eine Stunde später herrschte in Abflughalle B des Terminals 1 eine ungesunde Hektik. Beanzugte Träger von schwarzen Aktenkoffern wuselten durch die Gänge. An den Schaltern stauten sich die Touristen, die es sich nicht nehmen ließen, bereits hier nach Strand auszusehen. Sportgeräte aller Art ruckelten über die Transportbänder. Das Bodenpersonal strahlte keine Begeisterung aus, wenn es Surfbretter, Golftaschen und Fahrräder weiterwuchtete. Aus den Lautsprechern leierte in verschiedenen Sprachen die ewig gleiche Durchsage: »Bitte lassen Sie Ihr Gepäck nicht unbeaufsichtigt.« Das war nicht den Taschendieben geschuldet, sondern dem Bombenanschlag von 1985.

Mit meinem Ticket konnte ich direkt zum Anlegefinger B44 gehen. Selten hatte ich in einem Warteraum um diese Uhrzeit so viele gesprächige Menschen erlebt. Zu meinem Bekanntenkreis zählten auch rumänische Frauen, insofern hätte mich dieses hohe Mitteilungsbedürfnis nicht wundern dürfen. Aber in größerer Anzahl beeindruckten sie mich doch. Italiener wirkten dagegen wie Mönche mit Schweigegelübde.

Nach dem Aufruf zum Einstieg freute ich mich auf einen bequemen Sessel. Vielleicht war sogar Schlaf drin. Statt einiger Schritte in den Flieger, wartete im Erdgeschoss ein Bus. Die holprige Sightseeing-Tour über das weite Vorfeld des Frankfurter Flughafens dauerte eine Ewigkeit, bis der Bus endlich sein Ziel erreichte. Beim Anblick der Maschine kam mir schlagartig der Gedanke, dass ich lieber Susanne die Buchung des Tickets hätte überlassen sollen. Ein nicht mehr ganz taufrischer Jet aus sowjetischer Produktion. ›Balkan Air‹ stand in breiten Buchstaben auf dem Rumpf.

Während des Fluges versuchte ich, mich auf den eigentlichen Anlass meines Termins in Bukarest zu konzentrieren. Unterbrochen von kleinen, harten Brötchen, die aber immerhin zusammen mit einer Art Eselsalami serviert wurden, wollte mir das nicht gelingen. Die Krönung des Fluges war nicht die wirklich gut aussehende Stewardess – sondern ein Luftloch. Das sagte zumindest der Flugkapitän. Es hobmeine zwei Zentner aus dem Sitz und ließ meine Schädeldecke gegen die Lüftungsregler an den Gepäckfächern knallen. Das Eiskissen für meine Beule und ein Schmerzmittel waren im Flugpreis inbegriffen.

Die Maschine landete pünktlich. Das kam in Frankfurt eher selten vor.

Dem Taxifahrer drückte ich die Ergebnisse eines Routenplaners mit Adresse und Kilometerangabe in die Hand. Ich wollte die Spesen nicht unnütz strapazieren.

Gleich neben dem Flughafen reihten sich endlos Bürogebäude und Fabrikhallen aneinander. Der Osten der EU profitierte eindeutig vom Export westlicher Arbeitsplätze.

Weil der Fahrer den Beifahrersitz weit nach vorne gezogen hatte, saß ich auf der Rückbank. Das mochte ich nicht, es erschien mir zu herrschaftlich.

Nach einer Viertelstunde Gleiten über frisch asphaltierte Schnellstraßen näherten wir uns dem riesigen Logo der Firma Neutis. Julia hatte recht, die Produktion in Darmstadt wirkte eher mittelständisch, beinahe familiär. Hier sah es richtig nach Chemiekonzern aus.

Im Empfangsgebäude lächelten mir drei junge Frauen in dunkelblauer Dienstkleidung entgegen. Nach einigen wenigen englischen Worten von mir antwortete eine von ihnen zu meinem Erstaunen nahezu akzentfrei auf Deutsch.

»Herr Bernau, Sie wurden bereits angekündigt. Würden Sie bitte dieses Formular ausfüllen und mir Ihren Ausweis geben?«

Sie legte ein Blatt auf den anthrazitfarbenen Marmortresen. Ich hatte dem Pressesprecher meinen echten Namen genannt, schließlich verfügte ich nicht über eine endlose Auswahl von falschen Papieren. So weit musste ich bei der Wahrheit bleiben. Halbe Lügen waren die Besten. Lediglich bei Firma schrieb ich ›Handelszeitung‹.

Nach dem Austausch von Personalausweis gegen Besucherausweis erschien eine weitere Dame. Sie war ein wenig älter, trug ein hellbraunes Kostüm, das nach einer anderen Gehaltsstufe aussah.

»Ich bin Gianina Petrescu, die Pressesprecherin. Herr Metz hat mich informiert, was Sie gerne sehen und wissen möchten.«

»Es ist wirklich entgegenkommend, dass mein Besuch kurzfristig möglich ist.«

»Kein Problem, wir freuen uns über Ihr Interesse.«

»Schwerpunktmäßig habe ich vor, darüber zu berichten, was Sie den Nachahmerpräparaten der Konkurrenz entgegensetzen. Falls es erlaubt ist, würde ich die entsprechenden Anlagen fotografieren.«

»An den meisten sollte das machbar sein. Ich bleibe bei Ihnen, dann geht das ohne große Probleme.«

Hinter dem nach allen Seiten verglasten Gebäude erstreckte sich das Fabrikgelände beidseitig einer schmalen Allee von jungen Bäumen. Es gab keinen Anschein von Tradition, das Werk strahlte kühle Modernität aus. Schlichte Zweckbauten mit Metallverkleidung für die Produktion, Edelstahl und verspiegeltes Glas an den Verwaltungsgebäuden. Damit hatte ich nicht gerechnet. Es sah zum Teil mehr nach Frankfurter Bankenviertel als nach einem ehemaligen Chemiekombinat aus.

Wir gingen auf den Eingang einer Werkshalle zu.

»Hier zeige ich Ihnen unsere Schmerzmittelherstellung.« Ich nickte, sie hielt ihren Firmenausweis an ein Lesegerät. Die Türen öffneten sich automatisch. Gleich dahinter standen Regale mit Kleidung in jeder Größe.

»Aus hygienischen Gründen müssen wir uns diesen Schutz anziehen. Das kennen Sie sicher.« Frisch gebügelte, weiße Arbeitskittel und eine Haube für die Haare hatte ich noch nie als vorteilhaft für mein Äußeres empfunden. Was macht man nicht alles für die Wahrheitsfindung. Im Inneren der Halle fiel das nicht weiter auf, die ganze Belegschaft trug ähnliche Garderobe.

Kopfschmerztabletten interessierten mich natürlich gar nicht, ich wollte aber keinen Argwohn erwecken. Die Methylphenidatpillen waren auf dem Gelände. Ich musste meine Begleiterin in diese Richtung bugsieren.

Sie zeigte sichtlich stolz über die Produktionsanlagen.

»Seitdem die Menschen immer mehr Smartphones und Tablet-PCs verwenden, ist der Umsatz deutlich gestiegen.« Aus chromblitzenden Apparaten ruckten die Pillenpackungen auf Förderbänder, an deren Enden palettenweise Pappkisten standen. »Verkrampfte Haltung und zu kleine Schriften sind gut für unser Geschäft.«

»Da kann ich Ihnen aus eigener Erfahrung zustimmen.

Bei mir erledigt das schon mein normaler PC.«

Mit schnellen Schritten ging sie auf die Tablettieranlagen zu. Es waren die allerneuesten Geräte. Von wegen ausrangierte Maschinen im Osten. Ich holte meinen Fotoapparat hervor und machte von allen Seiten ein paar Bilder. Die Arbeiterinnen lachten und winkten ab, als ich mich näherte. Bereits hier wollte ich so nah wie möglich an die Schalen, in denen die Stoffe sich mischten. Ein Mann, der nach Vorarbeiter oder Meister aussah, war nicht einverstanden, dass ich Fotos schoss. Er stellte sich vor mir auf und beschwerte sich lautstark, glücklicherweise auf Rumänisch. Ich verstand kein Wort. Meine Begleiterin hatte eine andere Vorstellung von transparenter Firmendarstellung. Gianina Petrescu sagte ihm knapp, aber wohl recht klar, was ging und was nicht. Ihre Stimme klang eindeutig. Im Osten waren nach meiner Erfahrung die Frauen schon immer etwas weiter bei der Gleichberechtigung. Wahrscheinlich eine Folge des Arbeitskräftemangels zu Zeiten des Eisernen Vorhangs. Vergleichbar im Westen nur mit den Kriegszeiten, als Frauen die Männer an allen möglichen Arbeitsplätzen ersetzen mussten. Was nach dem Krieg schnell wieder in Vergessenheit geriet. Oder von den Männern weggewischt wurde. Der zurechtgewiesene Mitarbeiter trollte sich.

»Vielen Dank für Ihren Einsatz.«

»Nichts zu danken«, sagte sie, »es ist in meinem eigenen Interesse, dass Sie ausreichend gute Bilder bekommen. Schließlich bewertet man meine Leistung in der Anzahl der veröffentlichten Artikel.« Das war offen, aus diesem Blickwinkel hatte ich die Arbeit von PR-Fuzzis bei den Unternehmen noch nicht betrachtet.

»Welche Medikamente, deren Patentschutz abgelaufen ist, produzieren Sie?«

»Neben den Schmerztabletten stellen wir Magentropfen, Schlafmittel und verschiedene Erkältungspräparate her.«

»Zurzeit fragen viele Eltern nach Mitteln gegen die Hyperaktivität ihrer Kinder. Haben Sie dafür auch ein Fertigungsband?«

»Sie kennen sich gut aus. Ich hoffe, nicht aus eigener Betroffenheit!«

Ich lachte und war froh, dass mir zumindest dieses Schicksal bislang erspart geblieben war. »Nein, es passt nur so gut, weil der Patentschutz vor einiger Zeit endete.«

»Zwei Hallen weiter, dort ist diese Fertigung.«

Durch einen Seitenausgang kamen wir ins Freie, die Arbeitskleidung behielten wir an. »Wo haben Sie so gut Deutsch gelernt?«

»Ich stamme aus Siebenbürgen. Außerdem habe ich hier im Goethe-Institut Kurse besucht. Das hat mir beim Journalismusstudium in Mainz geholfen.«

»Oh, ich wollte Ihnen nicht zu nahe treten oder Ihre Qualifikation anzweifeln.«

»Ich weiß, allerdings hat die Frage nach der Sprachfähigkeit gerne einen leichten Kolonialismustouch.« Jetzt wusste ich, wie sich vorhin der Meister gefühlt haben musste. Nur dass ich auf einem anderen Niveau zurechtgestutzt wurde. Gewirkt hatte es trotzdem.

Der Weg führte uns quer durch die benachbarte Werkshalle. Die Anlagen schienen hier ohne Personal auszukommen. Sie ratterten vor sich hin und spuckten in hohem Tempo Packungen aus. Jede Fertigungsstraße produzierte unterschiedliche Packungsgrößen desselben Mittels. Die Bänder liefen derart schnell, dass ich nicht erkennen konnte, um welches Medikament es sich handelte. Wie von Geisterhand bewegten sich mit viel Plastikfolie umwickelte Pappkisten auf Paletten in Richtung Hallentor. Unter ihnen blinkten kleine, automatische Transportwägelchen. Der Mensch war nur noch für den Notfall nötig. Falls das nicht auch ein Roboter erledigen würde.

»Möchten Sie ein paar Fotos machen?«

»Mhm, nein, ich glaube nicht. Ganz ohne Personal, das kommt nicht gut an.« So, wie sie mich anschaute, sah mir Frau Petrescu mein Erstaunen über die supermoderne Ausrüstung an. Von wegen rückständig. Die Produktion in Darmstadt war dagegen altbacken.

Wir folgten einem der Transporte zur Rampe außerhalb der Halle. Die Paletten rutschten von den Wägelchen auf ein bewegliches Transportband, das auf die Ladefläche eines LKW führte. Hier stand ein Mensch. Er ruckelte das Ende des Bandes an die noch freien Plätze. Mit großem Kraftaufwand schloss er die Lücken zwischen den Kisten.

Die dritte Halle sah wie die anderen aus. Vor wenigen Jahren hatte Neutis jede Menge Geld in die Hand genommen. Kein langsames Wachstum, sondern schnelle Expansion im Osten. Magnetkarten, automatische Türen, eine Luftdruckanlage, die für die Luftreinheit im Inneren sorgte. Ich konnte den Gedanken an eine schöne alte, offene Rührmaschine abschreiben. Tolle, neue Geräte, so weit das Auge reichte.

»Bitte, nach Ihnen, Herr Bernau. Sie können gerne Fotos machen.«

»Die gesamte Halle besteht nur aus Methylphenidatproduktion?«

»Genau, acht Bänder.«

Ich nestelte meine Kamera aus der Tasche. Missmutig stellte ich mich ans Ende einer Maschine und drückte auf den Auslöser.

»Wenn Sie mögen, dort steht ein Hubwagen. Das gibt einen tollen Überblick.«

»Ja, danke, das ist wunderbar.« Irgendwie schon abwesend oder beim nächsten Gedanken, wie ich dieses blöde Chemierätsel lösen könnte, kletterte ich zusammen mit einem Arbeiter in den Korb des Steigers. Die Wackelei nervte mich. Kurz unter der Hallendecke stoppte die Hydraulik. Um meine persönliche Betreuerin nicht zu enttäuschen, schoss ich ein paar Bilder. Ich zoomte auf einige Arbeiterinnen zu, die es hier tatsächlich gab. Bei einem Schritt zur Seite wackelte meine Plattform heftig. Ich verriss die Kamera, bevor ich auf den Auslöser drückte. Dabei sah ich durch die längere Brennweite, auf die ich gezoomt hatte, am Ende der Anlagen etwas Älteres stehen. Kein Edelstahl und mehr Personal als an den anderen Bändern. Ich signalisierte meinem Fahrstuhlführer, dass ich runterwollte.

»Das war eine gute Idee, Frau Petrescu. Wirklich schöne Fotos.«

»Das freut mich.«

Ich schlenderte in Richtung alter Maschine. »Die Produktion ist ziemlich groß.«

»Wir konnten kaum Schritt halten mit der stark anziehenden Nachfrage.«

»Verrückt. Haben so viele Jungs das Zappelphilippsyndrom?«

»Das ist nicht zur Veröffentlichung gedacht, aber es sind wahrscheinlich eher die Mütter, die keine Erfahrung mit unruhigen Kindern haben.«

»Da sagen Sie was. Zum Glück muss ich nur den wirtschaftlichen Aspekt beleuchten. Wie hat Neutis den enormen Bedarf erfüllen können?«

»So schnell waren leider nicht mal die deutschen Maschinenbauer. Deswegen hat man uns aus Darmstadt einige Anlagen geliefert, die zum Verkauf nach Indien bereitstanden.«

»Ach, das ist interessant. Dieses Band hier?« Ich wies auf die alten Geräte, denen wir uns langsam, aber sicher genähert hatten. Sie sahen beinahe nach modernem Retrolook aus. Im Mittelpunkt ruckelte eine Art Teigknetmaschine, wie in einer Backstube.

»Mhm. Das ist eine davon.«

Um das Mischbecken herum standen Vorratsbehälter, die untereinander mit Kabeln verbunden waren. Sie rappelten vor sich hin und blinkten wie die Anzeigen im Raumschiff Enterprise. Abwechselnd ließen sie verschieden große Mengen an weißem Pulver in das Becken schießen. Das hatte zwar eine Abdeckung aus Plexiglas, aber kein Schloss, geschweige denn eine hermetische Abdichtung.

Der Knethaken rotierte, bis ein sichelartiger Schieber die entstandene Masse zu einer Öffnung drängte, die sich an der Seite der Schale auftat. Dahinter arbeitete das Tablettiergerät. Zurück blieb ein feiner Staubbelag. Die Vorratsbehälter nahmen ihre Arbeit wieder auf. Eine nach der anderen, mit kleinem zeitlichen Abstand. Genug Zeit, um den Wirkstoff Methylphenidat mit Anhaftungen der verschiedenen Stoffe herauszufischen. Und sei es mit der Hand.

»Faszinierend. Ist das genau die gleiche Mischung wie bei der Produktion in Darmstadt?«

»Natürlich. Der Kunde braucht sich keine Sorgen machen. Ein Medikament, ein Rezept, egal ob aus Deutschland oder Rumänien. Made by Neutis, das zählt.«

»Für meine Geschichte ist das wichtig. Gut, dass Sie es betonen.« Ich machte schnell ein paar Bilder von den ruckelnden Ungetümen aus der deutschen Wirtschaftswunderzeit.

Aus diesem Bottich musste die tödliche Dosis stammen. Kaum hatte ich meine Fotos geschossen, stoppte eine

Arbeiterin die Anlage. Sie hob die Plexiglasscheibe an und wischte mit einem Lappen das Becken entlang.

»Herr Bernau, ich freue mich, dass Ihnen dieses Thema gefällt. Aber diese Maschine ist nicht typisch für Neutis.«

»Natürlich, da haben Sie vollkommen recht. Wir können gehen.«

Ich kam in den Genuss von drei weiteren Hallen. Eine moderner als die andere. Nach fast vier Stunden Marsch durch Produktion, Verpackung und Logistikzentrale hörte Frau Petrescu meinen Hunger. Die Eselsalami auf kleinen, harten Brötchen war verdammt lang her. Wir steuerten auf das Verwaltungsgebäude zu.

Aus der Cafeteria im obersten Stockwerk bot sich ein Panorama der Ebene vor Bukarest. Nach den ersten, dringend erwarteten Kalorien musste ich die Schnittstelle zwischen diesem Mischbecken und meinem Toten finden.

»Es ist eine tolle Anlage, die Sie aufgebaut haben. Topmodern, gute Arbeitsbedingungen, allesblitzeblank.«

»Dankeschön. Wir sind stolz auf unsere Firma. Niemand fühlt sich gegenüber den deutschen Kollegen zurückgesetzt. Die Tarife liegen deutlich über den in Rumänien üblichen Sätzen. Viele Menschen bewerben sich beiuns.«

Auch mit dem Essen konnte man absolut zufrieden sein. Es sei denn, nur der Vorstand und Besucher hätten hier Zutritt.

»Der Austausch mit der Zentrale in Darmstadt ist sicher sehr eng?«

»Wir bekommen genaue Vorgaben. Solange die Qualitätskontrolle keine Mängel feststellt, beschränkt sich der Kontakt auf ein Minimum.«

»Gab es Probleme in der ersten Phase?«

»Eine solch große Fabrik vom Reißbrett aus ohne Startschwierigkeiten zu verwirklichen, wäre mehr als ein kleines Wunder.« Frau Petrescu verlor nie ihr Lächeln. Trotzdem war sie überzeugend.

»Sicher arbeiteten hier viele Kollegen aus Deutschland, zum Aufbau und zum Projektstart?«

»Na klar. Das ist aber eine ganze Weile her. In diesem Jahr hat sich kein Darmstädter blicken lassen.«

Das würde noch schwierig werden. Irgendwie war das Gift aus diesem Becken nach Königstein gekommen. Ich suchte einen Boten und seinen Auftraggeber. Unwahrscheinlich, dass ein Mensch alles alleine durchgezogen hatte, von der Fabrik bis in die Klinik.

Die Erdbeeren waren herrlich frisch und süß genug. Ein Kaffee rundete die späte Mittagspause ab.

Frau Petrescu brachte mich bis zum Taxi. Die Kälte der Klimaanlage kroch in der sommerlichen Nachmittagshitze unter mein angeschwitztes Hemd.

Am Flughafenterminal hielt der Fahrer direkt vorm Eingang der Abflughalle. Er steckte wortlos mein Geld ein. Wie in Frankfurt konnte ich ohne die nervige Warterei am Checkin in Richtung Warteraum für meine Maschine gehen. Vor der Sicherheitskontrolle ballten sich die Fluggäste. Nur ein Durchgang war geöffnet. Weiter hinten saßen Männer in den typisch uniformähnlichen Klamotten des Sicherheitspersonals an einem Tisch. In aller Ruhe veranstalteten sie vor den Augen der Warteschlange ein Picknick.

Auch eine Form von Lebensqualität, zumindest für die Angestellten.

Es war ein einziges Geschiebe. Was manche Passagiere unter Handgepäck verstanden, beeindruckte mich. Taschen und Tüten in jeglicher Größe. Die Reihe lief trichterförmig auf die Kontrolle zu. So war sie zwar kürzer, führte allerdings zu nervigen Diskussionen. Nie war klar, wer vor wem stand.

Es dauerte eine Weile mit viel Geschubse, bis man mich überprüfte. »Please, put your things with metal into the basket.« Der freundliche Kontrolleur reichte mir eine Plastikwanne für metallhaltige Gegenstände. Ich fummelte meinen Gürtel aus den Schlaufen, legte das Portemonnaie und den Schlüsselbund hinein. In der Sakkotasche fingerte ich nach dem Handy. Meine Hand schloss sich um das alte Gerät. Ich spürte dabei etwas Dünnes aus Plastik, das vor ein paar Minuten noch nicht da gewesenwar.

Es fühlte sich klein und schmal an. Zuerst dachte ich an den verpackten Ersatzknopf des Sakkos. Es war aber mit einer weichen Masse gefüllt. Ich zog beides heraus, schaute jedoch erst hin, als der Rand der Wanne es vor den Blicken des Personals schützte. Ein weißes Pulver, eingeschweißt in Folie. Das war garantiert kein Kopfschmerzmittel. Jetzt konnte ich kein Pülverchen in einem Tütchen gebrauchen. Ich behielt es in der Hand, während das Handy in die Schale plumpste.

Hinter dem Röntgengerät tauchten drei weitere Männer auf. Zwei in Polizeiuniform, ein Ziviler. Sie wirkten angestrengt unbeteiligt, hatten die Augen auf unendlich gestellt, jeder sah in eine andere Richtung.

Etwas lief hier. Und zwar nicht in meinem Sinne. Ich musste den Mist sofort loswerden.

Bis auf einen Kugelschreiber hatte ich alles in der Wanne. Ich konnte es nicht einfach wegwerfen. Bestimmt stand jemand hinter meinem Rücken, der mich beobachtete. Vielleicht genau derjenige, der mir das Zeug in die Tasche gesteckt hatte. Mit der linken Hand hielt ich mein Sakko auf, mit den Fingern der rechten, in der das Tütchen lag, griff ich nach meinem Kuli. Ich war nie ein Spezialist für Taschenspielertricks. Das fehlte mir jetzt.

Ich streifte das Tütchen von der einen in die andere Hand. Fast wäre es runtergefallen. Eine Familie drängelte, sie sah nicht nach Verschwörung aus. Sie stapelten ihre Tablet-PCs und Smartphones sowie den Inhalt der Handtaschen von Mutter und Tochter in einer Wanne. Ich drehte mich so ein, dass ich mit meinem Körper die Sicht der Sicherheitsmänner auf meine linke Hand verdeckte. Mit einem Klacken fiel der Kugelschreiber auf das harte Plastik meiner Schale.

Gleichzeitig fand das Pülverchen seinen Weg in die Sammlung der Familie. Zwischen Lippenstiften und Puderdosen war es auf den ersten Blick kaum zu sehen. Der Vater zog netterweise die Konzentration seiner Lieben auf sich, indem er sie ungehalten anraunzte. Ich war ihm dankbar, was auch immer er gesagt haben mochte.

Ich trat durch die Schranke mit dem Metalldetektor. Kein Piep. Meine Utensilien leuchteten schön bunt auf dem Monitor des Kontrolleurs. Die drei Beamten gaben jetzt ihre unbeteiligte Art auf und stierten auf den Bildschirm. Dass sie nichts entdeckten, schien sie nicht zu stören. Ich griff nach meinen Sachen in der Schale.

»Würden Sie uns bitte folgen«, sagte der Zivilbeamte in nicht ganz akzentfreiem Deutsch. Er wies auf eine Bürotür mit der Aufschrift ›Politia de Frontiera‹.

Ich versuchte, möglichst unschuldig auszusehen. »Was ist? Warum?«

»Kommen Sie!« Das klang nicht mehr höflich. Ich nickte, was blieb mir sonst übrig. Der Zivile ging vor, öffnete die Tür. Die zwei Uniformierten schoben mich regelrecht vor sich her.

»Legen Sie Ihre Dinge auf den Tisch. Alles.«

Wieder kramte ich den Inhalt meiner Taschen hervor. Er rückte mit spitzen Fingern eins nach dem anderen zur Seite.

»Die Jacke.«

Mit beiden Händen hielt ich mein Sakko auf, um zu zeigen, dass nichts drin war.

»Hergeben!«

Für die Burschen in meinem Rücken war ich zu langsam. Ein Faustschlag in meine Nieren sollte mich zu mehr Tempo motivieren.

»Hey, was soll das?!«

»Halten Sie den Mund.«

»Was erlauben Sie sich? Ich kenne meine Rechte.«

Nur ein Grunzen kam vom Zivilfahnder. Er streckte den Arm nach meiner Jacke aus. Zielstrebig dreht er das Innere aller Taschen nach außen. Umso wütender sah er aus, als ihm aufging, dass nichts drin war.

»Hose.«

»Was ist los?«

»Hose hergeben!«

»Wo ist eine Umkleidekabine?«

»Sie sind hier nicht in der Herren-Boutique. Los!«

Die gleiche Nummer. Taschen umkrempeln, die Hose auf Links drehen. Er schmiss sie auf den Tisch.

»Unterhose.«

»Ich glaub, es geht los!«

Er nickte den beiden Beamten zu, die nicht lange fackelten und mich an den Armen festhielten.

»Schon gut! Lassen Sie gefälligst die Finger von mir!« Eine kurze Handbewegung von ihm und die behaarten

Pranken hinterließen rote, taube Stellen an meinen Oberarmen. Ich versuchte, meine Blöße vor dem dämlichen Grinsen hinter einem hohen Bürosessel zu verbergen. Schnell zog ich meine Shorts runter und schleuderte sie zu ihm rüber.

»Hier! Viel Erfolg, was immer Sie suchen.«

Natürlich gab es auch jetzt nichts zu entdecken. Er warf sie zurück.

Während ich mich anzog, ging er aus dem Raum. Die Tür blieb offen. Zwei Männer in dunklen Anzügen warteten auf ihn. Seine Gesten erzählten ihnen von der erfolglosen Überprüfung. Wer waren diese Kerle? Sie starrten mich kurz an, drehten sich um und verschwanden.

Der Zivile kam nicht wieder herein, sondern machte eine wegwerfende Bewegung mit dem Arm. Die Uniformierten ließen mich laufen.

Es war noch hell. Die Maschine setzte einigermaßen sanft auf. Wir tuckerten von der Landebahn Nordwest über die Autobahn A3, vorbei an den Wartungshallen der Lufthansa, Richtung Vorfeld.

Kaum war ich aus dem Bus gestiegen, rappelte mein Handy.

»Bernau.«

»Ich bin's, Julia.«

»Oh, das ist schön, bin gerade gelandet.«

»Ich weiß. Susanne hat mir die Flugdaten gegeben.«

»Okay. Wo bist du?«

»Terminal 1, Ankunftsbereich B, Schwarzwaldstübchen.«

»Bin in fünf Minuten bei dir. Bestell mir schon mal ein dickes Schinkenbrötchen und ein Pils.«

Sie lachte. »So kenn ich dich. Bis gleich.«

Ein salziger Geruch hing in der Luft. Im Schwarzwaldstübchen belagerten asiatische Touristen die Verkaufstheke im Eingangsbereich. Schinken am Stück, in jedweder Größe. Mitarbeiter der Fraport drängten sich um den kleinen Tresen im Nebenraum. Sie trugen Dienstkleidung, mal einen dunkelblauen Anzug, mal neonfarbene Sicherheitsjacken.

Die hübsche Kellnerin versah jeden einzelnen Gast mit einem schönen Augenaufschlag. Ihr Dekolleté sah nach einer umsatzsteigernden Maßnahme aus. Inmitten der Betonmassen des Großflughafens war diese Kneipe eine Oase deutscher Gemütlichkeit.

Julia hatte sich einen Tisch in der hinteren Ecke ausgesucht. Sie beobachtete die Chinesen am Nachbartisch, die das Gewicht des riesigen Original-Schwarzwälderschinkens in ihren Händen bestaunten. Wie viele Schweine hatten wohl auf diese Weise ihren Weg aus dem Ländle nach Asien gefunden?

Nach diesem merkwürdigen Tag war Julia für mich ein echter Lichtblick. Ich beugte mich hinunter, drückte sie und steckte meine Nase in ihr Haar. Sie roch gut.

»Wie geht es dir?«, fragte ich leise.

»Alles in Ordnung. Und deine Reise, hat sie sich gelohnt?«

Ich schob einen dicken Holzstuhl knarrend zur Seite und rutsche auf die Eckbank. »Ja, Volltreffer. Eine alte Pillenmaschine mit einem offenen Rührbecken. Man kann den Wirkstoff mit kleinen Teilen der anderen Substanzen aus der Schale fischen. Wenn man im richtigen Augenblick zugreift.«

»Das klingt doch toll! Vielleicht ein bisschen kompliziert.«

»Guten Abend, der Herr. Für Sie waren Schinkenbrötchen und das Pils?«

Mit einem Dialekt, wie ihn der brave Soldat Schwejk in Filmen sprach, servierte mir die Kellnerin meine Bestellung vom Vorfeld.

»Wunderbar.«

Sie stellte den Teller so auf den Tisch, dass ein tiefer Blick auf ihre äußeren Werte unvermeidlich war. Kein Wunder, dass im Gegensatz zum Hauptraum dieser Teil der Gaststätte rappelvoll war. Mit Männern, klar.

»Du siehst müde aus.«

»Das bin ich. Lieber arbeite ich am Abend, statt vor dem Frühstück schon im Flieger zu sitzen.«

»Der frühe Vogel fängt ...«

»Der kann mich mal.«

»Du Wutz, das sagt man nicht.«

»Ich wusste gar nicht, dass Journalistinnen heutzutage so spießig sind.«

»Nenn mich noch einmal spießig!«

»Und dann? Willst du mir das Gegenteil beweisen oder schmollend davonlaufen?«

Julia grinste. »Weglaufen ist nicht mein Ding.«

»Ich freu mich auf den Beweis des Gegenteils.«

Ein Knuff in meine Seite war einstweilen das Äußerste, zu dem sie sich hinreißen ließ. Immer nur leichte Schläge, das Leben eines Privatdetektivs war auch nicht mehr das, was es mal war.

»Also«, kehrte ich zum Thema zurück, »irgendjemand hat in dieses Rührbecken gegriffen und eine ausreichend große Menge Wirkstoff in die Finger bekommen. Es war entweder der Täter, was ich nicht glaube, oder jemand, der sein Gehalt aufbessern wollte.«

»Du hast die Leute gesehen, wer könnte dafür infrage kommen?«

»Wer braucht nicht Geld extra? Speziell an einem Fließband in Bukarest?«

»Gelegenheit und die Verbindung nach Deutschland. Wir gehen von einem einzelnen Menschen aus, oder?«

Ich musste erst einen ordentlichen Bissen von meinem leckeren Original-Schwarzwälderschinkenbrötchen nehmen, um meinen Hunger zu besänftigen. Es befreite mein Stammhirn vom Druck des zwanghaften Denkens. Das Pils tat das seine.

»Ja, nur einer. Deswegen hatte ich dort nach Besuchergruppen aus Darmstadt gefragt. War aber in diesem Jahr Fehlanzeige.«

»Okay, iss erst mal in Ruhe. Vielleicht fällt dir morgen was dazu ein. Für heute hast du genug gearbeitet.«

»Großartig, dass du meine Gedanken lesen kannst.«

»Bei deinem Blick und den leichten Andeutungen von Augenringen ist das nicht schwer.« Solche kleinen Spitzen machten mir nur was aus, wenn sie von Frauen kamen. Immerhin schmeckte das Brötchen.

Julia setzte mich in der Kelkheimer Stadtmitte ab, auf ihrer Fahrt nach Hause ein ziemlich großer Umweg. Ihre Neugierde, sämtliche Details zu erfahren, war größer. Ich hatte die Autotür schon geöffnet. »Übrigens«, begann sie vielversprechend, wobei ich eher an unser nächstes Treffen dachte,

»ich habe versucht, Peter Sailer in New York zu erreichen. Einen der Berliner Ex-Bankdirektoren. Die Sekretärin hat mich abgewimmelt und keine Infos rausgerückt.«

»Mhmm.«

»Ich werde es die Tage nochmal versuchen.«

»Alles klar, ich danke dir. Wann sehen wir uns wieder?«

»Sobald ich etwas Neues habe, das ich nicht dem Telefon anvertrauen will.«

»Oder falls du Gesellschaft beim Essen möchtest.«

»Gut, jetzt ab mit dir, schlaf dich aus, ciao!«

»Tschüss.« Ich hob mich aus dem Cabrio, schlug die Tür zu und schaute ihren Rücklichtern in der Dunkelheit hinterher.

Die Menschen saßen in den Straßencafés, tranken, aßen, lachten, trotz der Uhrzeit. Nach dem vielen Rumsitzen lief ich gerne die paar Schritte nach Hause.

Im älteren Teil der Neuen Stadtmitte ging es hinter dem türkischen Restaurant wesentlich ruhiger zu als im jüngeren Teil. Am Brunnen vorbei, ein Blick in die Auslage der Buchhandlung, ärgerte ich mich über den Idioten, der mit seinem schwarzen BMW X5 quer durch die Fußgängerzone fuhr. Zu faul, einen Meter zu gehen, diese Leute. Er hielt ein Stückchen weiter, direkt vor dem Treppenhauseingang, der zu meinem Büro führte. Bestimmt wollte der Typ die neu eingezogene Blondine aus dem ersten Stock abholen. Deren Frisur sah stets windgefährdet aus, auch wenn jede Menge flüssiger Beton drinsteckte. Zu allem Übel ließ er den Motor laufen.

Mein Magen signalisierte mir, dass ein winziges Schinkenbrötchen für den Rest des Abends nicht ausreichend sein konnte. Im Kühlschrank lag nichts Vernünftiges mehr. Ich machte einen Schlenker zum Dönerladen, gleich hinter dem türkischen Restaurant.

Ein gefülltes Fladenbrot später war die Welt wieder in Ordnung.

Die Scheinwerfer des schwarzen BMW strahlten durch die Arkaden, warfen Schatten auf das Schlüsselgeschäft. Der Motor lief immer noch. Ich war auf Höhe des Auspuffs, als sich neben mir nahezu gleichzeitig Hauseingangstür und die automatische Heckklappe des Autos öffneten. Es kam nicht die Blonde aus dem ersten Stock, sondern ein Mann. Er trug einen riesigen Computer, seine Arme umschlangen den Kasten. Er wuchtete das Gerät in den Laderaum.

Ich ging weiter. Irgendetwas irritierte mich. Etwas am PC. Die breite Delle in der silbernen Seitenwand des Rechners. Das war mein Computer!

Ich drehte mich um, rannte auf diesen Kerl zu. Der Motor brummte lauter, obwohl der Typ noch draußen stand und den Kofferraum zuklappte. Durch die abgedunkelten Scheiben hatte ich den Mann am Steuer vorher nicht bemerkt. Ich überlegte kurz, ob ich den frechen Dieb greifen oder gleich zuschlagen sollte.

Eine Viertelsekunde später schaute mich ein kleines Eisen Kaliber 22 an. Ohne mit der Wimper zu zucken, zielte er direkt auf meine Stirn. Stehenbleiben und Nichtstun war jetzt eindeutig die bessere Wahl. Er hatte im Moment die stärkeren Argumente.

Langsam rutschte der Typ am Wagen entlang zur geöffneten Beifahrertür. Das Auto raste los, die Tür knallte ins Schloss. Ich merkte mir das Kennzeichen. In fünf Minuten würde ich wissen, ob es gestohlen war.

Mit großen Schritten lief ich die Treppen hoch. Meine Bürotür stand offen, ich erkannte allerdings keinerlei Aufbruchspuren. Es war eine äußerst stabile Eingangstür, mehrfach gesichert, mit doppelter Stahleinlage. Hier waren Profis am Werk, ganz gezielt auf mich angesetzt. Mir blieb nichts weiter übrig, als zu schauen, was fehlte.

Die Papiere auf den Schreibtischen flogen zerwühlt herum, Kabel hingen quer durch die Gegend. Der Monitor lag umgestürzt am Boden.

Wo vorher mein PC seinen Platz hatte, klaffte eine Lücke. Susannes Bereich sah unberührt aus. Ich rief sofort Ralf Schmitz an.

»Ich hab Feierabend, was willst du?« Ein echter Sonnenschein, zu jeder Uhrzeit.

»Eine Halterfeststellung. Bei mir wurde eingebrochen, den Rechner haben sie mitgenommen. Ich habe deren Kennzeichen.«

»Auch das noch. Du lässt wirklich nichts aus.«

»Was kann ich dafür?«

»Wer sonst? Komm, gib schon her.«

Es dauerte einen Moment, dann gab sein Kollege am anderen Apparat den Halter des Fahrzeugs durch. Ein pensionierter Versicherungsangestellter aus Wiesbaden, der seinen Wagen als gestohlen gemeldet hatte. Einfach nur ärgerlich. Ich bedankte mich bei Ralf und legte auf.

Zum Glück hatte Susanne mich vor einiger Zeit überredet, eine automatische Datensicherung installieren zu lassen. Nicht auf dem PC selbst, das hätte nichts genützt. Ein dickes Kabel führte zu einer Festplatte, die in einem kleinen Tresor auf Futter wartete. Fest verankert im Stahlbeton des Hauses.

So gesehen endete dieser Abend fast friedlich und ohne entscheidende Verluste. Stellte sich die Frage, wer das war und warum. Nach der Flughafennummer drängte sich mir der Verdacht auf, dass es kein Einzeltäter sein konnte.

## Zweifel

»Hast du in Hofheim bei der Kripo angerufen?« Susanne war angesichts des chaotischen Zustands meines Schreibtisches nicht wesentlich aufgeregter als sonst. Sah ja auch nicht so viel anders aus.

»Nein. Die sind zwar nett, die Kollegen vom Einbruch, Fingerabdrücke würden sie aber keine finden, Gesichter habe ich nicht erkannt. Was soll es also?«

»Okay. Ich werde die Versicherung informieren und einen neuen Computer bestellen. Vielleicht diesmal mit Sicherheitskette.«

»PC an der Kette? Gibt es das?«

»Klar, wie ein Fahrradschloss.«

»Wenn es hilft.« Ich schob die Berge von zerstreuten Unterlagen auf meinem Schreibtisch zu annehmbar hohen Stapeln zusammen. Einiges gehörte sowieso in den Reißwolf. Bei nächster Gelegenheit musste ich aussortieren.

Ich suchte die Nummer von Frau Petrescu aus Bukarest heraus. Mit Vor- und Durchwahl war sie entsetzlich lang.

»Petrescu.«

»Bernau aus Deutschland, guten Tag.

»Guten Morgen. Das ist aber nett, dass Sie anrufen. Haben Sie noch Fragen oder etwas hier vergessen?«

»Eventuell könnte ich zusätzlich einen eher technologisch orientierten Artikel absetzen. Dazu brauche ich Infos, von denen ich gestern nicht wusste, dass sie mir heutefehlen.«

Sie lachte. »Das klingt gut. Wie darf ich Ihnen helfen?«

»Wer kann mir Details zur konkreten Technik erklären?

Jemand, der gut Deutsch spricht.«

»Wir haben rund fünfzig deutsche Ingenieure, die für den Aufbau zu uns kamen. Da ist bestimmt einer dabei.«

Ich schabte mit meinem Brieföffner über die Bürounterlage.

»Es geht um die Methylphenidatherstellung. Die brummt ja bei Neutis.«

»Das stimmt. Der Mann speziell dafür arbeitet aber seit ein paar Tagen wieder in Deutschland. Fragen Sie in Darmstadt nach Herrn Hermann Bruhns. Der hat alles im Blick.«

»Ich bedanke mich vielmals, Sie haben mir wirklich geholfen.«

»Das tue ich gerne. Wenn Sie weitere Fragen haben sollten, einfach anrufen.«

Ich kramte meinen Laptop aus dem Schrank, schloss das Netzwerkkabel an und suchte nach Hermann Bruhns im Web. Es gab Treffer bei den üblichen Netzwerken. Er war seit vielen Jahren bei Neutis angestellt. Einige Jahre imAusland, die längste Zeit aber in Darmstadt. Laut Xing arbeitete er noch in Bukarest. Auf Familienfotos lächelte er verlegen, für sein Alter hatte er erstaunlich junge Kinder und eine hübsche Frau. Die Satellitenansicht seiner Adresse verriet mir, dass sie in einem Endreihenhaus in Griesheim bei Darmstadt wohnten.

Das Handy rappelte.

»Bernau.«

»Hier ist Ralf Schmitz. Hast du schon jemanden zum Mittagessen?«

»Herr Hauptkommissar, willst du mich einladen?«

»Ich denk nicht dran. Eher umgekehrt.«

»Aha. Du hast was für mich?«

»Um halb eins im Heidekrug in Oberursel?«

»Okay, bis gleich.«

Das Misstrauen von Ralf gegenüber der Abhörsicherheit der Telefonanlage seiner Polizeidirektion nahm zu. Anders konnte ich mir seine knappen Antworten nicht erklären.

In meinem Kopf schwirrte alles umher. Klinik, Bank, Bukarest. Krankenschwestern, Banker und Russen. Sex, Gewalt und verdammt viel Geld. Es war wie in den Schlagzeilen der Zeitung mit den ganz großen Buchstaben. Es fehlte nur der Rock 'n' Roll. Davon war ich weit entfernt.

Mein innerer Schweinehund ließ sich von mir besiegen. Der Schreibtisch sah nach einer guten Stunde Sortieren, Abheften und Vernichten fast wie jeder andere aus. Ich erhoffte mir dadurch auch eine mentale Klärung, gepaart mit der Befreiung meines Gehirns vom Fall Scherer. Ich kannte sicher noch nicht alle Seiten dieses Todes. Das ständige Kreisen der Gedanken blockierte meine Intuition.

Susanne hatte die Versicherungsunterlagen mit einer Schilderung des Einbruchs zu Papier gebracht. Es fehlte nur meine Unterschrift. »Der neue Computer kommt in vier Tagen. Reicht dir das?«

»Ja, kein Problem. Ich danke dir. Solange hab ich meinen Laptop.«

»Gut.«

»Ich werde gleich in Oberursel mit Schmitz essen. Liegt aktuell sonst was an?«

»Ein paar kleinere Dinge und zwei Anfragen, die noch nicht spruchreif sind. Bevor ich Angebote schicke, habe ich weitere Hintergrundinformationen angefordert.« Es war ein Vorteil, dass Susanne bereits bei meinem Vorgänger gearbeitet hatte. Wer denkt bei Privatdetektiv an Marketing, Buchhaltung und Kundenpflege?

Der Heidekrug, eine gutbürgerliche Gaststätte in der Waldsiedlung, kurz vor dem schönen Ortskern von Oberursel. Ob die große Wiese vor dem Parkplatz die Heide war, entzog sich meiner Kenntnis. Weiße Sonnenschirme reckten sich dem blauen Himmel entgegen. Die Kellnerinnen zogen mit hohem Tempo die Reihen entlang. Kein Tisch frei und von Schmitz nichts zu sehen.

Das Gebäude strahlte die Spießigkeit der Fünfzigerjahre aus. Jeden Moment trat der Heideförster aus der Tür, die Flinte an der Schulter hängend, nach der Kutsche winkend. Ich ging durch die schwere Eichentür in den weiten, offenen Gastraum. Hier hatte der Wirt Geschmack bewiesen. Die Veränderungen seit meinem letzten Besuch waren zu spüren, aber nur ganz dezent. Zwischen den dunklen Balken kein Schnickschnack aus dem Reich der Jagd mehr, nur reines Weiß. Lediglich der gerötete Kopf von Schmitz wollte nicht in dieses Ambiente passen. In der Ecke hinter dem langen Tresen hatte er es sich bequem gemacht, den gesamten Raum im Blick. Er studierte die Speisekarte, die Augen bewegten sich oberhalb der Brille gleichmäßig die Zeilen entlang.

»Schon was gefunden?«

»Nö. Ich nehm ja doch immer dasselbe.«

Ich rückte mir einen Stuhl so zurecht, dass ich halbwegs den Gastraum sehen konnte und nicht nur in die Ecke stierte.

»Was empfiehlst du mir?«

»Schnitzel.«

»Ach ja.«

Wir bestellten, er sein Schnitzel, ich einen Nizzasalat.

»Was ist denn so bedeutungsvoll, dass es nicht am Telefon gesagt werden darf? Hast du meine Einbrecher gefasst?«

»Auf dich kommt ein Problem zu.«

»Ja, immer mal wieder. Welches meinst du konkret? Gestern war es der Einbruch.«

»Es geht um den Überfall in Bad Soden. Die Staatsanwaltschaft hat die Kollegen in Hofheim zu einer neuen Ermittlungsrichtung bewegt.«

»Ja?«

»Die Notwehr ist noch nicht ganz klar. Für den entscheidenden Moment gibt es keine Zeugen. Es existieren Hinweise, dass weiter ermittelt wird. Und zwar gegen dich. Wegen Totschlags oder zumindest Körperverletzung mit Todesfolge.«

»Das ist ein schlechter Witz. Julia war dabei und sie ist auch ein Opfer.«

»Sie hat aber nicht gesehen, wie der Kerl vor den Porsche geflogen ist.«

»Das kann doch nicht wahr sein. Wollen die mich verarschen?!«

»Eine Möglichkeit wäre das. Irgendwie hast du dich auf einen wackligen Untergrund begeben.«

»Und jetzt?«

»Ich bin nicht zuständig. Man hat mich gefragt, weil ich dich schon länger kenne und in letzter Zeit Kontakt mit dir hatte.«

»Was sehr ungewöhnlich ist. Du könntest befangen sein.«

»Das stimmt. Es hat allerdings kein Kollege aus Hofheim angerufen.«

»Lass dir bitte nicht alles aus der Nase ziehen!« Das war zu laut, einige Gäste hielten beim Essen inne und drehten sich zu uns um.

»Es kam von deinem ehemaligen Arbeitgeber.«

»BKA?«

»LKA. Aber nicht offiziell. Unter alten Kriminalern, hat der Typ gesagt, von wegen kleiner Dienstweg und so. Er wollte wissen, ob du zu Wutausbrüchen neigst.«

Ich musste mir flach an die Stirn schlagen, mehrmals.

»Was ist das für ein Scheiß? Das ist doch Sache der Hofheimer! Jetzt ruft dich das LKA an. Was ist da los?«

»Dein toter Banker soll, wenn es nach denen geht, in Frieden ruhen. Ohne Staub im Bankenviertel aufzuwirbeln.«

»Zwischendurch sah es nach Mord aus Leidenschaft aus. Schwuler, verheirateter Erpresser, dessen Frau auch was am Laufen hatte, wird tot in Psychoklinik aufgefunden. Reicht das schon für viel Staub?«

»Nö, glaub ich nicht.«

»Wir müssen größer denken. Hier läuft mehr. Die Moskauer Unterlagen spielen wohl doch eine Rolle.«

»Bitte?«

Ich hatte Ralf noch nichts von den Details erzählt, die inzwischen nach oben gespült wurden. Mein Vertrauen zu ihm war intakt, weil er sich mir gegenüber immer offen und ehrlich verhielt. Ich brachte ihn auf den neuesten Stand über Kredite, Bankdirektoren und Bukarest.

Ein langgezogenes Zischgeräusch verließ seine wulstigen Lippen. »Warum wunderst du dich, dass Gestalten aus Wiesbaden auf deinen Schuhspitzen stehen? Du störst die Kreise der Bank. Der Griff zum Telefon ist die leichteste Übung für die Jungs. Das Ministerium marschiert, sonst könnte die nächste Wahlkampfspende kleinerausfallen.«

»Die Banker kooperieren mit mir. Die wollen wissen, wer ihren Mann umgebracht hat.«

Unser Essen kam, und Ralf schnitt sich ein ordentliches Stück Fleisch ab. »Die Banker, wenn ich das schon höre.« Er hatte Mühe, die Panade bei sich zu behalten. »Es gibt da so viele Leute. Vielleicht haben die Wichtigen nicht gleich alles mitbekommen. Und jetzt machen die dir Feuer unterm Hintern.«

Ich stocherte in meinem Salat herum, musste meine Gedanken sortieren. »Ist es nicht ein gutes Indiz, dass ich jemanden aufgescheucht habe? Da kriegt doch einer Panik. Niemand ruft grundlos seine Seilschaften an und fordert Unterstützung.«

»Wenn es die Bank war.«

»Wen stressen denn sonst meine Nachforschungen?« Ralf zuckte mit den Schultern. »Es war jedenfalls kein

Indianer. Du nervst einen Häuptling.«

»Was soll ich deiner Meinung nach jetzt unternehmen?«

»Ruhe bewahren. Du hast keinen Entlastungszeugen, der Staatsanwalt hat keinen Belastungszeugen. Es steht unentschieden. Im Moment.«

Vielleicht hatte Julia doch irgendetwas bemerkt, das mir helfen könnte. Bislang hatte es keinen Redebedarf über mögliche andere Zeugen oder die Details dieses entscheidenden Moments am Ende des Lebens eines Russen gegeben. Mit Blick auf die kleine Heidelandschaft rief ich sie an.

»Hallo, hier ist Roland.«

»Ach, das ist aber passend.«

»Wie meinst du das?«

»Wo bist du?«

»In Oberursel, und du?«

»Zu Hause. Ich hab was für dich.«

Einen Augenblick fehlten mir tatsächlich die Worte. Ansatzweise klang das vielversprechend.

»Zu Hause, wo ist das?«

»In Niederrad, kurz vor dem Stadionbad. Reichsforststraße. Direkt das erste Haus an der Ecke vorm Stadtwald.«

»Ist das eine Einladung?«

»Hier steht Kuchen. Magst du Donauwelle?«

»In einer halben Stunde?«

»Bis gleich!«

Ich konnte ihr Lächeln am Telefon fühlen.

Von Oberursel nach Niederrad hätte ich quer durch ganz Frankfurt fahren müssen. Statt dreißig Ampeln zu ertragen, fuhr ich lieber den wesentlich längeren Weg über die Autobahn. Auf der A661 ging es noch ruhig zu. Am Offenbacher Kreuz fiel mir wieder ein, dass Sommerferien waren. Jede Menge holländischer Autos auf der A3.

Hinter dem großen Kreisverkehr rund um das Oberforsthaus lag die Reichsforststraße. Ich hatte diese schöne Ecke am Stadtwald deutlich leiser in Erinnerung. Die Flugzeuge dröhnten im Tiefflug nicht nur dicht hintereinander, seit Eröffnung der neuen Landebahn donnerten sie auch nahezu nebeneinander auf den wenige Kilometer entfernten Flughafen zu.

Sie lebte in einer Villa, dem Stil nach kurz vor dem Krieg gebaut. Damals bestimmt nur von einer einzigen, besser gestellten Familie bewohnt, waren es heutzutage drei Wohnungen. Ich drückte auf den obersten Klingelknopf. Der Riegel öffnete brummend.

Eine ältere Dame in einem Sommerkleid kam mir im Treppenhaus entgegen. Sie musterte mich von Kopf bis Fuß.

Die Wohnungstür stand offen, es duftete nach frisch gemahlenen Kaffeebohnen. Geschirrgeklapper, das Radio lief, Julias Stimme kam aus Richtung Küche. »Komm rein. Trinkst du Kaffee?«

»Sehr gerne.« Ich sah das gute Parkett und zog sicherheitshalber meine Schuhe aus. Hinter der Tür bildeten schicke Pumps eine lange Reihe.

Das Wohnzimmer war lichtdurchflutet, weit geöffnete Fenster auf jeder Seite. Durch eine hellrote Gaze, die sich im Wind bewegte, strahlte der Sommer herein.

»Ich habe leider keinen Balkon. Altbaudachgeschoss, da gibt's so was selten.«

»Dafür hast du eine Nachbarin, die sich deine männlichen Besucher ganz genau anschaut.«

»Hier im Haus wohnen außer mir nur Männer. Ich glaube, du bist meiner Mutter begegnet. Meine bisherigen Freunde haben ihren strengen Qualitätskriterien nie standgehalten.«

Ich verkniff es mir, ihren ironischen Blick zu kommentieren.

Julia hatte bei mir bereits übernachtet, trotzdem war ich verlegen und blieb im großen Rahmen der Schiebetüren stehen.

»Was ist los? Komm doch her, ich muss dich erst mal drücken.«

Sie fühlte sich gut an. Ohne Absätze war sie ein gutes Stück kleiner. Ich ließ mich aber auch gerne von unten anlächeln. »Setz dich. Du bist so still, ist was mit dir?«

»Ja und nein. Unser Fall hält einige, sagen wir, Überraschungen parat, die mir zu denken geben.«

»Erzähl.«

Sie schenkte uns Kaffee ein, ich berichtete von den Einbrechern und dem Treffen mit Ralf. Zwei Donauwellen später war Julia im Bilde.

»Schrecklich, wie ich es befürchtet habe. Auf einmal stehen diese Typen in deinem Büro. Du kannst von Glück reden, dass du nicht oben warst.«

»Du hast natürlich recht. Und zu Bad Soden ...«

»Glaubst du, ich hab von deinem Kampf mit dem Russen irgendwas mitbekommen, nachdem mich der andere Kerl gegriffen hat?«

»Ich weiß. Tut mir leid, dass ich überhaupt frage.«

Sie rückte näher und legte ihre Hand auf meine. »Was willst du unternehmen?«

»Ich werde mit der Kripo in Hofheim sprechen. Der Staatsanwalt kann nicht einfach aus einem Opfer einen Täter machen.«

»Scheinbar doch.«

»Ätzend, der verdreht alles. Wahrscheinlich hat er auch einen Anruf aus Wiesbaden bekommen.«

»Möchtest du noch einen Kaffee?«

Ich nickte. »Was hast du eigentlich für mich? Am Telefon ...«

»Genau, komm mal mit.«

Das Parkett knarrte unter meinem Gewicht. Bei ihren Schritten hörte ich nichts. Das kleine Büro war vollgestopft mit Büchern, Zeitschriften und losen Papieren. Auf einem schönen, alten Sekretär, ich tippte auf Kirschholz und Biedermeier, wartete ein weißer Laptop.

»Ich habe nach einer Verbindung zwischen Neutis und der Bank recherchiert.« Ihr Blick heischte nach Applaus.

Ich plumpste auf das rote Samtsofa. »Du hast etwas gefunden.«

»Es hat zwar gedauert, war es aber wert. Die Bank lädt bei YouTube bis zum Abwinken Filme hoch. Auf einem eigenen Videokanal stehen Bilanzpressekonferenzen, Imagefilme, Videos für potenzielle Mitarbeiter.«

Die Sofakissen luden mich zum Fläzen ein. »Ich höre dir zu.«

»Das hoffe ich. Ein Video zeigt die große Verantwortung der Bank in den Aufsichtsräten anderer Konzerne. Man sitzt dort nicht nur herum, sondern besichtigt auch Fabriken.«

Sie hob ihr Näschen gen Himmel und klopfte mit einem Stift auf den Laptop.

»Du brauchst keine künstlerische Pause einschieben.

Spann mich nicht auf die Folter.«

»Ich zeig es dir.« Sie startete den Film. Herren in dunklen Anzügen spazierten durch Hallen voller Technik. »Gleich, es ist ein kurzer Ausschnitt.« Weißkittel in einem Pharmaziebetrieb. Auf ihrer Kleidung erkannte ich das Logo von Neutis. Die Kamera kam näher, zeigte eine Gruppe von Anzugträgern und Mitarbeitern des Werks.

»Stopp!«, rief ich.

»Gut, oder?«, lobte sie sich.

»Das ist Bruhns! Woher weißt du von ihm?«

»Wer ist Bruhns?«

»Willst du mich veräppeln? Warum zeigst du mir diesen Film?« Julia schaute mich fragend an. »Ich versteh immer nur Bruhns. Hier siehst du Adrian von Sensburg, Vorstandsmitglied der Bank und Aufsichtsratsvorsitzender bei Neutis. Er ist unser dritter

Mann auf der Liste der ehemaligen Bankdirektoren aus Berlin. Du erinnerst dich dunkel?«

»Mein letzter Demenztest ist negativ ausgefallen.« Ich sah einen gutaussehenden, blonden Menschen, Mitte fünfzig, leichte Bräune. Glaubwürdig lächelnd interessierte er sich für die Worte seiner Begleiter im rumänischen Werk von Neutis. Seine Stimme konnte ich nicht verstehen, Musik und Sprecherkommentar ließen das nicht zu. »Das ist interessant«, hörte ich mich sagen.

Julia gab ein zustimmendes Geräusch von sich. »Aber mindestens. Er steht in der Fabrik, aus dem der tödliche Stoff kam. Und wer ist jetzt Bruhns?«

»Hermann Bruhns ist der Experte für Methylphenidat. Er hat die Produktion in Bukarest mit aufgebaut. Seit kurzer Zeit lebt er wieder in Deutschland. In Griesheim, um genau zu sein.«

»Die beiden kennen sich. Vielleicht sollten wir mit Herrn von Sensburg reden.«

»Du glaubst doch nicht, dass wir so mir nichts dir nichts an ein Vorstandmitglied der Bank kommen und es kurz zu seiner Verbindung mit dem Fall Scherer befragen.«

»Was schlägst du vor?«

»Wir müssen uns um das schwächere Glied in dieser Kette kümmern. Herr Bruhns freut sich bestimmt über netten Besuch.«

Julia klappte den Laptop zu und tauschte den Bürostuhl gegen den Platz neben mir auf dem Sofa. Sie schmiegte sich an mich und legte ihren Kopf an meine Schulter. »Es sieht so aus, als ob sich dein rätselhafter Kreis allmählich schließt.«

»Das glaube ich erst, wenn ich die Beweise in Händen halte.«

»Aber im Moment kannst du doch zufrieden sein.«

»Dank deiner Hilfe.«

»Da hast du recht. Komm mal her.« Mir war nicht gleich klar, was sie meinte, bis ich ihre Hand auf meinem Gesicht spürte. Sie führte mich zu ihrem Mund.

»Ich ...«

»Sei jetzt still«, hauchte sie. Unsere Lippen berührten sich, erst vorsichtig, dann immer heftiger.

Sie ließ sich sachte zur Seite fallen und zog mich mit, ohne dass sich unsere Lippen voneinander lösten. Ihr Körper fing mich auf, ihre Beine umschlangen mich. Mir wurde schlagartig heiß.

Die Sonne schien flach über die Bäume des Stadtwalds. Sie lag in meinem Arm und rekelte sich. Bis ins Schlafzimmer hatten wir es noch geschafft. Ein sanfter Windzug wehte durch das offene Fenster. Ihre Haare kitzelten meine Nase. Ich rutschte ein Stückchen herunter, um ihren Hals zu küssen. An uns beiden haftete der Duft der vergangenen Stunden.

»Möchtest du Kuchen?«, fragte sie.

Ich konnte es mir nicht verkneifen, ein wenig in ihren schönen Oberarm zu beißen. »Hey, so war das nicht gemeint.«

»Ich musste den Gedanken sofort in die Tat umsetzen. Du schmeckst einfach zu gut.«

»Lass mich heil!«

Wir schauten uns in die Augen. Sehr lange. Ein liebevoller Kuss, bevor sich unsere Körper voneinander lösten.

Nach einer Dusche saßen wir wieder brav am Küchentisch.

»Was unternimmst du als Nächstes?«, fragte Julia.

»Ein Besuch beim Chemiker wäre angesagt.« So ganz bei der Sache war ich noch nicht. Dieser Nachmittag brachte in meinem Kopf einiges durcheinander.

»Meinst du, er wird dir, falls er die fehlende Verbindung ist, einfach alles erzählen?«

»Na ja, ich werde ihn etwas unter Druck setzen. Außerdem klingel ich bei ihm zu Hause. Das könnte bereits unangenehm genug für ihn sein.«

»Soll ich mitkommen?«

»Nein, das brauchst du nicht. Manche Menschen reden eher, wenn keine weiteren Zeugen dabei sind.«

»Wann fährst du hin?«

»Gleich. Man muss das Eisen schmieden, solange es heiß ist.«

Ich wusste nicht, wie ich mich verabschieden sollte. Der Nachmittag war sehr spontan, andererseits waren Julia und ich darauf zugesteuert. Wir hatten nicht gerade körperliche Abneigung verspürt. Dieser letzte Schritt kam trotzdem überraschend. War das schon eine feste Beziehung? Kleine Andeutungen, nur so zum Spaß, hatten wir beide vorher fallengelassen.

Ich stand im Flur und hielt sie im Arm. »Wie geht es mit uns weiter?«, fragte ich.

»Das werden wir sehen. Nur nichts überstürzen.« Sie sah mir in die Augen. Ich konnte nirgendwo anders hinschauen als in dieses Strahlen. Das war der schönste Blick, den ich jemals gesehen hatte. Mit einem sehr zärtlichen Kuss löste sie sich von mir. »Rufst du mich an?«

Ich nickte. Meine Gefühlswelt wirbelte durcheinander.

## Reihenhaus

Der Berufsverkehr war zum Glück durch. Am Stadion fuhr ich auf die A3, am Frankfurter Kreuz Richtung Darmstadt. Hermann Bruhns saß um diese Uhrzeit sicher mit seiner Familie beim Abendbrot.

Auf Höhe des Luftbrückendenkmals kam der Flieger so nah, dass es aussah, als ob er auf meinem Autodach landen würde. Meine Angst vor ortsfremden Autofahrern, die sich bei Tempo 130 die Hälse nach den Maschinen verrenkten, war allerdings größer. Kaum eine Woche ohne schweren Unfall. In der Statistik der Flugunglücke tauchte das nicht auf.

Bruhns wohnte in Griesheim, einem Ort, der an Darmstadt klebte, aber nicht dazugehörte. Eine ewig langeStraße parallel zur Straßenbahn führte durch das gesamte Städtchen. Kurz vor dem alten Ortskern bog ich ab, ein paar Seitenstraßen weiter stoppte ich.

Familie Bruhns lebte in einer Reihenhaussiedlung, ich tippte auf Sechzigerjahre. Einige Häuser sahen nach Originalzustand aus, andere hatte man saniert. Die Vorgärten standen eindeutig im Wettbewerb miteinander. Trotz des fortgeschrittenen Sommers blühte es nach Kräften. Sämtliche Farben kämpften um die Gunst des Betrachters. Vor dem Hauseingang der Bruhns lagen zwei Kinderfahrräder, aus dem Küchenfenster strahlte warmes Licht. Die Rollläden im oberen Stockwerk ratterten herunter. Ich holte seine Telefonnummer aus der Tasche und rief ihn an.

»Bruhns.«

»Guten Abend, Herr Bruhns. Mein Name ist Bernau, ich bin Ermittler und bräuchte Ihre Hilfe. Ihre Firma hat mir gesagt, dass Sie Spezialist für Methylphenidat sind.«

»Da rufen Sie um diese Uhrzeit an?«

»Es ist eine dringende Angelegenheit.«

»Hat die Polizei keine eigenen Chemiker mehr?«

»Doch, natürlich. Aber dieser Fall ist kompliziert und brisant. Fehler dürfen wir uns nicht leisten.«

»Worum geht es?« Er hatte angebissen. Dass er glaubte, mit einem Polizisten zu sprechen, kam mir gelegen. Ein offizieller Anstrich wirkte immer besser.

»Es handelt sich um Ihren Wirkstoff aus dem Werk in Bukarest. Mit hundert Prozent Sicherheit wurde jemand damit ermordet.« Es entstand eine Pause. Die Länge hatte etwas Unangenehmes. »Herr Bruhns, hat es in Ihrer Zeit in Rumänien Unregelmäßigkeiten bei der Produktion gegeben?«

»Entschuldigung, aber das per Telefon zu besprechen ist nicht der übliche Weg.«

»Das stimmt. Ich muss Ihnen sagen, dass ich vor Ihrer Haustür stehe. Vielleicht könnten Sie noch einen kleinen Abendspaziergang mit mir machen.«

Wieder eine Pause.

»Abendspaziergang, sicher nicht.«

»Herr Bruhns, ich kann auch reinkommen. Der Wirkstoff im Körper des Toten stammt eindeutig aus einer der Maschinen, die Sie betreut haben. Der Mord hat hier in der Nähe stattgefunden. Sie gehören zum Kreis der Verdächtigen.«

»Ich versteh kein Wort. Was erzählen Sie für Quatsch?«

»Kommen Sie raus oder soll ich klingeln? Ihre Kinder schlafen bestimmt. Ich möchte nicht für Unruhe in Ihrer Familie sorgen.« Durch die Leitung hörte ich schnelles Atmen. Dann legte er auf.

Damit hatte ich nicht gerechnet. Ich ging zu meinem Auto auf der anderen Straßenseite. Um mehr nach echtem Polizisten auszusehen, holte ich das Sakko vom Rücksitz. Die P30 steckte ich in das Holster am Gürtel. Mein Auftritt musste auf Anhieb funktionieren.

Bevor ich den Klingelknopf an der Vorgartenpforte drückte, schaltete jemand im Flur das Licht an. Es dauerte einige Sekunden, bis sich die Haustür öffnete.

Im Gehen zog er eine blaue Trainingsjacke an, schloss die Tür hinter sich und schaute in meine Richtung. Sein Haar bestand aus einem Kranz, wie man ihn früher getragen hatte. Mit einem Griff an die Hosentaschen schien er sich zu vergewissern, ob er Schlüssel und Portemonnaie eingesteckt hatte. Ein paar Schritte vor mir blieb er stehen.

»Wie war Ihr Name?«, fragte er.

»Bernau.«

»Aha. Und wer wurde ermordet? «

»Ein Frankfurter Banker, von der Deutschen Finanzbank. Er hieß Jens Scherer.« Bevor ich den Namen ausgesprochen hatte, zuckte sein Kopf zur Seite.

»Sie hatten Beziehungen zum Vorstand der Bank, das müssen Sie mir nicht bestätigen, das weiß ich.« Ich bauschte das wahrscheinlich nur kurze Treffen mit Adrian von Sensburg zur Beziehung auf. Ein leichtes Herumstochern im Nebel hatte schon Erstaunliches zum Vorschein gebracht.

Bruhns sagte nichts. Er konnte sich nicht entscheiden, seinen Blick dem Vorgarten der Nachbarn oder mir zu widmen. Seine Füße schoben die Kieselsteine auf dem Weg in irgendeine imaginäre Ordnung.

»Herr Bruhns, die Analyse aus dem Blut des Toten hat ergeben, dass der Wirkstoff aus der alten Maschine in Bukarest stammt. Warum haben Sie das Zeug geliefert?«

»Mord, das ist doch vollkommener Schwachsinn! Ich bringe keine Menschen um! Ich bin Chemiker geworden, um Leuten zu helfen.«

»Das ist schön. Einer hat es leider nicht überlebt. Wir können das Gespräch jetzt beenden und morgen fortsetzen. Dann wird es deutlich offizieller. Unter Einbeziehung Ihrer Vorgesetzten. Ich zähle Sie nicht wirklich zum engsten Kreis der Verdächtigen, eher als Informant. Insofern würde ich Ihre Aussage streng vertraulich behandeln.«

Er baute sich einigermaßen breitbeinig vor mir auf. Beide Hände steckten vorne in den Jeanstaschen. Bequem ging anders. »Das sage ich Ihnen zum letzten Mal: Ich habe nichts mit einem Mord zu tun.«

»Herr Bruhns, vielleicht haben Sie nicht bewusst zum Ableben eines Menschen beigetragen. Wenn ich morgen aber mit dem Bericht der Gerichtsmedizin zu Ihrem Sicherheitschef marschiere, dem Herrn Datz, haben Sie bei Neutis Pause. Für länger.«

»Nicht bewusst, was soll das heißen? Sie reimen sich was zusammen.«

»Was ist Ihr Job bei Neutis? Sie kontrollieren, ob alles so abläuft wie vorgeschrieben. Unter anderem entnehmen Sie den Anlagen Proben. Kleine Mengen für das Labor.«

»Genau. Alles ganz normal in einer Chemiefabrik.«

»Aber einmal war es nicht nur eine Messerspitze.«

Ein Nerv in seinem Genick war so ehrlich, die passende Antwort zu geben. Manche Menschen neigten in angespannten Situationen zu stärkeren Zuckungen.

»Okay«, sagte ich. »So weit sind wir schon mal. Daran ist ja nichts Verwerfliches.« Sein Körper entspannte sich ein wenig, der Blick blieb unruhig. »Sie haben eine größere Menge aus der alten Maschine genommen und nach Deutschland geschickt.«

»Ich verstehe die Zusammenhänge überhaupt nicht. Eine Probe, die in einem deutschen Labor untersucht werden sollte, hat jemanden umgebracht?« Das war also der angebliche Grund für die Lieferung.

»Wer gab die Anweisung dazu?«

»Können Sie das anonym behandeln?«

»Ja, natürlich. Sie genießen Informantenschutz.« Das klang für ihn hoffentlich ausreichend vertrauenserweckend.

»Es kam von ganz oben.«

»Von Ihren Vorgesetzten?«

»Nein, mehr von deren Chefs.«

»Vom Vorstand?«

»Nein.«

»Bitte, Herr Bruhns, machen Sie kein Quiz mit mir.« Ich hasste Rumgeeiere.

»Der Aufsichtsrat hatte es angefordert. Sogar der Vorsitzende selbst.«

Ein kleines Pfeifen verließ meine Lippen.

»Adrian von Sensburg«, sagte ich.

»Wie, den kennen Sie auch schon?«

»Mhm, ja, den Namen habe ich irgendwo gelesen.« Bruhns zog die Hände aus den Hosentaschen. Sie begannen, erstaunlich lebhaft zu gestikulieren. »Es war eigentlich alles ganz legal. Höchstens irgendwie unüblich.«

»Bitte etwas konkreter.«

»Ich habe eine große Probe entnommen, wie Sie gesagt haben. Die sollte nicht von unserem eigenen Labor analysiert werden, sondern von einem unabhängigen Institut. Das musste man vor dem Vorstand und den anderen verheimlichen, um Risiken für die Firma auszuschließen. Es ging um möglicherweise verunreinigte Bestandteile der Tabletten.«

»Gut. Wer gab Ihnen den Auftrag?«

»Jemand aus Frankfurt rief mich an, von der Bank. Zuerst war ein Vorzimmer dran, die Dame hat mich dann verbunden. Direkt mit dem Aufsichtsratsvorsitzenden von Neutis. Der hat es mir erklärt und mich gefragt, was er im Gegenzug für mich tun könnte.«

»Was war das?«

Bruhns senkte den Blick und trat von einem Fuß auf den anderen. »Ich wollte zurück nach Deutschland. Meine Familie lebt hier, ich hatte genug von Bukarest.«

Das ging ja ganz schnell. Zwischen dem Mord und seiner Versetzung vergingen kaum ein paar Wochen. Da hatte jemand massiv seinen guten Einfluss geltend gemacht.

»Sie haben ein Päckchen nach Frankfurt geschickt?«

»Nein, das war nicht nötig. Ich war einige Tage zu Hause, bei der Gelegenheit habe ich es in der Bank vorbeigebracht.«

»Direkt in die Bank? Zu von Sensburg?« Ich traute meinen Ohren nicht. Die Banker besaßen bekanntermaßen eine ordentliche Portion Kaltschnäuzigkeit. Diese Aktion fand ich schon tolldreist.

»Na ja, ich sollte anrufen, wenn ich dort bin. Ein Mitarbeiter begrüßte mich im Foyer und nahm das Paket entgegen. Der Aufsichtsrat ist kein Hausbote.«

Ich legte meine Hand auf seine Schulter. Das löste in seinen Augen eine leichte Panik aus.

»Herr Bruhns, Sie haben mir echt geholfen.«

Ich drückte seine Hand, die nicht darauf gefasst war und sich wie Knetmasse anfühlte.

Er stand noch in seinem Vorgarten, während ich die Autotür öffnete. »Was passiert nun?«, rief er über die Straße.

»Alles in Ordnung, machen Sie sich keine Sorgen.« Ich winkte ihm zu, stieg ein und fuhr los.

»Hast du dich von mir erholt?« Ich konnte mir nicht verkneifen, Julia anzurufen, auch wenn es schon ziemlich spät war. Ausgestreckt auf dem Sofa, meine neue Beziehung – so es denn eine war – am Telefon, kam ich mir vor wie ein Teenie.

»Das ist lieb, dass du anrufst. Mir geht es gut. Ich habe noch ein bisschen in der Wohnung gewirbelt, ein wenig recherchiert, und wäre jetzt beinahe vorm Fernseher eingeschlafen.«

»Bis auf das Wirbeln in der Wohnung kommt mir das bekannt vor.«

Sie lachte. »Männer. Ihr seid immer so ehrgeizig, nur zu Hause sieht es anders aus.«

»Nein, ich bin ein Vorbild von Hausmann. Wenn ich die Zeit dazu habe.«

»Eben, also nie. Wie lief deine Begegnung mit Bruhns?« Ich machte es mir auf dem Sofa noch etwas bequemer, falls das überhaupt möglich war. »Optimal, er hat sich zum Glück nicht lange geziert. Unsere vielen Fakten haben ihn überzeugt, lieber alles zu erzählen.«

»Ja und? Was hat er gesagt?«

Ich berichtete ihr. Speziell die freche Lieferung an von Sensburg direkt in die Bank erstaunte Julia genauso wie sie mich überrascht hatte.

»Unglaublich! Damit darf er nicht durchkommen.«

»Ich muss an Sensburg rankommen und ihn mit den Tatsachen konfrontieren. Seine Reaktion interessiert mich. Die Geschäfte mit den Russen während der Wende und das Päckchen von Bruhns, beides will ich ihm unter die Nase reiben. Er soll sehen, wie nah wir ihm gekommen sind.«

»Du legst dich mit einem echten Schwergewicht an. Möchtest du nicht erst mit Schmitz oder anderen offiziellen Stellen reden?«

»Nein, lieber nicht.«

»Du Eigenbrötler. Für deine Sicherheit wäre es besser.« Frauen konnten so fürsorglich und verantwortungsbewusst daherkommen, als ob sie gleich eine Familie gründen wollten.

»Du hast natürlich recht. Vielleicht schreibe ich Schmitz ein paar Zeilen.«

»Versprochen?«

»Jaha, mache ich.«

»Schön. Dafür biete ich dir eine Möglichkeit, Sensburg zu treffen.«

Sie war wirklich an der Sache dran. Beizeiten musste ich ernsthaft mit ihr über einen Wechsel von der Zeitung in mein Büro reden. Journalisten wurden sowieso nicht üppig bezahlt. Außerdem suchte ich ihre Nähe. Ich hatte mich anscheinend verliebt. Der gemeinsamen Arbeit war das nicht zuträglich. Aber allem anderen schon.

»Wann und wo?«

»Morgen früh findet im Kaisersaal ein Empfang vom Bankenverband statt. Mit Oberbürgermeister und dem üblichen Trara. Bevor es losgeht, darf die Presse ein paar Bilder von den Herrschaften machen.«

»Er ist dabei?«

»Na klar, schließlich hat man in seinem Alter noch was vor. Er kommt mit seinem Vorstandsvorsitzenden und zwei weiteren Vorstandsmitgliedern. Zehn Uhr, im Römer.«

»Kommst du auch?«

»Natürlich, ich möchte dich ja wiedersehen.«

An irgendetwas musste ich mich jetzt anschmiegen. Ich drückte mich tiefer in mein Kissen. Kein Ersatz für Julias Körper. »Ich freue mich auf morgen. Schlaf schön.«

»Gute Nacht.«

Früher als sonst wachte ich auf. Ich dachte zu viel, vermutlich sogar beim Schlafen. Trotzdem liebte ich diese Zeit, in der ich noch im Bett liegen bleiben konnte, ohne Zeitdruck, mit ein paar Sonnenstrahlen in den Federn.

Nach der traumlosen Nacht, zumindest erinnerte ich mich leider an nichts Schönes, frühstückte ich in aller Ruhe. Auf meinem Laptop schrieb ich den aktuellen Stand der Ermittlungen und mailte ihn Ralf Schmitz. Als eine Art Lebensversicherung hatte ich ihn nie gesehen. Julia übertrieb mit ihrer fürsorglichen Art.

In einen ordentlichen Anzug gekleidet, fuhr ich zum Frankfurter Rathaus, dem Römer. Ich parkte in der Tiefgarage, direkt unter dem bekanntesten Platz der Stadt. Ich staunte immer wieder, wenn ich einen bestimmten Ausgang nahm und mitten auf dem Römerberg auftauchte.

Bereits um diese Uhrzeit marschierten Touristengruppen zwischen der Fachwerkzeile und dem Rathaus. Japaner, Chinesen und jede Menge Russen. Alle gemeinsam kamen aus dem Fotografieren überhaupt nicht mehr heraus. Die riesigen Fachwerkhäuser, von denen niemand ahnte, dass sie erst in den Achtzigerjahren wiederaufgebaut wurden. Das historische Rathaus mit dem berühmten Balkon, den jeder deutsche Fußballfan kannte. Früher gab es hier die großen Siegesfeiern, wenn die Nationalmannschaft im Anschluss an einigermaßen bestandene Weltmeisterschaften ins Land zurückkehrte. Heutzutage übernahm das Brandenburger Tor diese Rolle, wie nach dem völlig überraschenden Sieg in Brasilien.

Vor dem gläsernen Eingang drängelten sich die Gäste des Empfangs durch die Fotografen und Kamerateams. Die Spitzen der Bankenindustrie gab es selten auf freier Wildbahn zu besichtigen. Viele Zeitungen und Fernsehsender nutzten die Gelegenheit, ein paar frische Bilder einzufangen und die eine oder andere Frage zu stellen. Ob es eine Antwort gab, war dahingestellt.

Julia stand seitlich von der Meute, elegant in einem schwarzen Kleid, mit erstaunlich hohen Absätzen.

»Guten Morgen«, sagte sie und gab mir einen wundervollen Kuss.

»Ich trau mich kaum, dich an mich zu ziehen. Du bist wirklich schön. Und so schick, meine Güte.«

»Du Schmeichler. Aber man muss zeigen, was man hat. Vielleicht gibt das mehr Aufmerksamkeit für unsere Fragen.« Frauen waren eindeutig im Vorteil, weil wir Kerle genauso tickten. »Komm jetzt, sonst vergessen wir noch, warum wir hier sind«, sagte sie und schob mich zum Eingang.

Ein älterer Herr mit Krawatte der Stadt Frankfurt öffnete die Glastür. »Sie sind angemeldet?«

Julia nickte, woraufhin er Richtung Empfangstresen wies.

Hinter Panzerglas saßen Männer über Listen.

»Guten Tag, Ihre Namen bitte.«

»Zeiss und Bernau.«

»Würden Sie mir bitte Ihre Personalausweise zeigen?«

»Gerne.« Wir kramten sie hervor, er warf einen kurzen Blick darauf.

»In Ordnung. Die Veranstaltung findet im Kaisersaal statt. Sie haben zehn Minuten Zeit, dann müssen Sie den Saal verlassen. Im Foyer dürfen Sie sich länger aufhalten, wenn Sie möchten. Dort liegen für Sie eine Gästeliste und die Rede des Oberbürgermeisters.«

Wir bedankten uns. Kaum hatten wir uns umgedreht, öffnete ein Portier die schwere Glastür für uns. Das hatteStil.

Der Römer versprühte den Charme der frühen Bundesrepublik. Die riesige Treppe zum Kaisersaal, die Lampen, selbst die Garderobe strahlte die Eleganz der Fünfzigerjahre aus. Der Bombenhagel der letzten Kriegstage hatte das Rathaus zerstört, nur die Fassade war stehen geblieben. Alles andere ist durch den Wiederaufbau entstanden.

Die breite Treppe war eine Showtreppe, wie für Politiker und Fernsehkameras gebaut. In normalen Häusern hätte sie drei Stockwerke erreicht. Hier war es eins, bis zum Eingang des Kaisersaals auf der Linken und dem Büro des Oberbürgermeisters zur Rechten. Dazwischen das Foyer, seinerseits von einer geschwungenen Freitreppe in den nächsten Stock überragt. Die Gäste pflegten Small Talk, während die Kameras um sie herumschwirrten. Ich hatte nicht mit einer so ungewöhnlichen Kleiderordnung gerechnet. Alle eingeladenen Männer trugen Smoking. Die wenigen Damen waren in elegante, schwarze Kleider gehüllt. Ich hatte von keinem weiblichen Vorstandsmitglied in einer deutschen Bank gehört. Sie kamen also entweder als private Begleitung oder aus der zweiten Reihe.

Von Sensburg entdeckten wir nicht. Hinter dem Foyer öffnete sich ein breiter Gang, die Galerie. Die Oberbürgermeister der Vergangenheit blickten streng aus ihren Rahmen über uns hinweg. Kellner mit dem Frankfurter Wappen am Revers reichten Sekt, wahlweise Orangensaft oder Wasser. Die meisten griffen trotz der Tageszeit zum Prickelwasser.

Am Ende der Galerie sah ich ihn. Adrian von Sensburg unterhielt sich mit anderen Herren. Sie mieden die Nähe der Kameras. Leises Lachen, zustimmendes Nicken, diese Männer strahlten eine rundum zufriedene Stimmung aus. Ich erkannte den Vorstandsvorsitzenden der Bank, vertieft in eine Unterhaltung mit dem Chef der Europäischen Zentralbank.

»Was denkst du, wie gehen wir jetzt weiter vor?«, fragte ich Julia.

»Wir sind Zeitungsjournalisten und stellen Fragen. Erst dezent, dann aufdringlich.« Eine klare Ansage. Sie hob ihr Kinn und marschierte auf ihn zu. Mir blieb nichts, als ihr zu folgen.

»Entschuldigen Sie, Herr von Sensburg. Mein Name ist Julia Zeiss, ich schreibe für die Umschau. Das ist mein Kollege, Herr Bernau. Hätten Sie vielleicht einen kurzen Augenblick für uns?«

Er lächelte den Umstehenden zu und kam näher. »Bis es losgeht, gerne. Zu welchem Thema?«

»Es ist etwas sensibel. Es geht um einen Vorgang, der lange zurückliegt. 1990 in Berlin, mehrere, immer größere Kredite, mit russischen Geschäftspartnern. Sie waren dort damals Direktor.«

Für die Antwort ließ er sich einen Moment Zeit. Sein Blick inspizierte uns. »Daran soll ich mich erinnern? Sie machen Späße mit mir.«

Er sprach es so aus, dass es belustigt klingen sollte. Seine Stimme war zu gepresst.

»An so große und zweifellos lukrative Darlehen denkt man doch gerne zurück«, mischte ich mich ein. »Mit diesen Umsätzen konnten Sie glänzen, haben sich geradezu für Höheres hier in Frankfurt empfohlen.«

Jetzt probierte er es auf die coole Art. »Es freut mich wirklich, wenn Sie die Stringenz meines Weges perfekt belegen können. Aber warum diese Fragerei? Sie schreiben bestimmt keine Story über alte Kamellen.«

Julia rückte näher an ihn heran. Die anderen Banker gingen Richtung Kaisersaal. »Herr von Sensburg, für sich gesehen wäre das schon eine interessante Geschichte, die bedeutende Blätter übernehmen würden.«

»Wollen Sie mir drohen?«

»Wir sind noch gar nicht beim Kern der Sache. Sämtliche Unterlagen über Ihre Geschäfte mit den Russen haben wir von jemandem bekommen, der an dem Tag ums Leben kam, als er sie zur Post brachte.«

Auf einmal wurde er laut. »Was für einen Schwachsinn dichten Sie hier eigentlich zusammen?« Es war ein Moment, in dem Jähzorn durchblitzte und seine gebräunte Haut sich spannte. Eine Ader trat an der Schläfe hervor.

Er atmete tief durch. Dann hatte er sich wieder im Griff. Er ging einen kleinen Schritt auf Julia zu. »Was glauben Sie, wie viele

Neider es in diesem Geschäft gibt? Papier ist geduldig, besonders, wenn es aus dem Osten kommt. Sie sind einem Betrüger aufgesessen.«

Julia konnte seinem Blick nicht standhalten, er war ihr zu nah, zu eindringlich. So billig kam er mir nicht aus der Nummer raus.

»Wir haben eine Kette von Indizien und Beweisen. Betrug am Staat, hochriskante Bankgeschäfte und ein Todesfall. Alles hängt direkt zusammen. Und Sie sind der Strippenzieher!«

»Ein Toter? Was erzählen Sie für einen Quatsch?! Das sind bösartige Unterstellungen. Falls Sie von dem Mist auch nur ein Wort veröffentlichen, werden Sie Ihres Lebens nicht mehr froh. Frei erfundene Fantasiegeschichten, armselige Verschwörungstheorien.«

Das quoll so giftig aus ihm heraus, dass ich nachlegte, um ihn weiter aus der Reserve zu locken. »Sie haben ohne jede Sicherheit irgendwelchen Russen riesige Spekulationen finanziert. Zusätzlich war das Betrug am Steuerzahler. Ostmark in Westmark, illegal in ganz großem Stil. Da ist unser Staat nicht zimperlich. Irgendein Staatsanwalt würde sicher liebendgerne seine Trophäensammlung mit Ihrem Haupt schmücken.«

»Machen Sie sich nicht lächerlich! Wer sind Sie schon? Wir sind ein systemrelevantes Finanzimperium. Ziehen Sie Ihren Kopf ein, alles andere wird Ihnen nicht gut bekommen!« Er warf einen Blick auf zwei Männer, die sich bislang im Hintergrund gehalten hatten. Sensburg trat ein paar Schritte zurück. Die beiden Typen kamen und stellten sich vor ihn. Er verschwand im Kaisersaal.

Es waren Bodyguards. Breitbeinig standen sie da, der eine streifte ganz beiläufig sein Sakko nach hinten, damit ich seine Waffe sehen konnte.

So freundlich, wie wir hereingelassen wurden, ließ man uns auch wieder heraus. Das Sicherheitspersonal der Stadt hatte von unserem kleinen Gespräch und dem Auftritt der Gorillas nichts mitbekommen.

Wir gingen die paar Schritte vom Römer in das Steinerne Haus. Neben dem Kunstverein beherbergte das mittelalterliche Gemäuer ein Café. Die Gäste trugen runde Hornbrillen, grobe Wollsakkos und zerknitterte Leinenhemden. Das sah ziemlich intellektuell aus. Hinterm Tresen bemühte sich eine junge Frau, die karge Auswahl zu erklären. »Schokonuss, Schokobirne oder Käsekuchen hätten wir. Wenn Sie etwas anderes möchten, müssten Sie noch einen Moment warten, wird gerade frischgebacken.«

Wir beugten uns über den Glaskasten, in dem die Leckereien auf uns warteten. Ein handgemaltes Schild versicherte die Herstellung der Backwaren mit Zutaten aus geprüfter biologischer Herkunft. »Latte macchiato für mich. Was nimmst du?«, fragte ich Julia.

»Für mich auch und einmal Schokobirne, bitte.«

»Zweimal.«

Wir setzten uns auf eine der robusten Holzbänke. Die orangefarbenen Plastiksessel im Retrolook sahen weniger vertrauenerweckend aus.

Julia war nicht in Verhörtechniken geschult. Ihre Menschenkenntnis und ihre Erfahrungen als Journalistin hatten uns bei diesem kleinen Interview dennoch genutzt. Bevor ich sie mit meiner Sicht über den Wert unseres Fragespiels beeinflusste, wollte ich ihre Meinung hören. »War das ein Erfolg, sind wir weitergekommen?«

»Er stand unter Druck, das ist klar. Unsere Fragen haben ihn getroffen.«

»Absolut. Er hat mächtig gebellt. Wenn wirklich alles Quatsch für ihn gewesen wäre, hätte er gelacht und sich einfach umgedreht.«

»Hat er aber nicht. Seine Drohungen haben mich echt beeindruckt. Er ist schließlich nicht irgendwer. Einschüchterung gehört wohl zu seinem Handwerkszeug.«

»Er wusste genau, wovon wir reden. Russen und Ostmark, in seinem Kopf hat das etwas Altes, Unangenehmes hochgespült.«

Die Bedienung servierte unsere Bestellung. Der Schokobirnenkuchen schmeckte sehr biologisch und war einen Hauch zu bissfest.

»Er war in der Defensive. Alles an ihm sah nach Verteidigung aus. Seine Rechtfertigungen waren viel zu aggressiv.« Julia klang regelrecht begeistert, sie wollte vorwärtskommen. »Wie geht es jetzt weiter?«

»Uns fehlt die Handhabe gegen Sensburg. Er wird sich hüten, uns was zu sagen. Sein Alibi zu überprüfen ist schwierig, wir sind nicht die Staatsanwaltschaft.«

»Dann sorgen wir dafür, dass genau die ihn befragt.«

Dieser Gedanke leuchtete mir ein. Sensburg zu drohen war das Eine. Dass wir Julias Chef überzeugen konnten, unsere Indizien zu drucken, sah ich noch nicht. Sensburg war eine große Nummer, kein kleiner Gangster. »Schmitz muss die Fühler ausstrecken. Er kann im Sekretariat der Bank nachfragen. Von wegen Verkehrsdelikt, Chauffeur, Fahrtenbuch. Vorstandsmitglieder leiden nicht unter Einsamkeit. Irgendjemand ist immer in deren Nähe, und wenn es nur die Bodyguards sind.«

»Das ist wahr, eine andere Möglichkeit sehe ich nicht.

Was machen wir, während Schmitz nachhakt, falls er es überhaupt tut?«, fragte sie.

»Wir zwei Hübschen drucken uns ein paar Fotos aus und klappern die Lokale im lauschigen Königstein ab. Ob jemand Scherer und von Sensburg am fraglichen Abend gemeinsam gesehen hat.«

»Warum haben wir das nicht schon längst getan?«

»So eine Aktion spricht sich schnell rum. Bislang haben wir mit unseren vielen potenziellen Tätern im Trüben gefischt. Da hätten wir ruckzuck eine Klage wegen wer weiß was am Hals gehabt. Jetzt gibt es einen Verdächtigen, gute Indizien und ein Motiv. Das vereinfacht die Arbeit und schützt uns.«

Julia fischte mit dem langen Löffel den allerletzten Rest an Kalorien aus dem Latteglas. Um ihre Lippen herum zeichneten sich die Spuren des üppigen Milchschaums ab. Sie schaute mich an. Es fiel mir schwer, den Blick von ihr abzuwenden. »Kommst du gleich mit?«, fragte ich.

»Wohin?«

»Erst ins Büro, die Bilder ausdrucken. Dann nach Königstein.«

»Ach so, na klar.« Sie legte den Löffel zur Seite.

Julia hatte ihr Auto in Verlagsnähe geparkt und war mit der U-Bahn zum Römer gefahren. Wir holten meinen Wagen aus dem Parkhaus. Auf der Fahrt nach Kelkheim rief ich Schmitz an und erklärte ihm unseren Plan. Er klang nicht begeistert, war dennoch einverstanden, Sensburgs Vorzimmer nach den Infos zu befragen, nachdem ich ihm von den neuesten Erkenntnissen erzählt hatte. Selbst ihn überzeugten diese Fakten. Ich spürte einen Hauch mehr Motivation.

Die Bürotür machte beim Öffnen ein schabendes Geräusch. Eine riesige Pappkiste gab zögerlich den Weg frei.

»Oh, Entschuldigung, die bringe ich sofort in den Papiermüll. Es sei denn, Sie wollen sie behalten. Man weiß ja nie.« Ein mir unbekannter Mensch trat aus meinem Büro. An seiner Weste hingen kleine Kabel, Schraubenzieher schauten aus der Brusttasche. Hinter ihm erschien Susanne.

»Das ist Herr Born, er installiert deinen neuen Computer.

Er hatte einen Passenden auf Lager.«

»Ich hab's gleich. Ihr Router spielt noch nicht so ganz mit, weil die ISDN-Verkabelung etwas ungewöhnlich ist und drei Telefone dranhängen.«

»Aha. Kann ich jetzt was ausdrucken?«

»Nur lokal, zurzeit nicht im Netzwerk. Ich aktualisiere sofort die Treiber. Außerdem haben Sie erhöhte Sicherheitseinstellungen, surfen ohne IP-Adresse und so Zeug. Das sehe ich mir lieber genau an, sonst bin ich morgen wieder hier.« Aus seiner Hosentasche zog er eine Taschenlampe, drehte sich um, ging zu meinem Schreibtisch und verschwand unter ihm.

»Gut«, hörte ich mich sagen. »Fotos aus dem Internet kann ich aber aufrufen?«

»Bei Frau Söllner«, sagte die Stimme. »Bei Ihnen liegen viel zu viele Strippen. Da sollte man einiges optimieren.« Es folgten Geräusche, die mir ungeheuer waren. Kabel verließen unsanft ihre Buchsen, Metall quietschte, Herr Born ächzte.

»Bitte nichts verschlimmbessern.«

Mir fiel siedend heiß ein, dass ich Julia Susanne noch nicht vorgestellt hatte.

Die beiden beschäftigten sich bereits mit der Suche nach passenden Bildern für unsere Tour durch Königstein.

»Entschuldigt, ich hatte meinen Kopf ganz woanders. Julia, Susanne, Susanne, Julia«, wies ich auf die jeweilige Dame.

Julia lachte. »Das haben wir uns gerade so gedacht. Hallo, Susanne.«

»Hallo, Julia.« Sie reichten sich tatsächlich die Hand. Unter Frauen kam mir das irgendwie ungewöhnlich vor.

»Schön, dass wir uns nach den Telefongesprächen auch mal persönlich kennenlernen«, sagte Susanne. Für ihre Verhältnisse war das eine ziemlich ausufernde Konversation.

»Gut«, unterbrach ich das Beschnuppern. »Wir brauchen von Scherer und Sensburg vernünftige Aufnahmen, mit denen wir in Königstein hausieren gehen. Suchst du ein paar heraus?«

Susannes Antwort war das Klappern der Tastatur. Wenige Momente später sah ich die blauen Augen von von Sensburg leuchten. Sein Businessporträt auf der Vorstandsseite der Bank war perfekt. Bei Jens Scherer dauerte es länger, bis wir ein Bild fanden, das ausreichend gut und groß genug war. Zweiter Schriftführer beim Golfclub, mit Clubjackett und einem seriösen Lächeln. Der Drucker holte die Fotos aus dem virtuellen Raum in die Wirklichkeit. Herr Born kämpfte noch im Liegen, wir verabschiedeten uns von Susanne. Sie wirkte so gönnerhaft, wie sie erst Julia von hinten und dann mich anschaute. Frauen.

Wir starteten die Tour in Nähe der Klinik. In den Königsteiner Lokalen herrschte zur Mittagszeit Hochbetrieb. Jede Menge Herrschaften in dunkler oder dezent grauer Geschäftskleidung. Selten leuchtete ein rotes oder blaues Kostüm aus der Masse.

Der Besitzer des italienischen Restaurants in der Limburger Straße nährte zuerst unsere Hoffnung. Er kannte Jens Scherer, zumindest vom Sehen. Mit dem anderen Bild konnte er nichts anfangen. Wir zeigten es den Bedienungen, die aber nur den Kopf schüttelten.

Seinem kroatischen Mitbewerber im Haus gegenüber fiel sogar Scherers Namen ein. Von Sensburg hatte er noch nicht gesehen.

Bei beiden Wirten tauchte Jens Scherer in der Woche seines Todes auf. Ob es genau jener Tag war, vermochten sie nicht zu sagen.

»Nimmst du die linke, ich nehme die rechte Straßenseite?«, fragte ich.

»Kein Problem.«

Julia marschierte Richtung Inder. Die Limburger Straße war in Königstein eine kleine Fressmeile. Asiate, Ire und Kroate. Imbiss, Bierbar, Nobelrestaurant, für jeden war was dabei. In den besseren Läden kannte man Scherer, wie gehabt. Mir war nicht wohl bei dem Gedanken, immer entferntere Lokale aufzusuchen. Laut Pathologie hatte Scherer nicht allzu viel Zeit, um die Klinik noch lebend zu erreichen. Die Stadtmitte entsprach der maximalen Distanz. Zwischen Einnahme und Ohnmacht lag rund eine halbe Stunde. Und wer es ihm verabreicht hatte, war garantiert nicht fluchtartig davongerannt. Ich zog einen imaginären Kreis von einer Viertelstunde Fußmarsch um das Sanatorium.

Julia blieb auf ihrer Straßenseite auch erfolglos. »Wohin jetzt?«

»Erst mal die schickeren Läden. Villa Borgnis und Lucullus. Er wird nicht im Café Kreiner Torte gegessen haben.«

Wir erreichten die Fußgängerzone. Hier gab es einige Kneipen, gut einen Kilometer von der Klinik entfernt. Zwischen Optiker und Juwelier ging es in den Kurpark, an dessen Rand die Villa Borgnis thronte. Ein prächtiges Haus, das mit seinem dunklen Holzbalkon und jeder Menge Holzschnörkel nach Schweiz aussah. Schräg gegenüber das Lucullus, klein, aber mit ausgezeichneter Küche. Dort versuchten wir zuerst unser Glück.

Es war um diese Uhrzeit nicht so gut besucht wie die anderen Restaurants. Im Vorbeigehen warf ich einen Blick auf die Portionen. Was auf den Tellern lag, konnte keinen Dachdecker satt machen. Bestimmt war es nur ein Teil eines Mehrgängemenüs.

»Zwei Personen?« Die freundliche Bedienung wies in Richtung eines freien Tisches.

»Nein, entschuldigen Sie bitte, wir haben lediglich eine Frage. Kennen Sie einen dieser beiden Männer?« Ich zeigte ihr die Bilder.

»Sind Sie von der Polizei? Haben die was verbrochen?«

»Einer ist tot, der andere war möglicherweise in letzter Zeit gemeinsam mit ihm hier.«

»Wenn Sie mir folgen würden.« Sie ging voran, um den Tresen, in ein winziges Büro. Dort saß ein gutgekleideter Herr, gebeugt über Abrechnungen.

»Herr Karow, schauen Sie nur.«

Er zog seine Lesebrille herunter und drehte sich zu uns um. »Ja, bitte?«

Die Kellnerin nahm mir die Vergrößerungen aus der Hand und hielt sie ihm vor die Nase. »Die Polizei ist da. Ich wollte nichts Falsches sagen. Der eine ist tot, der andere …« Herr Karow sah erst die Fotos, dann mich an. Sein Gesicht besaß nicht allzu viel Farbe, seine Haare waren weiß, sein Zweireiher grau. »Herr Scherer ist tot, das habe ich in der Zeitung gelesen. Was ist mit Herrn von Sensburg? Der lebt doch noch?«

Endlich ein Restaurant, in dem man beide kannte. Julia stupste mich von hinten an. Ich vermied lieber einen Freudenschrei. »Ja, alles gut, er lebt. Wir hätten nur gerne gewusst, ob die Herren in letzter Zeit gemeinsam hier gegessen haben?«

»Nicht, dass ich wüsste. Herr Scherer war hin und wieder unser Gast. Seine Frau ist öfter bei uns. Zuletzt hatte ich sie bei der kleinen Wohltätigkeitsgala gesehen, er war allerdings nicht dabei.«

»Und von Sensburg?«

»Sofern er es zeitlich schafft, speist er jedes Wochenende bei uns. Manchmal am Freitag, normalerweise samstags, selten sonntags.«

»Beide zusammen eher nicht?«

»Das hätte ich sicherlich bemerkt, wenn ich nicht gerade frei hatte.«

»Bei dieser Spendengala war von Sensburg hier?«

»Nein, aber ich kann gerne einmal nachschauen. Wir haben die Gästeliste abgeheftet.« Er drehte sich mit seinem Bürostuhl herum, griff einen Ordner und blätterte darin.

»Sein Name ist nicht eingetragen. Frau Scherer steht da, ohne ihren Mann.«

»Kam sie in Begleitung?«

»Ein Herr Dörnberg. Kenne ich nicht.«

Ich bedankte mich und wir verabschiedeten uns.

Das brachte uns nicht wirklich vorwärts. Ich ärgerte mich. Bislang hatten wir eine einzige Erkenntnis gewonnen. »Genau, wie Charlotte Scherer es bei der Frage nach ihrem Alibi gesagt hatte. Ich wusste gar nicht, dass diese Wohltätigkeitsgeschichte im Lucullus stattfand. Jetzt haben wir zufällig noch die Bestätigung bekommen. Toll.«

Julia hakte sich bei mir unter. Sie schob mich in Richtung einer Hecke, hinter der sich das Woogtal und die Aussicht auf die gegenüberliegenden Berge öffneten.

»Sei nicht sauer. Schau mal, wie schön der Blick ins Tal ist.« Sie zog mich an sich, umfasste mein Gesicht und legte sanft ihre Lippen auf meine. Das entspannte die Situation deutlich. »Wollen wir was essen?«

»Warum nicht. Ich bin echt hungrig nach den vielen Düften in den Restaurants.«

An dieses Taunuspanorama schloss sich der Außenbereich der Villa Borgnis an. Inzwischen ebbte der Ansturm zur Mittagspause ab. Wir setzen uns an einen Platz im Halbschatten, bestellten eine Kleinigkeit und genossen das Leben. Inklusive Händchenhalten.

»Wir versuchen es hier und in zwei bis drei Kneipen Richtung Burg, dann sind wir durch«, sagte ich leicht resigniert.

»Ich finde diesen Teil der Detektivarbeit frustrierend.

Viele Fragen, fast keine verwertbaren Ergebnisse.«

»Besser als zwischen Büschen nachts auf Ehebrecher zu lauern. Oder stundenlang im Auto zu hocken und ein Haus zu observieren.«

»Eine kleine Verfolgungsjagd wäre nicht schlecht.«

»Aber nicht mit meiner Kiste. So etwas bitte vorher anmelden, damit ich mir eine Rennmaschine holen kann.«

»Komm schon, du Bürokrat, ein wenig fantasieren darf ich doch.«

»Natürlich.« Ich lehnte mich zu ihr herüber und küsste sie. »Ich habe nichts gegen Fantasie. Speziell, wenn es um dich geht.«

Sie rückte mit ihrem Stuhl näher und sorgte dafür, dass mir vor lauter küssen schwindelig wurde. »Ich werde dich dran erinnern. Es gibt kein Entkommen.« Das Küssen ging weiter.

Hätte der Kellner nicht mit Gläsern in unserem Rücken geklirrt, wäre diese angenehme Situation noch steigerungsfähig gewesen. Wir lösten uns langsam voneinander und benahmen uns wieder.

Das Essen schmeckte wunderbar.

Wir bezahlten, zeigten der Bedienung die Fotos und ernteten beim Sensburgbild ein Kopfschütteln. Für das Porträt von Scherer gab es ein Nicken. »Kenne ich, ist meistens mit mehreren Leuten bei uns. Vielleicht haben die Kollegen drinnen den anderen schon mal gesehen.«, sagte er und verschwand.

Er war leider zu optimistisch.

Niemand kannte Adrian von Sensburg. Wann Scherer zuletzt im Borgnis war, wusste auch keiner.

In der Eisdiele und in den letzten Gaststätten auf unserer Tour das gleiche Ergebnis. Von Sensburg ging in Königstein scheinbar nur ins Lucullus.

»Und jetzt?«, fragte Julia.

»Es ist einfach ärgerlich. Scherer war oft unterwegs, das haben uns nun wirklich alle Wirte hier bestätigt. Am Tag des Mordes auch. Behauptet Schwester Angela, die ihn hat kommen sehen. Von Sensburg hätte ihn in einem der Lokale treffen können. Man erinnert sich an Sensburg, allerdings nur im Lucullus. Dort waren an diesem Abend beide definitiv nicht. Es ist zum Mäusemelken.«

Wir genehmigten uns zum Nachtisch in der Eisdiele ein paar Kugeln. Schmecken wollten sie mir nicht.

»Wir müssen das Alibi überprüfen«, sagte Julia.

»Schmitz schuldet mir diesen Gefallen, selbst wenn es ein wenig heikel ist. Er kann sich ruhig mal aus dem Fenster lehnen, so weit hat er es nicht bis zur Pensionierung.«

Wir spazierten in aller Ruhe Richtung Auto, das ich in der Limburger Straße abgestellt hatte. In einem kleinen Park setzten wir uns auf eine Bank, hörten das Bächlein plätschern und verknuspelten die Waffeltüten. Der Wind wehte erste Blätter über die Wege. Die Innenseite meines Sakkos machte Geräusche. Natürlich, jetzt, wo es romantisch wurde, musste das Handy bimmeln.

»Bernau.«

»Charlotte Scherer hier, guten Tag.«

»Hallo, was kann ich für Sie tun?«

»Das ist das Problem. Die Bank hat sich bei mir gemeldet. Ein Mensch aus der juristischen Abteilung.« Das klang nach Schwierigkeiten. »Ich möchte mich bei Ihnen für Ihr Engagement und Ihre wirklich gute Arbeit bedanken. Leider sehe ich mich gezwungen, meinen Auftrag zurückzuziehen.«

»Aber wir sind ...«

»Es geht nicht mehr. Die Bank fürchtet eine mögliche Rufschädigung. Die Zahlung der Betriebspension ist gefährdet, wenn Sie weiterhin für mich gegen die Bank ermitteln.«

»Frau Scherer ...«

»Mein Verhalten werten die als betriebsschädigend. Das ist eine Ausschlussklausel in den Tarifverträgen. Man zieht das nicht in Betracht, sobald Sie die Nachforschungen einstellen.«

»Das gibt es doch nicht. Lassen Sie sich bitte nicht einschüchtern.«

»Herr Bernau, ich weiß, was Sie denken. Sie haben es geschafft, zu beweisen, dass es höchstwahrscheinlich kein Selbstmord war. Jetzt können wir der Polizei die Ermittlungen überlassen.«

»Glauben Sie, dass da was rumkommt?«

Nach kurzem Schweigen sprach sie zögerlich weiter. »Ich hoffe. Die Lage ist rechtlich eindeutig. Gerechtigkeit sieht anders aus.«

»Mit Sicherheit.«

»Schicken Sie mir bitte Ihre Rechnung.« Bevor ich darauf reagierte, hatte Charlotte Scherer aufgelegt.

»Scheiße, Scheiße, Scheiße!« Ich musste irgendetwas treten. Die Kieselsteine auf dem Weg stoben in alle Richtungen.

»Was ist los?« Julia schaute mich entgeistert an.

Ich erklärte ihr den fremdgesteuerten Meinungsumschwung der Witwe.

»Jetzt ist einfach Schluss? Dafür habe ich mich in den Park zerren lassen und Todesängste ertragen? Sie beendet unsere Arbeit so mir nichts, dir nichts? Das darf nicht wahr sein!« Julia wedelte mit den Armen und dampfte vor Wut. »Glaubt diese Frau, sie kann die Menschen so leicht ein- und ausschalten, ganz nach ihren Belieben?«

So ärgerlich die Lage war, ich musste über Julias Wutausbruch lachen. »Komm, beruhig dich.«

»Ich will mich nicht beruhigen. Ich will, dass all diese Dreckskerle im Knast landen. Egal, ob Handlanger oder Auftraggeber.«

»Eben, und deswegen machen wir weiter.«

Julia schaute mich verblüfft an. »Wer bezahlt dich?«

»Das sehen wir dann. Wenn es eine interessante Geschichte ergibt, wird es Fernsehsender oder Zeitschriften geben, die bereit sind, dafür was rauszurücken.«

»Oh. Das nenne ich marktwirtschaftlich gedacht.«

»Ich möchte die Kerle genau wie du zur Strecke bringen. Mein Gesicht und meine Rippen wollen auch Vergeltung. Gerechtigkeit ist was Schönes. Gepaart mit einem ordentlichen Lebensunterhalt ist es noch schöner.«

Wir schlenderten durch den Park und hielten uns im Arm wie verliebte Teenager. Alle paar Meter stoppten wir, um uns anzuschauen und uns zu vergewissern, dass es kein Traum war. Beim Küssen spürte ich die Realität besonders gut.

»Ich muss in die Redaktion. Da wartet viel Papier auf meinem Schreibtisch.«

»Das kann weiter warten.«

»Leider nicht. Solange wir unsere Megastory nicht auf allen Titelblättern der Nation sehen, darf ich stinknormal arbeiten. Bringst du mich zur S-Bahn?«

»Ich fahre dich in die Stadt. So habe ich noch länger was von dir.«

Sie legte die Hände auf meine Schultern und gönnte mir den sanften Druck ihrer Lippen. »Nein, du hast genug zu tun. Es wäre schön, wenn du mich am Bahnhof in Bad Soden absetzt. Dann muss ich nicht mit der Bimmelbahn von hier aus runterzuckeln.« Ihrem Lächeln folgte glücklicherweise erneut ein Kuss. »Du bist lieb.«

Wir trennten uns unter Bezeugung unserer körperlichen Zuneigung nur sehr langsam. Die Anzeige vor dem S-BahnGleis, vor dem wir parkten, ließ ihr zwei Minuten Zeit.

»Wir telefonieren«, sagte sie. Ich konnte nur noch nicken.

# Dienste

Schon von Weitem hörte ich das Kindergeschrei. Der Brunnen vor meinem Büro war im Sommer ein Highlight für die Kleinen.

»Roland Bernau?«

Ich zuckte kurz zusammen. Es kam unvermittelt, den gepflegt aussehenden Herren hinter mir hatte ich nicht bemerkt. Bevor ich etwas sagte, begann er damit.

»Darf ich Sie um eine Minute Ihrer Zeit bitten?«

»Worum geht es?«

Er zeigte auf einen silbernen VW-Bus. Unwillkürlich begleitete ich ihn ein paar Schritte in dessen Richtung. Umso überraschter war ich, als sich die Schiebetür öffnete, mit einer Art Geschäftszimmer dahinter.

»Ich schlage Ihnen einen Deal vor. Nehmen Sie Platz.« Erneut wollte er mir mit einer Handbewegung zeigen, was ich tun sollte.

»Entschuldigung. Ich weiß nicht, ob Sie ansonsten kleine Mädchen auf dem Schulweg ansprechen und in Ihren Bus locken. Aber ich hätte gerne gewusst, mit wem ich es zu tun habe.«

»Oh, ja, selbstverständlich. Mein Name ist Möller. Ich bin Gruppenleiter in der Abteilung für Gefahrenabwehr.«

»Bei der freiwilligen Feuerwehr?«

»Sie haben Humor. Beim Landesamt für Verfassungsschutz, Bereich Wirtschafts- und Geheimschutz. Vielleicht hat Ihnen Ihr alter Kollege, Hauptkommissar Schmitz, schon erzählt, dass wir uns um Sie Sorgen machen.«

Ralf hatte recht gehabt mit seinen Befürchtungen. Die Abhörsicherheit der Telefonanlage in der Polizeidirektion konnte er knicken. »Vom Verfassungsschutz höre ich im Zusammenhang mit diesem Fall zum ersten Mal.«

»Das mag sein. Ich hatte mich bei Herrn Schmitz als Abteilungsleiter des Landeskriminalamtes ausgegeben. Sonst wäre es mit den Hierarchien und dem Dienstweg unnötig kompliziert. Nur wegen einer kleinen Anfrage.«

Aus seinem Sakko fischte er einen Dienstausweis. Der sah einigermaßen echt aus. Trotzdem kroch immer stärker der Verdacht in mein Hirn, dass hier einiges ineinanderfloss, was nicht zusammenpasste. Wie lange hatten die mich schon auf dem Kieker? Arbeitete er tatsächlich für den Verfassungsschutz oder nebenbei auch für die Bank? Oder war das sowieso ein- und dasselbe? Ich stieg in den Wagen.

Im VW-Bus saß bereits ein Mann, ebenfalls im gesetzteren Alter. Er drehte den Fahrersitz nach hinten, wie in einem Wohnmobil. Drei bequeme Ledersessel standen zu meiner Auswahl. Ich blieb in Türnähe. Möller schmunzelte, zog die Tür zu und setze sich neben mich.

»Ich weiß, dass Sie ein Freund klarer Worte sind, Herr Bernau. Deswegen möchte ich nicht lange herumreden.«

Während sein Kollege versuchte, so unbeteiligt wie möglich zu wirken, war Möllers Blick, falls er wirklich so hieß, für mich körperlich zu spüren.

»Man hat mich gebeten, Ihnen den Abbruch weiterer Ermittlungen nahezulegen. Als Ausgleich für die entstandenen Unkosten engagieren wir Sie als Dozent im Bereich Zielfahndung. Ihr bisheriger Lebenslauf lässt das noch zu. Schließlich waren Sie einmal Beamter des Bundes.«

»Ein Toter in einer Psychiatrie. Wir reden hier doch nicht von einem nationalen Notfall.«

Möller lehnte sich vor. »Ihre Ermittlungsergebnisse könnten für viele Menschen unvorteilhaft sein.«

»Sind die Banker inzwischen so hart im Austeilen?«

»Ich spreche nicht von der Privatwirtschaft. Bernau, Sie berühren Dinge im Innersten der Macht. Die Balance unserer Außenpolitik ist eine empfindliche Sache. Wir sind, auch wenn es sich kaum einer vor Augen hält, ein abhängiges Land. Ohne Rohstoffe läuft nichts. Die Neunmalklugen erzählen ständig, dass wir eine Wissensgesellschaft sind. Dreht man uns den Öl- oder Gashahn zu, wird es kalt in Deutschland. Sehr kalt. Hier geht es nicht um Millionen. Sie können einige Nullen dranhängen.«

»Entschuldigung, ich wusste bislang nicht, dass der Kreml und das Bundeskanzleramt direkt in diesen Fall verwickelt sind.«

»Werden Sie nicht frech.« Er klang ernst und überzeugend. Wir waren auf ein Wespennest gestoßen. Und das brummte jetzt mächtig. Ich brauchte Zeit, um tiefer in die Materie einzudringen. Mit den Widerständen wuchs mein Ehrgeiz.

»Ich überlege es mir. Vielleicht verdiene ich mit Ihrem Angebot mehr als mit der ewigen Privatschnüffelei.«

»Überlegen Sie nicht zu lange. Mein Vorschlag hat ein Verfallsdatum.«

Ich öffnete die Tür und kletterte aus dem Bus.

»Passen Sie auf sich auf», sagte er.

»Drohen Sie mir?»

»So klingt es, ich weiß. Ich meine es aber ehrlich. Sie sind ein guter Mann. Es liegt nicht immer am Verfassungsschutz, wenn etwas passiert.»

»Das heißt?»

Er zog die Tür allmählich zu. »Sie schaden den Interessen der Bundesrepublik Deutschlands.« Die Tür schnappte ein und der Wagen fuhr sofort los.

# Kurve

In meinem Büro wollte mir so was wie Buchhaltung nicht recht von der Hand gehen. Susanne hatte Feierabend gemacht und mir eine nette Aufgabenliste auf den Schreibtisch gelegt. Das Finanzamt wünschte sich einige Daten aus den Vorjahren. Sie war nicht mehr dazu gekommen und hatte in den nächsten Tagen Urlaub.

Im Terminkalender stand für den heutigen Abend noch ein sehr angenehmer Eintrag. Meine Doppelkopfrunde, die ich in letzter Zeit vollkommen vernachlässigt hatte. Um acht Uhr, diesmal beim Inder in Ruppertshain. Der Fall drängte zwar, trotzdem musste ich meinen Kopf frei bekommen.

Ruppertshain sah richtig nach Taunus aus. Die Häuser schmiegten sich an den Berg, der Wald wurde dunkler, die Hänge steiler. Die Straße führte immer weiter in die Höhe und endete an einem riesigen Fachwerkgebäude, dem Zauberberg. In den vielen Wohnungen und Büros brannte schon Licht.

Ich parkte, lief die breite Treppe hoch, grüßte kurz den Maler, der vor seinem Atelier eine rauchte. Auf der Terrasse des Restaurants gönnte ich mir den Moment, in aller Ruhe meinen Blick über das Rhein-Main-Gebiet schweifen zu lassen, bis hin zum Odenwald.

»Willkommen auf dem Zauberberg. Sie haben reserviert?«

Der wohlbeleibte indische Wirt schaute mich freundlich an.

»Ich bin mit den drei Herren verabredet.« Mein Kopf nickte Richtung Fensterplatz, an dem Bernd, Ulrich und Thilo saßen.

»Gerne. Ich bringe Ihnen sofort die Karte.«

Nachdem Manuela und Rüdiger, die Gründer unserer Doppelkopfrunde, nach Dresden gezogen waren, hatten Thilo und ich neue Mitspieler finden müssen. In Zeiten von massiver Ablenkung durch Computerspiele und dem langsamen Verschwinden klassischer Kartenspiele gar nicht so einfach.

»Na, Jungs, wie schmeckt das Bier?« Ich klopfte Ulrich ordentlich auf die Schulter. Er war der robuste Typ, herzlich, deutlich in dem, was er dachte und sagte. Sein Herz war keine Mördergrube.

»Ganz hervorragend. Wir wollten nicht auf dich warten, die Luft war heute einfach zu staubig.«

»Thilo, wie sieht es bei der Eintracht aus?« Solange wir die Karten noch nicht gemischt hatten, ruhte der Blick des IT-Managers auf dem Smartphone, um beim aktuellen Bundesligaspiel nichts zu verpassen.

»Frag nicht. Es ist immer das Gleiche. Ein Spiel top, das nächste zum Weinen.«

»Hallo Bernd.«

Wir reichten uns die Hand. Er war der Feingeist und Ästhet. Gute Kleidung bedeutete für ihn ebenso viel wie korrektes Deutsch. Bernd besaß eine kleine Werbeagentur, direkt im Zauberberg.

»Wie läuft es bei dir?«, fragte er.

»Einigermaßen. Optimierbar, auch wenn ich einem Ergebnis näher komme. Was macht bei euch das Geschäft?«

Ulrich wiegte seinen kahlen Schädel. »Jo, ich kann nicht klagen. Aber wer weiß, wie es nächsten Monat aussieht.« Als freier Fotograf fühlte er sich dem Auf und Ab der Konjunktur zu stark unterworfen.

»Alles in Ordnung, zurzeit brummt es«, sagte Bernd. »Ich habe eine Fluglinie dazubekommen. Da geht einiges.«

Wir sprachen noch eine Weile über die Arbeit, die Welt und die Politik im Großen und Kleinen, bis endlich die Karten auf den Tisch flogen.

Der Koch hatte unser Fingerfood ordentlich gewürzt, speziell das Chicken Curry, was sofort neuen Bedarf an Bier erzeugte. Curry beim Inder hatte glücklicherweise nichts gemein mit dem gleichnamigen Gewürz in der altdeutschen Küche.

Die Stimmung wurde immer besser und die Last der letzten Tage fiel von mir ab. Wir räsonierten und lästerten, hatten Erklärungen für fast alles. Alles andere hakten wir mit einem Kopfschütteln ab. Eine gute Männerrunde eben. Das Spiel lief rund und wir hatten unseren Spaß.

Draußen war es inzwischen stockfinster. Frankfurt leuchtete am Horizont. Der Flughafen beschien in der anbrechenden Nacht die Wolken. In den Banktürmen brannte in einigen Stockwerken noch Licht. In Höchst blinkten rote Warnlampen an den Schornsteinen der riesigen Chemiefabrik, deren Dampf aus den Schloten dick und weiß in den Himmel stieg. Auch diese Stadt schlief niemals.

Wir verabschiedeten uns auf dem Parkplatz unter der Terrasse. Bernds amerikanisches Cabrio schoss über die Kieselsteine, während Thilo und Ulrich in einem japanischen Elektroauto eher gemächlich die kleine Anhöhe zur Durchgangsstraße hochzockelten.

Aus irgendeinem leichtsinnigen Grund ging ich davon aus, dass bei meiner Statur und der guten Grundlage ein paar Bier nicht so zu Buche schlugen. In wenigen Minuten würde ich in meinem Bett schlummern, ohne von bösen Geistern verfolgt zu werden.

Nach den schmalen Gassen öffnete sich die Landschaft. Wald und Wiesen wechselten sich auf beiden Seiten ab. Um diese Uhrzeit fuhr hier kaum jemand entlang, nur hinter mir strahlte in einiger Entfernung ein Scheinwerferpaar. Ich trat auf das Gaspedal und lenkte den Wagen sauber in die Windungen der Landstraße. Meine dicke Kiste reagierte leider nicht allzu gutmütig auf die engen Kurven.

Ein kleiner Knall im Motorraum. Bitte nicht schon wieder der Vergaser. Der Motor nahm noch ordentlich Gas an. In der steilen Doppelkurve kurz vor Fischbach preschte ich mit sattem Tempo bergab. Vielleicht etwas zu schnell. Ich bremste leicht. Nichts passierte. Nochmal, stärker. Nichts.

Die Reifen quietschen, das Auto schlingerte. Die nächste Kurve war schärfer.

Ich trat voll auf die Eisen. Null Reaktion.

Scheiße. 120 auf dem Tacho, mehr als 60 ging hier gar nicht.

Ich zog die Handbremse. Erst langsam. Keine Wirkung.

Dann mit aller Kraft.

Mir schoss der Schweiß auf die Stirn. Die Karre brach aus, schleuderte herum, Äste droschen auf das Blech. Die Frontscheibe zersprang in tausend Teile.

Ich flog auf ein schwarzes Loch zu.

»Herr Bernau. Hören Sie mich?«

Aus der Tiefe einer Wattewolke drang eine Stimme. Meine Lider klebten fest. Ich strengte mich an, um die Augen zu öffnen. Nur eins wollte. Durch den Nebel sah ich einen Menschen in einem weißen Kittel, der sich über mich beugte. Er knipste eine kleine Taschenlampe an und strahlte direkt in mein offenes Auge. Arschloch.

»Sie sind hier in der Klinik in Bad Soden. Alles ist in Ordnung. Wir mussten Sie operieren, aber nichts Schlimmes. Ein paar gebrochene Rippen richten. Ansonsten besteht der Verdacht auf eine schwere Gehirnerschütterung.«

Jetzt öffnete sich auch das andere Auge. Das Zimmer sah gelb aus. Ich versuchte, meinen Brummschädel zu drehen. Er tat weh.

»Sie haben natürlich jede Menge Prellungen am gesamten Körper sowie ein Schleudertrauma. Ihre Halswirbelsäule hat einiges eingesteckt. In ein bis zwei Wochen sieht die Welt besser aus, keine Bange.« Er tätschelte mir die Hand und verschwand aus dem Raum. Ich schloss die Augen.

Mein Arm wurde immer heißer. Die Sonne strahlte auf ihn. Sie war viel zu heiß wie durch ein Brennglas. Der Arm glühte, ich wollte um Hilfe rufen. Es ging nicht, kein Ton schaffte es raus. Mein Kopf schlug hin und her. Ich wachte auf.

Susanne saß neben dem Bett und streichelte meinen Unterarm.

»Mhmhm.«

»Guten Morgen. Schön, dass du wieder unter den Lebenden weilst.«

Ich brummte vor mich hin, bevor ich meine eigene Stimme verstehen konnte. »Ich freu mich, dass du mich besuchst.«

»Der Arzt durfte mir nichts sagen. Wie fühlst du dich?

Was ist passiert?«

Meine Zunge klebte am Gaumen und mein Gehirn war zu längerer Konversation noch nicht in der Lage. »War im Zauberberg. Paar Bierchen. Auf dem Rückweg hat es im Auto geknallt und ich hab einen Abflug gemacht.«

»Wie, geknallt?«

»Dachte Motorproblem. Die Bremsen funktionierten nicht mehr.«

»Waren die so abgenutzt?« Sie reichte mir ein Glas Wasser. Es fühlte sich wie reinstes Quellwasser aus einem kühlen Gebirgsbach in meinem ausgedörrten Hals an. Das Flokatigefühl zog sich allmählich von meiner Zunge zurück.

»Bremsen knallen selten, soviel ist klar. Warte ab, bis sie die Kiste untersuchen. Da hat einer mächtig dran gefummelt.«

»Du siehst furchtbar aus.« Susanne war eine ehrliche Haut.

»Nichts Neues.« Meine Augen schlossen sich. Ganz von allein.

Es musste Mittag sein. Eine ältere Frau legte ein Tablett mit Deckel auf meinen Nachttisch. Es roch. Eine Mischung aus Wirsing und flüssiger Kartoffel lag auf dem Teller. Mein Magen riet mir zu essen.

Das Zeug schmeckte unwesentlich besser als es aussah, half mir aber, zu Kräften zu kommen.

Es klopfte. Bevor ich reagierte, erschienen die Gesichter der Beamten Giel und Krüger von der Polizeidirektion Hofheim. Der Tag war offenbar noch nicht hart genug. Giel zog einen Stuhl zurecht und setzte sich.

»Guten Tag, Herr Bernau.« Sein Blick wanderte von meinem blauen Fuß, den ich aus dem Bett streckte, über die Bettdecke zu meinem Schädel. »Ihr Körper hat es nicht leicht mit Ihnen. Das Pech verfolgt Sie.«

»Pech, ich weiß nicht. Vielleicht hat jemand meinem Wagen manipuliert.«

Krüger lachte. »Das glauben Sie doch selbst nicht. Sie hatten Alkohol im Blut. Zwar nur 0,7 Promille, aber immerhin.«

»Quatsch. Lassen Sie mein Auto untersuchen. Die Bremsen haben nicht funktioniert, nachdem es im Motorraum geknallt hat.«

»Na klar.« Krügers Visage mochte ich noch nie. Diese ätzende Art. Irgendwann würde ich ihm ordentlich in den Hintern treten.

»Ihr Fahrzeug«, begann Giel, »sieht nicht mehr gut aus. Ich bezweifle, dass die Kriminaltechnik diesen Riesenschrotthaufen entwurschtelt. Können Sie knicken.«

»Welchem Anlass verdanke ich Ihren netten Besuch?«

Krüger drehte mir den Rücken zu, schaute in den Spiegel an der gegenüberliegenden Wand und suchte nach Pickeln. Entweder fühlte er sich unbeobachtet oder er hatte Probleme mit seinen Manieren.

»Natürlich müssen wir der Trunkenheit am Steuer nachgehen«, sagte er. »Wir sind aber aus einem anderen Grund hier. Es geht um den toten, russischen Schläger.«

»Ja?«

»Wir ermitteln jetzt gegen Sie. Es war im Ansatz Notwehr, Sie haben allerdings die Verhältnismäßigkeit nicht gewahrt.« Krüger bereite es Freude, meine Situation noch unangenehmer zu gestalten. Das sah ich seinem dummen Blick an.

»Die Staatsanwaltschaft erhebt Anklage wegen Körperverletzung mit Todesfolge. Das kostet Sie die Privatschnüfflerlizenz.«

Am liebsten hätte ich ihn gewürgt. So ein klein wenig.

»Deswegen besuchen Sie mich? Haben Sie sonst nichts zu tun?«

Giel war der nettere Mensch. »Wir wussten, dass Sie hier liegen. Ich wollte Sie so schnell wie möglich informieren. Falls Sie überhaupt aufnahmefähig sind, das entzog sich unserer Kenntnis. Ein Brief von uns hätte lange ungeöffnet in Ihrem Briefkasten gelegen.« Langsam erhob er sich vom Stuhl.

»Gute Besserung.«

»Danke, kann ich gebrauchen.«

Krüger guckte nur blöd. Er hatte todsicher zu viele schlechte Filme gesehen und sich daraufhin bei der hessischen Polizei beworben.

Von meinem Mittagsmenü lachten mich noch der Schokopudding und eine Handvoll Pillen an. Zusammen ging es gerade so.

Die Schwester war damit fertig, meine lädierten Körperteile mit einer Salbe einzucremen, da fiepte es an meinem Bett. Was ich für eine Fernbedienung hielt, war gleichzeitig ein Telefon.

»Bernau.«

»Schmitz hier. Wie geht es dir?«

»Frag nicht. Alle Farben des Regenbogens, vom Gesicht bis zu den Füßen. Manche Knochen sitzen auch nicht mehr dort, wo sie hingehören.«

»Sobald ich Zeit habe, besuche ich dich. Statt Blumen gibt's ein Bier.«

»Ist okay. Hast du dir Sorgen gemacht?«

»Jetzt mal nicht übertreiben. Ich habe eine gute und eine schlechte Nachricht. Welche möchtest du zuerst hören?«

Die Wahl fiel mir nicht schwer. »Eine Gute wäre zur Abwechslung nicht schlecht.« Kaum hatte ich es ausgesprochen, klopfte es und Julia schaute herein. »Einen Moment bitte, Ralf. Hier ist gerade jemand gekommen.«

»Soll ich später anrufen?«

Sie saß schon neben mir und nahm meine Hand. Ihr erschrockener Blick ging über meinen farbenreichen Körper.

»Nein, ist in Ordnung. Julia ist da, darf ich laut stellen, damit sie mithören kann?«

»Na klar. Ich habe mit der Sekretärin von unserem Banker gesprochen. Von wegen angeblicher Fahrerflucht und dass der Fahrer seines Wagens Zeuge sein könnte. Von Sensburg hatte zum fraglichen Zeitpunkt ausnahmsweise keinen Termin. Er fühlte sich an diesem Tag nicht gut, sagt sie. Der Chauffeur hat ihn, gemeinsam mit seinem persönlichen Bodyguard, nach Hause gefahren. Sensburg gab seinen Leuten gegen achtzehn Uhr frei, deutlich früher als sonst. Er blieb allein in Falkenstein, weil die beiden seine Frau und deren Freundin mit in die Stadt genommen haben. Zum Shoppen auf die Goethestraße. Sagt die Sekretärin.«

Julia reckte die Daumen in die Höhe. Von Sensburg besaß kein Alibi.

»Super! Die Uhrzeit passt, unser Ingenieur aus Bukarest hat ihm das Mittelchen gebracht, wann verhaftest du ihn?«

»Ja«, die Stimmlage des Hauptkommissars veränderte sich zum Negativen, »da käme nun die schlechte Nachricht.«

Ich biss mir auf die Unterlippe. Vor der Zielgerade brauchte ich keine Knüppel zwischen den Beinen. »Jetzt sag es.«

»Ein Staatsanwalt hat angerufen. Junger Kerl, ich hatte bislang kaum was mit ihm zu tun.«

»Ja, und weiter?«

Julia wackelte unruhig auf der Kante meines Bettes.

»In der Gerichtsmedizin hat sich beim Übertragen der Messwerte ein kleiner, aber entscheidender Fehler eingeschlichen. Die Kommastelle ist um eine Stelle zu weit nach hinten gerutscht.«

»Was soll das heißen?«, platzte es aus Julia heraus.

»Die Konzentration des Wirkstoffs im Blut entspricht nur einem Zehntel der Menge, von der wir bisher ausgingen. Das konnte Scherer durch Tabletten einnehmen. Selbstmord steht jetzt offiziell als Todesursache fest.«

»Das glaube ich nicht!« Julia schrie es fast. »Die wollen uns verarschen. Die Indizienkette ist so dicht, da kommen die nicht mehr raus!«

Die Stimme von Ralf schepperte aus dem kleinen Kästchen. »Ich befürchte doch. Der Staatsanwalt legt den Fall zu den Akten, wir stellen die Ermittlungen ein.«

»Ich lasse das nicht zu!« Julia war richtig auf Touren. »Ich werde mein gesamtes Material sofort dem Chef zeigen. Wenn der es nicht druckt, finde ich eine andere Zeitung, die das übernimmt. Die denken, dass sie alles so drehen können, wie es ihnen passt. Aber da haben die sich mächtig geschnitten!«

Ich staunte über ihren Ausbruch. Tränen des Zorns standen in ihren Augen. »Nicht mit mir. Die werden staunen. Vielleicht kriegen wir sogar eine große Zeitschrift auf unsere Seite. Das gibt ein Erwachen in der Bank!« Vor Wut fing sie an, auf meinem verbundenen Arm rumzudrücken. Sie merkte es noch rechtzeitig, bevor es wirklich wehtat.

»Ralf«, fragte ich, »wie schätzt du es ein? Ist der Gerichtsmedizin dieser Fehler unterlaufen?«

»Wenn der Staatsanwalt es sagt, dann ist es so. Ende der Durchsage.«

»Okay, ich danke dir. Wir sind der Lösung näher gekommen, aber die Unterstützung der Polizei ist jetzt weg?«

»So sieht es aus. Sei vorsichtig, du liegst schon in der Klinik.« Ralf war alles andere als feige oder dumm. Unser Gegner fuhr ständig größere Geschütze auf.

»Ich zieh das durch, heute!« Julia vibrierte regelrecht.

»Kein Hahn kräht mehr danach, falls wir es nicht veröffentlichen!«

»Ralf, wir sehen uns. Einen schönen Tag noch!« Ich legte auf.

»Einen schönen Tag noch! Du hast das Gemüt eines Pferdemetzgers!«

Meine Finger wollten über ihr Haar streichen. Die Banker liefen uns nicht davon.

»Nein, ich muss jetzt was unternehmen!«

Sie sprang auf. »Es tut mir wirklich leid, dass ich dich jetzt in diesem Zustand hier so allein liegen lasse. Ich melde mich, sobald ich was Konkretes weiß. Wenn es nach mir geht, steht es morgen früh bei uns auf der Titelseite. Und übermorgen bei allen anderen Zeitungen.«

Ich bekam einen schnellen Kuss und weg war sie.

Mein dickes, weiches Kopfkissen verführte mich nach dieser Nummer zu einem Nickerchen. So schlimm war es in der Klinik doch nicht. Lag wohl auch am Einzelzimmer in Superior-Ausstattung. Und an den vielen Tabletten.

Kaum fielen mir die Augen zu, fiepte wieder der Telefonkasten an meinem Bett.

»Bernau.«

»Ich bin's noch mal«, vernahm ich Julias Stimme. Den Geräuschen im Hintergrund nach zu urteilen, marschierte sie durch das Foyer der Klinik. »Unser vierter Banker, der aus New York, du erinnerst dich?«

»Der Ex-Direktor aus Berlin.«

»Genau. Den hatte ich gestern an der Strippe. In Deutschland hat er keine Aktien mehr, sagt er. Seit Jahren wäre er nicht in Europa gewesen.«

»Na ja, der kann uns viel erzählen.«

»Ja, könnte er. Um gleich sämtliche Zweifel auszuräumen, hat er mir einen Haufen Unterlagen gefaxt.«

Julia kam gerade so schön im Schwung, da wollte ich sie ungern ausbremsen. Papier war geduldig. »Aha, und was stand drin?«

»Er lag fast einen Monat im Krankenhaus. Beim Skifahren hatte er sich einen komplizierten Beinbruch zugezogen.«

»Wo, um Himmels Willen, liegt im Hochsommer genug Schnee?«

»Hat sich bislang nicht rumgesprochen. In Neuseeland.« Das Hintergrundgeräusch wechselte von Foyer auf Motorenlärm. Ich richtete mich auf, stöhnte ein wenig, weil ein Nerv mir seine Lebendigkeit signalisierte, schlüpfte in meine Schlappen und zog die Gardine zur Seite.

»Roland, bist du noch dran?«

Auf dem Parkplatz lief sie mit ordentlichem Tempo auf ihr Cabrio zu.

»Ich seh dich.«

Sie blieb stehen, drehte sich zum Gebäude und schaute die Fensterreihen entlang. Ihre freie Hand ging hoch, um die grellen Sonnenstrahlen abzuschirmen.

Ein weißer Lieferwagen fuhr durch die Parkreihe, in der Julia stand. Plötzlich öffnete sich mitten in der Fahrt eine Schiebetür.

Zwei Arme schossen heraus. Sie griffen Julia und zogen sie in den Wagen. Ich hörte ihre Schreie am Telefon.

»Aah, sind Sie verrückt?! Hilfe, was machen Sie?! Hilfe!« Der Fahrer gab Gas. Die Tür knallte ins Schloss.

Immer noch drangen schreckliche Geräusche aus dem Wagen. Es waren Schläge und lautes Aufstöhnen.

Dann brach es ab.

## Fahndung

Sofort drückte ich auf dem Telefon die Notrufnummer.
»Polizeistation Eschborn.«

»Eine Entführung, in Bad Soden. Auf dem Klinikparkplatz. Vor meinen Augen.«

»Ihr Name?«

»Roland Bernau. Ich bin ehemaliger Kriminalbeamter. Ein weißer Lieferwagen, japanisches Modell. Vor wenigen Sekunden.«

»Sind Sie sicher, dass es sich um eine Entführung handelt?« Der Beamte musste Nerven aus Stahl haben. Anders konnte ich mir seine ruhige, fast einschläfernde Stimme nicht erklären. Oder er hielt mich für einen Spinner.

»Entführt wurde Julia Zeiss, eine Zeitungsjournalistin aus Frankfurt. Man hat sie in den Wagen gezerrt, während ich am Fenster stand und mit ihr telefonierte.«

»Bleiben Sie, wo Sie sind. Wir leiten die Fahndung ein. Legen Sie nicht auf.«

Es dauerte eine Ewigkeit. Der Mann sprach über einen zweiten Apparat mit Kollegen und schilderte in knappen Worten die Lage.

»Wir sind gleich bei Ihnen. Warten Sie bitte auf dem Parkplatz.«

»Nein, ich bin auf einer Station in der Klinik.«

»Welche Station, welches Zimmer?«

Erst jetzt fiel mir auf: Ich wusste weder das eine noch das andere.

»Fragen Sie am Empfang. Mein Name ist Roland Bernau. Ich bin der Freund der Entführten.« Am anderen Ende war kurz Pause.

»Ich sehe anhand der Rufnummer, dass Sie aus dem Krankenhaus anrufen. Wir sind unterwegs.«

Viel schneller als erwartet schoss eine Zivilstreife mit Martinshorn und Blaulicht auf den Eingang der Klinik zu. Zwei Beamte sprangen heraus und rannten ins Gebäude.

Bevor sie bei mir ankamen, stellte sich ein Streifenwagen quer vor die Parkplatzausfahrt. Ich erzählte den beiden, was ich gesehen und gehört hatte.

»Haben Sie die Handynummer von Frau Zeiss?« Ich nannte sie ihm, er gab sie per Funkgerät weiter.

»Wir werden das Handy orten. Es handelt sich bei dem Lieferwagen um ein japanisches Modell? Sind Sie sicher?«

»Absolut. Leicht abgerundete Heckklappe, keine Fenster im hinteren Teil, keine Werbeaufschrift.«

Auch darüber informierte er den Menschen am anderen Ende seines Walkie-Talkies. »Die Fahndung läuft. Sie waren früher Kriminalbeamter, hat der Kollege von der Wache gesagt.«

»Ja, zuletzt beim BKA.«

»Für eine Pensionierung sehen Sie etwas zu jung aus.«

»Eine lange Geschichte. Ich habe gekündigt.«

Erst jetzt schauten mich die beiden an, als ob sie es mit einem Verrückten zu tun hätten.

Weitere Beamte erschienen, fragten alles immer wieder. Was ich glaubte, warum Julia entführt wurde. Wer dafür einen Grund haben könnte. Ob sie Feinde hatte. Ich wollte unsere Recherchen noch nicht auf den Tisch legen. Ohne Beweise, nur mit Indizien und gegen die Meinung der Staatsanwaltschaft. Niemand würde mir glauben.

Unten sperrte eine Polizistin mit Flatterband den Parkplatz ab. Ein großer weißer Wagen hielt. Die Spurensicherung. In Plastikoveralls gekleidet und mit Alukoffern in den Händen umkreisten sie die Parkreihe.

Es dauerte einige Stunden, bis sich die Lage vor der Klinik und in meinem Zimmer normalisierte. Bei meinen Nerven war das nicht der Fall.

Die Krankenschwester kam herein und legte mir ein Schälchen mit dem Pillenvorrat auf den Tisch.

»Bis morgen Abend sollte das ausreichen. Wenn noch was ist, einfach klingeln. Gute Nacht.«

Draußen dämmerte es. Auf den Tabletten konnte ich die Namen der Mittel einigermaßen entziffern. Schmerztabletten, verschiedene Stärken. Nacheinander schluckte ich sie alle. Ein bitterer Geschmack zog sich meine Speiseröhre entlang.

Ich rief Susanne an und bat sie, mir so schnell wie möglich einen Mietwagen vor die Klinik zu stellen. Mit kugelsicherer Weste und einer Pistole. Sie erklärte mich für vollkommen verrückt. Und dass der Wagen in einer halben Stunde da wäre.

Es würde noch einige Zeit vergehen, bis die Pillen wirkten. Langsam rutschte ich aus dem Bett. Im Schrank lagen ein paar Klamotten. Ich war nicht sicher, ob sie mir gehörten. Vieles sah neu aus. Wahrscheinlich von Susanne gekauft. Unter Schmerzen zwängte ich mich in eine Jeans. Dann war das T-Shirt an der Reihe. Vor lauter Schwellungen und Verbänden passte ich kaum rein. Ich brauchte eine Pause. Die Schuhe, neu.

Ich musste etwas tun. Diese Arschlöcher hatten Julia. Ich würde denen den Hals umdrehen. Allen, auch diesen scheiß Drahtziehern.

Das Telefon klingelte. Susanne war wirklich schnell.

»Ich komm runter.«

»Giel hier. Herr Bernau?«

»Oh, ja, was ist los? Gibt es was Neues?«

»Wir haben das Handy von Frau Zeiss geortet.«

»Wo ist sie?!«

»Zurzeit fährt eine Hundertschaft der Bereitschaftspolizei in das Planquadrat. Richtung Wiesbaden, die Mülldeponie in Flörsheim-Wicker.«

Deponie. Mir wurde schlecht.

»Ich bin gleich da.«

Humpelnd verließ ich mein Zimmer. Die Schwester schaute mir im Flur hinterher und rief meinen Namen, als ich im Lift verschwand.

## Deponie

Susanne drückte mir die Schlüssel des Mietwagens und ein neues Handy in die Hand. Sie sparte sich weitere Worte.

Die vielen Schmerzpillen taten ihren Dienst. Durch den Verband am linken Oberarm sickerte Blut. Ich spürte nichts. Außer Wut.

Unter der Motorhaube dröhnten jede Menge PS. Nach zwei Minuten bog ich auf die A66 und trat das Gaspedal bis zum Anschlag durch.

Abfahrt Flörsheim. In Weilbach zuckte ein Blitz. Die Umrisse der riesigen Gebäude vor der Mülldeponie rückten näher. Wie gelandete Ufos im Krieg der Welten. Hatte ich zu viele Schmerzmittel eingeworfen? Zuerst glitzerten nur die Hallen im Licht der Laternen. Auf einmal funkelten mich die Hügel der Deponie an. Für einen Moment musste ich die Augen schließen. Erst direkt davor kapierte ich, dass eine irrsinnige Anzahl von Solarflächen auf den Müllbergen Richtung Himmel wies. Die Fassaden der Werkshallen hingen voll von spiegelnden Solarzellen.

Die blinkenden Blaulichter einer Polizeikolonne zeigten mir den Weg. Bereitschaftspolizisten zogen mit Taschenlampen und langen Stöcken über das Gelände. Vor einer Art Müllfabrik parkte die mobile Einsatzzentrale. Durch die Fenster des LKW erkannte ich Giel.

Aus dem Wagen zu springen war keine gute Idee. Schmerzen stachen in meiner Hüfte.

Um von Außen etwas aus dem Wageninneren zu hören, war es zu laut. Ein Dieselaggregat zur Stromversorgung für die Scheinwerfer der Hundertschaft dröhnte neben dem LKW. Ich klopfte und trat unaufgefordert ein.

Giel stand an einem Plan, ein halbes Dutzend Kollegen drehte sich um. »Herr Bernau, eigentlich ...«

»Entschuldigung, ich weiß.«

»Genau, Sie haben hier nichts zu suchen.«

»Ich halte mich im Hintergrund.«

»Mindestens. Ich werde Sie informieren, sobald wir neue Erkenntnisse haben. Bleiben Sie bitte draußen.«

Ich nickte und ging.

Giel kam mir schon ziemlich weit entgegen. Von der Suchaktion auf der Deponie hätte er mir nichts verraten müssen.

Es trafen immer mehr Fahrzeuge ein. Spurensicherung des LKA, die Hundestaffel, ein riesiges Flutlicht auf einem LKW. Durch den Motorenlärm drang ein ohrenbetäubendes Knattern. Hinter der Kuppe des Müllbergs erhob sich ein Hubschrauber. Eine mächtige Kugel ragte aus seiner Seite nach vorne. Die Kamera, mit Nachtsicht und Infrarot. Wenn ein Mensch noch warm war, konnte ihn das Gerät finden. Eine Gänsehaut kroch meinen gesamten Körper entlang.

Ich kannte solche Situationen aus der Vergangenheit. Mit meinem persönlichen Umfeld hatte das nie was zu tun gehabt. Die ganze Szene wirkte gespenstisch. Die Irrlichter der suchenden Polizisten. Der Scheinwerfer des Helikopters. Die unendlichen Reflexe der Blaulichter in den Solaranlagen. Ich brauchte einen Kaffee. Oder etwas Härteres.

Erste Kamerateams vom Hessischen Rundfunk und RTL liefen umher. Der Polizeipressesprecher gab ein Interview. Irgendwo in meiner Nähe dudelte blöde Musik. Ich drehte mich um, niemand hinter mir. Sie wurde lauter.

»Was zum Teufel ….« Ich stand mächtig auf der Leitung.

Das neue Handy in meiner Hosentasche klingelte.

»Ja?«

»Susanne hier.«

»Ah, klar. Entschuldigung. Ich bin im Moment… «

»Weiß ich doch. Gibt es was Neues?«

»Sie suchen alles ab. Auf diesen schrecklichen Müllbergen. Sie haben noch nichts gefunden.«

»Jemand hat für dich angerufen. Ein Wirt aus Königstein.«

»Was wollte er?«

»Ich konnte ihn nicht gut verstehen. Ein Italiener, es war laut im Restaurant, zu viel Geschirrgeklapper. Er will mit dir reden. Ich habe seine Nummer aufgeschrieben.«

»Okay. Ich kann gerade nicht richtig denken. Vielleicht ist es wichtig. Sobald es hier …« Meine Stimme zögerte.

»Roland, bitte, pass auf dich auf. Mit den Typen ist nicht zu spaßen. Wer das auch immer war.«

»Du hast recht. Wenn ich mehr weiß, melde ich mich.« Ohne, dass ich es gemerkt hatte, war ich rückwärts gegangen. Ich stieß gegen die Zähne einer riesigen Baggerschaufel.

»Danke für deinen Anruf.« Das Eisen der Schaufel war ein kalter Sitz.

Die Tür des Einsatzbüros im LKW knallte auf. Giel sprang fast die Treppe herab. Seine Leute folgten ihm.

»Was ist los?«, rief ich zu ihm rüber.

»Komm mit!«

Er lief zu einem kleinen Polizeibus, riss die Schiebetür auf und kletterte rein. Ich und vier andere hinterher. Der Fahrer trat das Gaspedal voll durch. Die Reifen rutschen im Dreck. Das Martinshorn jagte alles zur Seite. Die Journalisten schauten kurz und rannten zu ihren Autos.

»Habt ihr sie?«, fragte ich Giel.

»Wir sind gleich da.«

Mir war schlecht. Ich wollte mich nicht auf das Schlimmste vorbereiten. Konnte ich nicht.

Der Bus schoss auf die Bundesstraße. Hinter uns die Kombis der Fernsehteams. Der Motor heulte in der Kurve auf. In der Dunkelheit sah ich die Straßensperre. Unser Fahrer raste direkt auf sie zu. Sie öffnete sich nicht für uns. Ein Polizist schwenkte eine leuchtende Kelle. Die Bremsen quietschten, ich flog gegen den Vordersitz. Viel knapper hätte er nicht abbremsen dürfen. Jemand zog von Außen die Tür auf, Giel scheuchte mich raus.

Bereitschaftspolizisten in dunkelblauen Overalls standen im Halbkreis auf einer Böschung. Die Strahlen ihrer riesigen Taschenlampen trafen sich an einem Punkt. Niemand sagte was. Giel ging auf den Gruppenführer zu, ich folgte ihm.

»Ja?«, fragte er nur.

»Es ist das Handy von Frau Zeiss sowie ein paar persönliche Gegenstände. Schminksachen, Papiere. Der Inhalt einer Damenhandtasche.«

»Wo genau haben Sie sie gefunden?«

»Hier am Straßenrand, so, wie sie liegen.« Er leuchtete mit seiner Lampe auf die Sachen. »Teilweise im Grünstreifen, manches auf dem Asphalt. Verteilt über gut zwanzig Meter.«

Giel marschierte los, die Böschung entlang. »Wie weit haben Sie den Streifen an dieser Straße kontrolliert?«

»Wir sind bis Hochheim durch, auf beiden Seiten. Andere Spuren haben wir noch nicht entdeckt.«

Ich lief Giel wie ein Dackel hinterher.

»Gut.« Giel dreht sich ruckartig zu mir um. »Was sagt uns das, Bernau?«

Mein Kopf schwirrte. Medikamente, die zuckenden Lichter, ich hatte Angst um Julia. »Ich denke, es könnte sein, dass die Entführer ...«

»Ja?«

»Das Zeug flog bei voller Fahrt aus dem Wagen. Deswegen liegt es verteilt im Gelände.«

»Stimmt. Und die Entführung insgesamt?«

»Julia lebt. Man will sie noch behalten.« Diese Worteverließen meinen Mund, ohne dass ich groß darüber nachgedacht hatte. Eine professionelle Reaktion des Ex-Bullen, kein Gefühl. Der Mensch Bernau zitterte.

Die Beamten der Einsatzführung standen um uns herum. Giel schaute sie an. Ein Uniformierter mit goldenen Sternen auf den Schulterklappen nickte.

»Ich bin der Meinung«, sagte Giel, »dass wir die Aktion hier abbrechen sollten. Die Deponie lag zufällig an der Wegstrecke. Zumindest hat sie keine weitere Bedeutung. Hoffe ich.«

»Wir lassen die Hunde, solange wir sie nicht woanders brauchen, auf den Müllbergen stöbern.« Der Vorschlag kam vom Uniformierten.

Alle schienen sich mit Blicken bei den anderen über diese gemeinsame Linie zu vergewissern. Niemand sagte etwas. Giel besaß das Kommando. »Wenn das Konsens ist, brechen wir hier ab. Die Fahndung muss räumlich ausgeweitet werden.«

Julia lebte noch. Diese Hoffnung stieg in mir auf. Aber die Suche wurde schwieriger.

# Forderung

Die Männer und Frauen der Bereitschaftspolizei sammelten sich vor ihren Fahrzeugen. Immer mehr stiegen von den grünen Hügeln herab, unter deren Oberfläche der Müll verrottete. Große Akkuscheinwerfer und die langen Suchstöcke landeten in den Laderäumen, Stiefel wurden grob vom Dreck befreit. Erste Einheiten verließen das Gelände. Die Flutlichter strahlten weiterhin auf die Deponieberge, während die Hundestaffeln noch suchten. Die blöde Musik in meiner Hosentasche nervte wieder.

»Susanne, was ist?«

»Frau Zeiss lebt.« Das war nicht Susannes Stimme. Eine tiefe Männerstimme. Ohne Akzent.

»Wer sind Sie? Wie geht es Julia?«

»So einigermaßen. Es muss ihr nichts passieren.«

»Sie Schwein. Ich will sofort mit ihr reden. Lassen Sie Julia frei!«

Ich schaute mich um, ob ich Giel irgendwo entdeckte. Er sprach mit Kollegen vor einem der Zivilfahrzeuge. Langsam ging ich in seine Richtung.

»Wir haben einen Wunsch. Von Ihnen und Frau Zeiss. Keine Veröffentlichung Ihrer Rechercheergebnisse, zu keinem Zeitpunkt in der Zukunft. Ist das angekommen?«

Giel war nur noch ein paar Meter entfernt.

»Ja, ich habe Sie verstanden. Welche Ergebnisse meinen Sie genau?« Ich stand jetzt neben Giel, rempelte ihn mit der Schulter an und wies auf mein Handy.

»Stellen Sie sich bitte nicht blöd. Sie besitzen ein helles Köpfchen, das wissen wir.«

»Wehe, es passiert ihr was!«

Giel schaute mich mit großen Augen an.

»Sie sind nicht in der Lage, uns zu drohen. Also, noch einmal ganz deutlich: Keine Berichte zu unserem Thema. Das sollte kein Problem für Sie sein.«

»Ich hoffe nicht.«

»Sie haben Humor. Frau Zeiss hat ihren verloren, das versichere ich Ihnen. Sie wird auch in Zukunft nichts dazu schreiben. Das möchte sie gar nicht. Sonst würde ihr nach einer Freilassung etwas zustoßen.« Es klackte.

»Scheiße!«

Giels breites Gesicht kam ganz nah. »Was war das?«

»Der Entführer.«

»Was will er? Wie geht es ihr?«

»Nicht so gut. Er verlangt, dass Julia und ich unsere Recherchen nicht veröffentlichen, keinen Bericht darüber bringen.« Es war mir rausgerutscht. Ich hatte einen Fehler gemacht.

»Was für einen Bericht?«

»Ist doch jetzt scheißegal! Keinen Bericht!«

»Au Mann, was läuft hier eigentlich?«

Sollte ich ihn einweihen, alles erzählen? Dann war die Story draußen. Ich wusste es nicht. Julia war auch in Zukunft gefährdet. Die Typen meinten es ernst. Ich brauchte Giel, um sie zu finden, alleine würde ich es nie schaffen.

»Eine Geschichte, für die uns ausreichende Beweise fehlen. Ein Wespennest. Es dreht sich um viel Geld. Mehr sag ich nicht. Sonst ist es in der Welt und Julia tot.«

Giel zerrte an seiner alten, gestreiften Krawatte. Um uns herum knatterte ein VW-Bus nach dem anderen aus dem unwirklichen Gelände. »Ich glaub das nicht!«

»Wie weit könnten sie gekommen sein?«, fragte ich ihn.

»Hundert, vielleicht zweihundert Kilometer. Davon gehe ich aber nicht aus.«

»Sondern?«

»Erfahrungsgemäß fahren Entführer dreißig bis sechzig Kilometer zu einem Versteck. Wenn überhaupt.«

»Jetzt sind wir rund zwanzig von der Klinik entfernt. Die Richtung steht damit fest. Sonst würden sie wieder zurückfahren.«

Giel riss sich den Schlips endgültig vom Hals. »Wiesbaden, Rheingau, Hintertaunus, irgendwie die Ecke. Wir überprüfen sofort sämtliche Verkehrskameras in diesem Raum.« Er hockte sich in seinen Wagen, griff den Telefonhörer und begann mit jemandem zu sprechen.

»Wen genau hat man eigentlich entführt?«

Neben mir stand ein kleiner, dicker, junger Mann.

»Eine Journalistin.«

»Ja, schon klar. Aber haben Sie einen Namen oder vielleicht die Redaktion?«

»Und wie heißen Sie?«

»Jonas Reckhard. Von der Umschau, Onliner.«

»Was sind Sie?«

»Ich baue sonst nur die Internetseiten zusammen. Um die Uhrzeit war niemand mehr für einen Außentermin da. Ich fotografiere ganz gut.«

Er hielt mir stolz seine große Spiegelreflexkamera hin.

»Es ist eine Kollegin von Ihnen.«

»Bitte?«

»Die Entführte kommt aus Ihrem Verlagshaus.«

»Sie veräppeln mich.«

In seinen Augen sah ich immer noch nach Scherzen aus. Ich musste mich setzen, und wenn es nur wieder die Baggerschaufel war. »Kommen Sie mit.«

Seine Turnschuhe schlurften durch den Dreck.

Die Kälte des Metalls betäubte ein wenig die Schmerzen in meinem rechten Oberschenkel. Sitzen, ein Genuss.

»Kennen Sie Julia Zeiss?«, fragte ich ihn.

»Julia? Julia ist es? Nein!«

»Was soll das? Glauben Sie mir nicht?!«

Er schaute nach unten, die Kamera zwischen seinen Fingern zitterte. »Wir haben heute Mittag in der Kantine an einem Tisch gesessen. Danach sprach sie noch mit einem Kollegen von mir nebenan. Das kann nicht sein. Warum Julia?«

»Das darf ich Ihnen nicht sagen.«

»Wer sind Sie eigentlich?«

»Roland Bernau, Privatermittler. Julia und ich sind befreundet, außerdem arbeiten wir an einem gemeinsamen Fall.« Ich hielt ihm meine Hand hin. »Sie würden es Story nennen.«

Sein Händedruck glich einer Mischung aus Schwamm und Zittern.

»Wir hocken hier, weil die Polizei Julias Handy an dieser Stelle geortet hat. Es lag an der Straße, zusammen mit dem restlichen Inhalt ihrer Handtasche. Gerade eben haben sich die Geiselnehmer bei mir gemeldet. Das brachte uns leider nicht weiter.«

Er wollte wissen, wie die Forderungen der Entführer aussahen. Ich durfte es ihm nicht sagen.

»Was machen wir jetzt? Man muss was unternehmen!« Er schnaubte regelrecht.

Ich schüttelte den Kopf. »Ich weiß. Das ist die Kleinarbeit der Polizei. Ich finde es schrecklich, nichts tun zu können.«

»Gibt es eine heiße Spur?«

»Die haben garantiert das Fahrzeug gewechselt. Vielleicht wird das Erste entdeckt. Aber dann, ohne Handy, keine konkreten Verdächtigen, wie soll das gehen? Ich hoffe auf den Zufall und die Verkehrskameras.«

Zwischen den Müllbergen wurde es allmählich ruhiger. Ein Suchhund kletterte in seinen Wagen, die Suchscheinwerfer erloschen, die Hundertschaft war abgerückt. Giel diskutierte mit seiner Führungsgruppe vor der mobilen Leitstelle.

»Haben Sie auch die Kamera gefunden?«, fragte Reckhard.

»Welche Kamera?«

»Julias, sie nahm sie immer mit, in der Handtasche.«

»Nicht, dass ich wüsste. Wieso?« Ich erhob mich vorsichtig von der Baggerschaufel. Meine Knochen mochten weder Stehen noch Sitzen.

»Das ist ein neues Modell, mit GPS, LTE-WiFi, der ganze Schnickschnack.«

»Wovon reden Sie?«

»Drahtlose Übertragung der Bilder mit den Ortsangaben als Metadaten.«

»Ohne ein Handy oder einen PC anzuschließen?«

»Genau.« Jonas Reckhard stand nicht mehr still. »Ich bekomme die Fotos immer mit den GPS-Daten und weiß dadurch, wo exakt Julia die Aufnahmen geschossen hat.«

»Kommen Sie mit!« Ich zerrte ihn zu Giel.

»Das ist Reckhard, ein Kollege von Julia. Er hat eine kleine Chance entdeckt. Bitte erklären Sie dem Kommissar die Technik.«

Der Junge legte los. Giel und seine Leute sagten kein Wort, bis er durch war.

»Wenn sich die Kamera«, begann Giel, »noch in der Nähe des Opfers befindet, ist es eine Möglichkeit. Aber nur dann.«

»Auf der Bundesstraße haben wir keinen Fotoapparat gefunden«, antwortete ein Mann in der Uniform der Bereitschaftspolizei.

»Eben«, entgegnete ich. »Wie können wir das Ding orten?«

Ein jüngerer Polizist hob die Hand. »Es gibt zwei Wege. Der Provider kann den Standort finden, auf den Meter genau.« Manche wollten schon zu jubeln beginnen. »Die Genehmigung per richterlichem Beschluss dauert relativ lange.« Es wurde wieder still. »Wir könnten es wie ein Handy anpeilen. Das ist nicht so präzise, geht allerdings sehr schnell. Immer vorausgesetzt, der Apparat liegt in ihrer Nähe und nicht irgendwo.«

»Was brauchen wir dafür?«, fragte Giel.

»Einige Daten von der Kamera und ein altes Foto, das sie so geschickt hat.«

»Bitte.« Giel wies auf Reckhard.

Der telefonierte sofort mit einer Kollegin, die ihm die gewünschten Angaben schickte.

Wir stiegen in den Einsatz-LKW. Von allen Seiten schauten mich Computermonitore an. Innerhalb weniger Minuten startete die Ortung. »Es gibt ein Signal!«, rief der Techniker. Der Bildschirm zeigte die immer engere Eingrenzung auf einem virtuellen Plan des Rhein-Main-Gebietes. Rote Linien sprangen hin und her, Dreiecke entstanden, lösten sich wieder. »Es dauert einen Moment. In diesem Bereich stehen allerhand Funkmasten. Wir brauchen zur genauen Peilung drei davon. Dann entsteht ein definierter, dreieckiger Abschnitt.« Der Maßstab der Karte veränderte sich. Wiesbaden und Mainz wuchsen.

»Immerhin nicht Frankfurt, also weder das Büro noch Julias Wohnung«, sagte ich.

»Gleich.« Der Techniker hielt mit seinen Händen den Bildschirm fest. Die roten Fäden zuckten seltener, der Kartenausschnitt fuhr auf den Rhein zu.

»Was ist das jetzt?« Giel raufte sich die Haare. Der Monitor zeigte nur Wasser und das Ufer auf beiden Seiten des Flusses. »Die schwimmen doch nicht oder liegen auf einer Wiese rum!«

»Es gibt ein zweites Segment, einen Augenblick.« Der Spezialist hieb in die Tasten. Die Striche sprangen ein paar Zentimeter, ein weiteres Dreieck bildete sich. Die zwei Peilungen hatten ein kleines Gebiet gemeinsam. Das blinkte dunkelrot.

## Reduit

Der Drucker ratterte und spuckte eine präzise Karte der Gegend aus. Darauf lagen zwei rote Dreiecke, die sich minimal überschnitten. Ein Funkmast stand auf einem Gebäude hinter dem Bahnhof in Mainz-Kastel, einem Stadtteil von Wiesbaden. Der Zweite befand sich auf dem gegenüberliegenden Rheinufer vor dem Landtag in Mainz. Laut Zeichnung lag die Position des dritten Mastes wieder in Wiesbaden, in Nähe der Theodor-Heuss-Brücke. Mit einem vierten Sendemast auf der Mainzer Seite bildeten die Wiesbadener Funkstellen das zweite, spitzzulaufende Dreieck. Die Schnittmenge der beiden Flächen lag über einem riesigen Bauwerk. Die Reduit-Kaserne, ein Teil der alten Bundesfestung Mainz. Im dunkelrot markierten, kleineren Bereich: der Vorbau der Verteidigungsanlage, direkt am Ufer.

Giel griff zum Telefon. Er alarmierte das SEK. Stiller Einsatz, keine Maßnahmen im Umfeld der Anlage, keine Absperrungen. Falls die Geiselnehmer außerhalb unterwegs waren, sollten sie nichts bemerken.

Der Hauptkommissar kletterte als Erster aus dem LKW.

»So, jetzt würde ich Sie bitten, sich zurückzuhalten.« Das galt mir. »Ich informiere Sie, sobald sich was Neues ergibt, das wissen Sie.« Bevor ich überhaupt antworten konnte, war er im Wagen einer Zivilstreife verschwunden. Die anderen aus der Gruppe verteilten sich auf drei weitere zivile PKW und fuhren davon.

Reckhard sah mich an. »Was machen wir denn nun?«

»Dumme Frage. Hinterher!«

Ich humpelte zu meinem Mietwagen, er lief zu einer alten Rostlaube.

Das Schwarz des Nachthimmels färbte sich im Osten dunkelblau. Von der Deponie ging es die Umgehungsstraße entlang, vorbei an Hochheim, über Mainz-Kostheim nach Kastel. Der Reporter blieb dicht hinter mir.

Versteckten sich die Entführer tatsächlich am Rheinufer? Oder lag dort nur Julias Kamera? Vielleicht hatten sie das Fahrzeug an der Stelle gewechselt und den Apparat liegen gelassen. Übelkeit stieg in mir auf, sauer kroch es die Speiseröhre hoch. Ich stoppte, stieß die Tür auf und übergab mich.

Ich durfte nicht zu nah vor die Befestigung fahren. Ich entschied mich für die Vorderseite des Bahnhofs.

Im Kofferraum lagen meine Bleiweste und das Holster mit der P30. Zwei Magazine, beide voll. Zuletzt hatte ich die Waffe bei einem Personenschutzauftrag benutzt. Jedesmal beschlich mich ein unangenehmes Gefühl, wenn ich sie einsteckte. Ich lud die Pistole durch und zog die Weste an. Blut rann aus dem Verband an meinem Arm.

Reckhard sah nicht so aus, als ob er mitkommen wollte. Er folgte mir nur noch zögerlich mit wachsendem Abstand. Auf der anderen Straßenseite kreuzten sich die Wege verdächtig unverdächtig wirkender Menschen. Zu viele für diese Uhrzeit. Kinderwagen, Aktenkoffer, Bauarbeiter. Wer das nicht merkte, war Amateur. So hatte sich das Giel garantiert nicht vorgestellt.

Der längere Weg zu Fuß erschien mir sicherer. Richtung Brückenauffahrt, dann rechts ans Ufer. Hinter dem Seitentrakt der alten Kaserne warteten in der Dunkelheit jede Menge vermummte Gestalten. Die Visiere ihrer Helme spiegelten die Lichter der Brücke. Es war kein Geräusch zu hören. Zwischen ihnen entdeckte ich Giel. In seiner Hand bewegte sich eine kleine Taschenlampe, die einen Bogen Papier erhellte. Ich stand fast neben ihm, da hielt mich einer der Männer fest. Sein harter Griff drückte auf meine blutende Wunde im Oberarm. Ich hätte schreien können. Pflichtbewusster Arsch. Giel hörte mein unterdrücktes Stöhnen.

»Ich fasse es nicht! Was haben Sie vorhin nicht verstanden? Hauen Sie ab!«

»Sind sie drin?« Er atmete hörbar aus.

»Wir wissen es nicht genau. Auf dem Innenhof steht ein grauer Lieferwagen. Das heißt, sie haben das Fluchtfahrzeug gewechselt. Wenn es die Entführer sind.« Das Spezialeinsatzkommando stand dicht gedrängt um uns herum. Die Maschinenpistolen lagen mit der Mündung nach oben in ihren Armen. Einer trug ein großes Schutzschild, ein anderer eine Türramme. Alles in mattem Schwarz. Sie schluckten das Licht der Umgebung.

»Wir warten«, flüsterte Giel. »Ein Wärmebildgerät und eine winzige Spezialkamera kommen noch. Ich will einigermaßen überblicken, was da drinnen los ist, bevor wir reingehen. Die Jungs bauen gerade das Lasermikrofon auf. Im ersten Stock sind in den Fenstern nur Einfach-Scheiben. Vielleicht hören wir was.«

»Wann?«

»Das Zeug kommt gleich aus Frankfurt.«

Ich musste mich hinsetzen. Mit dem Rücken gegen die Festungswand sackte ich runter. Die Kampfstiefel der Einheit machten mir Platz.

Die Sonne war noch nicht aufgegangen. Ein Frachtschiff fuhr rheinaufwärts, es zeichnete sich kaum vor den Gebäuden auf der anderen Flussseite ab. Neue Leute trafen ein und warteten auf Befehle. Das SEK war es gewohnt auszuharren.

Langsam sollte was passieren.

In einiger Entfernung entdeckte ich Reckhard. Er drückte sich am Fuß der Brücke herum. Von Giel war nichts zu sehen.

Mit Sonnenaufgang würde dieser schwerbewaffnete Haufen auffallen. Dann war es vorbei mit dem Überraschungsangriff.

In aller Ruhe stand ich auf. Das Einsatzkommando interessierte sich nicht mehr für mich. Ich sah mit der kugelsicheren Weste sowieso wie ein Ermittler aus, nur der Aufdruck ›Polizei‹ fehlte.

Am Uferweg schien das Licht der alten Laternen auf den Vorbau der Festung. Ein großes Gittertor versperrte den Innenhof. Ansonsten gab es eine Mauer, zwei Meter hoch, die am Bau endete. Ich musste es versuchen.

An der Ecke observierte eine Polizistin mit ihrem Kollegen die Lage. Beide trugen Zivil, mit einer Armbinde der Kripo.

Ich zog mein Pistolenholster gut sichtbar nach vorne und versuchte es auf die freche Tour.

»Wie ist das Gebäude gesichert?«

Sie warf mir einen schnellen Blick zu. »Zwei Eingänge auf jeder Seite. Stahltüren. Das wird schwierig.«

»Was befindet sich sonst in dem Bau?«

»Die Depots vom Karnevalsverein und dem Ruderclub. Ein Mieter im Erdgeschoss ist unbekannt. Dort scheint Licht durch.« Sie drehte sich zu ihrem Nebenmann, der zuckte mit den Schultern.

Die Mauer war hundert Meter lang. Zwischen Rhein und dem Bau waren es zwanzig Meter.

Ich wartete einen Moment ab. Die beiden tuschelten miteinander. Dann lief ich los.

Fast war ich angekommen, da stieg eine Masse in meiner Speiseröhre nach oben. Ich schmeckte die bitteren Schmerzmittel. Meine alte Bleiweste drückte mir auf den Magen. Ich stoppte, lehnte mich an die Mauer und kotzte.

Julia war da drin, ich musste sie rausholen.

Niemand war mir gefolgt, sie standen dort, wild gestikulierend. Ich wollte sie jetzt befreien.

Weiterlaufen.

Gleich war ich da. Noch ein paar Schritte.

Schießscharten durchbrachen die Mauer. Mein Fuß passte genau hinein, meine Finger krallten sich an der Mauerabdeckung fest. Ich zog mich hoch.

In meinen Ohren rauschte es, mein Gesicht spürte die Kälte des Steins. Ich lag auf der Mauerkrone, flach auf dem Bauch, schaute in den Innenhof. Durch das halbrunde Fenster über der Tür im Erdgeschoss am anderen Ende des Vorbaus schien tatsächlich ein Licht.

Auf der Uferseite stand eine mächtige Kastanie. An ihrem Stamm lag jemand. Ein Scharfschütze.

Vorsichtig robbte ich die Mauer entlang. Sie endete unter einem winzigen Fenster zwischen den hohen Etagen des Gebäudes. Meine einzige Chance war das deutlich größere Fenster darüber.

Ich stieg auf das kleine Fensterbrett. Meine Fingerspitzen konnten den großen Fensterrahmen fassen. Das reichte nicht. Einen Fuß musste ich auf den umlaufenden Sims dazwischen bekommen. Ein stechender Schmerz zuckte durch die Rippen. Mir wurde schwindelig, das Blut verließ meinen Kopf. Nur nicht loslassen. Ein Fuß war oben. Ich zog mich hoch, auf die Fensterbank.

Es waren alte Sprossenscheiben, nur gehalten von rissigem Kitt. Ich zog meine Pistole und presste den Knauf gegen das Glas. Nichts passierte.

Aus der Ferne flogen blinkende Lichter auf die Kaserne zu. Ein Flugzeug am Ende der Nacht, im Landeanflug auf Rhein-Main. Es wurde immer lauter.

Als es über mir donnerte, holte ich aus. Mit dem Ellbogen schlug ich die Scheibe ein. Im Fluglärm hörte ich keinen einzigen Splitter klirren. Ich streckte meinen Arm, vorbei an den scharfen Spitzen, zu einem Riegel. Er ließ sich leicht umdrehen. Mit den Füßen drückte ich den Fensterrahmen nach innen und rutschte hinein. Ich warf einen kurzen Blick nach draußen. Schnelle Schemen unterbrachen den Lichtschein der Laternen, der durch die

Schießscharten in der Mauer auf den Innenhof fiel. Das SEK rückte nach. Ich lehnte den Rahmen wieder an.

Meine Augen hatten sich noch nicht an die Dunkelheit gewöhnt. Unter meinen Schuhen knirschten die Scherben. Meine Finger glitten die Wand entlang zum nächsten Fenster. Ich musste in den Trakt mit dem Licht kommen. Ein Stockwerk tiefer, am anderen Ende des Gebäudes. Dort war Julia.

Irgendetwas stand im Weg, quer durch diesen kleinen Saal. Meine Hand griff in eine weiche Masse. Unmengen von Klamotten. Kleiderbügel an langen Stangen. Im Schein der ersten Dämmerung erkannte ich goldene Schulterklappen auf roten Uniformjacken. Das Depot des Karnevalvereins.

Mit jeder Minute wurde es heller. Meine Pupillen hatten sich geweitet. Ich tastete mich weiter, zur Wand hinter den vielen Kleiderständern.

Zwischen Schränken stapelten sich Fahnen und Trommeln in allen Größen. Dann das, was ich suchte: eine Tür. Ein kalter, gusseiserner Knauf an einem klobigen Schloss. Verriegelt.

Ich ging zurück zur Kleiderablage. Es dauerte einen Moment, bis ich einen Drahtbügel fand, wie ihn die Reinigungen ihren Kunden mitgaben. Ich drehte den Haken zu einem Dietrich.

Für das alte Schloss reichte es, der Riegel gab den Weg frei. Das Holz hatte sich seit Ewigkeiten nicht mehr bewegt. Es knarrte laut. Zu laut. Die Tür sprang auf.

Hinter der Tür strahlte über eine Treppe Licht aus dem Erdgeschoss nach oben. Stimmen, jemand lief die Stufen hoch. Bevor ich ihn sah, begann er zu feuern. Ich warf mich auf den Bauch und schoss zurück.

Brocken aus der Wand fielen auf meinen Kopf, das Treppengeländer splitterte. Mündungsfeuer blitzte immer wieder auf. Die Kugeln knallten mir um die Ohren. Er rannte runter, ich sprang auf, stürmte hinterher. Auf einmal eine riesige Explosion. Die Druckwelle riss mich von den Füßen. Ich stürzte die Stufen hinab. Ein zweiter Knall. Grelles Weiß blendete mich.

Ich lag am Boden, meine Augen verweigerten ihren Dienst. Alles war vollkommen überstrahlt.

»Polizei, hinlegen oder wir schießen!« Sofort ballerte eine Pistole neben mir los. Von der anderen Seite antworteten Maschinenpistolen. Dauerfeuer. Die Geschosse schlugen gegen Metall, überall krachten tödliche Querschläger. Schreie. Dunkle Schemen sprangen auf mich zu, traten mit Wucht auf mich drauf. Kommandos, plötzlich Stille.

Es dauerte eine Weile, bis ich sehen konnte. Qualm füllte den Raum. Blendgranaten und die Sprengladung für die Stahltür hatten alles verwüstet. Mein Gehirn schaltete von Panik auf Denken zurück. Wo war Julia?

Der Kerl auf meinem Rücken verpasste mir Handschellen, bevor er von mir runterstieg. Ich zog die Beine an, rollte mich zur Seite. Dann sah ich sie.

Julia lag in einer Ecke. Sie bewegte sich nicht mehr.

Rettungssanitäter knieten neben ihr. Ihre weiße Bluse, rot getränkt auf dem Boden.

Ein Notarzt kam angerannt, riss seinen Koffer auf, holte eine Spritze heraus und stach sie in ihren Körper. Einer der Sanitäter reichte ihm eine Blutkonserve. Der Arzt desinfizierte ihre Armbeuge und fixierte die Kanüle.

Jemand griff meine Arme und öffnete die Handschellen.

»Kommen Sie. Wir gehen raus.« Es war Giel.

Vor der Tür standen zwei Rettungswagen und jede Menge Polizisten.

»Was haben Sie sich dabei gedacht? Zuviel ›James Bond‹ geguckt? Sie Idiot!«

»Ich musste was tun. Es wäre doch schlimm ausgegangen, wenn die euch bei Helligkeit entdeckt hätten. Ihr habt nur gewartet.«

»Aber jetzt ist alles bestens? Oder was?«

»Wie geht es Julia?«

»Ihr Zustand ist kritisch. Sie wurde von mehreren Kugeln getroffen.«

Ich schloss die Augen. Es war ein Alptraum. Ich hatte es vermasselt. Meinetwegen würde Julia sterben.

»Kommen Sie, wir müssen ins Polizeipräsidium fahren.«

»Wer waren die Typen, wer hat sie entführt?«

»Wir wissen es nicht. Sie konnten entkommen.«

»Was? Sie wollen mich verarschen! Ihre ganze Armee steht hier und die Kerle verschwinden einfach? Das kann nicht sein!« Der Alptraum ging weiter.

»Es gibt einen unterirdischen Verbindungsgang zu den anderen Gebäuden der Kaserne. Unter dem Kopfsteinpflaster hatte das niemand erwartet.«

Ich ließ den Kopf hängen.

Die Sanitäter kamen mit der Trage durch die Tür. Julia war bewusstlos. Auf ihren Beinen lag eine Beatmungsmaschine, der Arzt hielt einen Infusionsbeutel.

»Wo bringt ihr sie hin?«, fragte ich.

»Horst-Schmidt-Kliniken.«

Ich versuchte ihre Hand zu nehmen, konnte sie aber nur noch streifen.

Die Türen des Notarztwagens schlossen sich.

»Jetzt sagen Sie uns endlich, was die Entführer meinten. Keinen Bericht? Über was soll nicht berichtet werden?« Giel lief im Verhörraum auf und ab. »Wir haben Frau Zeiss befreit, sie ist in Sicherheit.«

Es überzeugte ihn wahrscheinlich selbst nicht, was er sagte. Julia war noch nicht wieder in dieser Welt, sie schwebte in Lebensgefahr. Die Geiselnehmer waren Profis und sie würden durchziehen, was sie angedroht hatten. Das Risiko war zu groß.

»Sie haben gedroht, Julia zu ermorden!«, begann ich.

»Deswegen werde ich nichts verraten, auch wenn es im Moment so aussieht, als ob sie in Sicherheit ist. Ich bitte Sie um Verschwiegenheit. Ihr zuliebe.«

Giel setzte sich. »Wegen einer Story. Erpressung, Entführung, Schießerei mit dem SEK. Das kaufe ich Ihnen nicht ab! Demnächst erzählen Sie mir was von der Mafia oder den Russen!« Kaum hatte Giel dieses letzte Wort ausgesprochen, schien ihm einzufallen, dass wir bislang nur im Fall eines toten Russen miteinander zu tun gehabt hatten. Er goss sich einen Kaffee ein. »Wollen Sie einen?«

»Gerne.«

Er schob mir einen Pappbecher rüber. »Nur mal angenommen, ich würde Ihnen glauben.« Es klopfte laut gegen die Tür. »Jetzt nicht!« Giel war sauer.

Eine junge Frau kam herein. »Ja, sagen Sie mal, spreche ich undeutlich?!« Der Kommissar stand auf und riss seinen Stuhl um. »Ich fasse es nicht! Wer sind Sie denn?«

»Ich habe Infos für Sie, Herr Hauptkommissar. Ich bin Sophie Horn, Kommissaranwärterin.« Sie reichte ihm einige Papiere.

»Was ist das?«

»Ein Ausdruck aus dem Internet. Die Umschau hat das heute Nacht online gestellt.«

Giel schaute sie durch.

Er las laut vor. »Toter Revisor: War es doch Mord? Bankvorstand tatverdächtig. Ein Bericht von Julia Zeiss.« Er schmiss mir die Blätter hin. »Ist es das? Welcher Mord? Ich habe von keinem Mord gehört. Wieso erscheint jetzt was im Internet von ihr, wenn Frau Zeiss entführt war? Bernau!«

»Ich weiß es nicht.«

Die Ergebnisse unserer Nachforschungen standen im Netz. Alle Indizien, die gegen von Sensburg sprachen. Die Lieferung des Wirkstoffs aus Bukarest an ihn, das Motiv, sein fehlendes Alibi.

Ich erzählte Giel von meiner inoffiziellen Zusammenarbeit mit Schmitz. Und dass der Staatsanwalt das Verfahren wegen eines angeblichen Kommafehlers eingestellt hatte.

Giel erinnerte sich nicht daran, von einem toten Banker gehört zu haben. Es war nicht sein Bezirk.

»In der Presse gab es bislang nur eine winzige Meldung«, sagte ich. »Das wird sich ändern.«

»Was soll ich jetzt machen?« Von mir erwartete er bestimmt keine Antwort. Er hatte sich die Frage selbst gestellt und fing nun wieder an, in dem kleinen Raum herumzulaufen. »Ich ermittle nicht gegen von Sensburg. Der Mord ist nicht mein Fall. Können Sie sich vorstellen, dass ein Vorstandsmitglied der Bank persönlich bei der Entführung beteiligt war? Ich kann das nicht. Wir haben nichts in der Hand, gegen niemanden.« Er blieb stehen. »Außer der Forderung der Entführer. Keinen Bericht.« Giel beugte sich über den Internetausdruck. »Ich muss mit Schmitz reden.

Irgendetwas stinkt gewaltig. Sie hauen hier ab. Bei dem Mist, den Sie verbockt haben, suchen Sie sich lieber einen guten Anwalt.«

Ich nahm ein Taxi nach Mainz-Kastel, holte den Mietwagen ab und fuhr in die Klinik.

Julia lag auf der Intensivstation. Eine Ärztin erlaubte mir, sie zu sehen. Ihr Zustand war nicht stabil. Künstliches Koma, sagte die Ärztin. Ich fühlte mich elend.

Ihr Oberkörper lag zur Hälfte frei. Verbände liefen über Schultern und Brustkorb. Auf beiden Seiten vom Bett standen Geräte, die Julia am Leben hielten. Eine Beatmungsmaschine pumpte Luft in die Sauerstoffmaske. Elektroden maßen die Herzfrequenz, ein Monitor piepte ständig. Schläuche in der Nase und Kanülen an den Armen. Ich konnte nicht länger hinsehen.

Hätte ich bloß gewartet. Ich wollte sie befreien, jetzt lag sie da. Ich streichelte ihren Arm.

Die Glastür öffnete sich. Die ältere Dame aus Julias Treppenhaus starrte mit verweinten Augen auf den stillen Körper. Julias Mutter. Ihre Finger strichen zärtlich über Julias Gesicht.

»Sie sind Roland Bernau?«

Die Frage klang wie eine Anklage. Ich nickte.

»Wie konnte das passieren?«

Mein Versuch, es ihr zu erklären, war kläglich. Ich hatte Julia so tief in diesen Sumpf gezogen.

»Gehen Sie jetzt. Bitte.«

Wie ferngesteuert fuhr ich über die Autobahn nach Kelkheim. Es war, als ob ich mit dem Wagen stünde und der Asphalt unter mir weggezogen würde.

Die vielen Schmerzmittel von gestern Abend wirkten nicht mehr. Ich parkte neben dem Ärztehaus, ging in die Apotheke und holte mir eine Packung.

Susanne saß am Schreibtisch. Sie stand auf und nahm mich in den Arm.

»Schön, dass du wieder da bist. Ich habe von der Schießerei gehört, es lief im Radio.«

Ich wollte nicht weinen. »Es war meine Schuld. Ich bin reingegangen. Wie ein Vollidiot.«

»Du hängst an ihr, deswegen hast du so reagiert. Um sie zu retten.«

»Es geht ihr nicht gut.«

»Wird schon, in ein paar Tagen haltet ihr Händchen, warte ab.«

Susanne versuchte ihr Bestes. Gut, dass sie da war.

»Du hattest etwas von einem Wirt in Königstein gesagt.« Ich musste den Fall lösen, das schuldete ich Julia.

»Der Besitzer der Villa Borgnis rief an. Seine Bedienung hat ihm unsere Nummer gegeben. Er wollte dich gerne sprechen. Mehr mochte er nicht sagen.«

»Gut, vielleicht ist das ja was. Ich muss erst schlafen, sonst wird das mit dem Denken nichts.«

Zu ihrem Erstaunen drückte ich sie und verschwand nach Hause.

Ich zog mein Hemd aus und war überrascht, wie viel Blut daran klebte. Der Unfall hatte wundersame Muster an meinem schmerzenden Körper hinterlassen. Blaugrüne Streifen wechselten sich ab mit jeder Menge blutiger Kratzer. Ich duschte vorsichtig, verpasste den genähten Hautstellen großflächig neue Pflaster und legte mich ins Bett. Meinen Rippen war selbst die bequeme Matratze noch zu hart.

Das Licht kroch durch die Ritzen der Rollläden. Mein Schädel brummte und wollte nicht mehr liegen bleiben. Halb zehn. So lang hatte ich ewig nicht geschlafen.

Seit meinem plötzlichen Abgang aus der Klinik sorgten die vielen Schmerzmittel in meinem Magen für Übelkeit. Irgendetwas musste ich essen. Spaß bereitete es keinen.

Ich rief im Krankenhaus in Wiesbaden an. Die Schwester auf der Intensivstation konnte aber nichts anderes sagen, als dass sich Julias Zustand nicht gebessert hätte. Vielleicht in den nächsten Tagen.

In der Villa Borgnis polierte ein Kellner die Weingläser, Servietten standen in Reih und Glied, auf der Bar flackerten Kerzen. Gedämpfte Musik klang durch die Arbeitsgeräusche. Es waren noch fast alle Plätze frei, ein paar Geschäftsleute saßen vor dem Mittagessen zusammen. Die Bedienung quittierte meine Frage nach dem Wirt mit einem Nicken Richtung Terrasse.

In der offenen Tür ging dessen Blick über die Tische am Rande des Kurparks.

»Entschuldigung«, sagte ich ruhig von schräg hinten, um ihn in seinen Gedanken nicht zu erschrecken.

»Ja, bitte? Haben Sie reserviert?« Er schaltete sofort sein Lächeln ein.

»Mein Name ist Bernau, Privatermittler. Sie haben gestern mit meiner Kollegin telefoniert.«

»Stimmt. Neulich hat jemand in den Restaurants herumgefragt, wegen dem toten Herrn Scherer. Das waren Sie?«

»Genau, leider ohne Ergebnis.«

»Herr Scherer war bei mir. Ein paar Tage später habe ich in der Zeitung gelesen, dass er in der Klinik gestorben ist.«

»Können Sie sich an das Datum erinnern?«

»Kein Problem. Wir hatten eine Hochzeit. Eigentlich wollte ich vorher keine zusätzlichen Gäste mehr reinlassen. Er ist aber

Stammkunde und hat gesagt, er geht gleich wieder. Nur ein Bier. Dann wurden es doch zwei Bier und ein anderer Gast setzte sich noch dazu.«

Ich zog sofort das Foto aus meinem Sakko.

Der Wirt schüttelte den Kopf. Er kannte von Sensburg nicht.

»Nein«, sagte er, »bestimmt nicht. Glauben Sie, das ist der Mörder?«

»Davon bin ich bis zu diesem Moment ausgegangen. Sie haben gerade meine Nachforschungen zunichtegemacht.« Ich steckte das Bild ein. Verdammter Mist.

»Das tut mir leid. Möchten Sie einen Prosecco trinken? Geht auf mich.«

Ich grinste in meinem Frust und winkte ab. »Vielen Dank, das ist freundlich von Ihnen.« Am liebsten hätte ich das Angebot angenommen, mich hingesetzt und in aller Ruhe volllaufen lassen. Der Blick über das Tal war schön. Nützte aber auch nichts. »Wenn Sie mir eine ungefähre Beschreibung des anderen Mannes geben könnten, wäre das möglich? Oder war es eine Frau?«

»Es war ein Mann. Nur nicht der auf dem Foto, mehr kann ich Ihnen nicht sagen. Die Hochzeitsgesellschaft erschien gerade, die Gäste standen zwischen den Tischen, dauernd hat die Fotografin die Leute hin und her geschoben. Es musste schnell gehen.«

Hochzeitsfotos. Es war ein Versuch. »Haben Sie die Adresse von der Fotografin?«

»Klar, sie ist öfter bei uns. So eine kleine Blonde, wohnt in Mammolshain. Ich suche gleich die Anschrift raus.« Er zog eine Schublade auf, kramte in einem Papierstapel und reichte mir eine Visitenkarte der Fotografin.

»Ist Ihnen sonst noch etwas aufgefallen?«

Der Wirt machte ein nachdenkliches Gesicht und strich sich über sein Kinn.

# Gegenangriff

Ich tippte die Telefonnummer.
Sie meldete sich sofort. »Fotostudio Königstein.«

»Bernau hier. Sie haben vor Kurzem in der Villa Borgnis eine Hochzeit aufgenommen, kann das sein?«

»Das stimmt. Brauchen Sie Bilder davon?« Sie dachte, ich wäre ein Hochzeitsgast.

»Ich wollte sie erst anschauen. Wenn sie mir gefallen, nehme ich natürlich welche.«

»Wann möchten Sie vorbeikommen?«

»In fünf Minuten?«

»Okay, wunderbar. Bis gleich.«

Die Straße schraubte sich den Berg hinab. Im Wald war es schon steil, im Ort ging es noch stärker bergab. Ich konnte die Radfahrer nicht verstehen, die sich beim Frankfurter Radrennen die Mammolshainer Höhe hochquälten.

In einer Kurve gaben die Bäume den Blick frei auf Kronberg. Im Tal lag der Friedhof.

Ich stoppte vor dem Laden. Kaum war ich ausgestiegen, da meldete sich das Handy. Bislang hatten nur Susanne und die Entführer angerufen. »Ja?«

»Stell dir vor, wer hier war.« Susanne.

»Sag es mir bitte.«

»Der Gerichtsvollzieher.«

»Was wollte der?«

»Er hat eine einstweilige Verfügung gebracht. Julia, die Zeitung und du werden aufgefordert, die Anschuldigungen gegen von

Sensburg nicht zu wiederholen. Ansonsten droht ein Ordnungsgeld in Höhe von 250.000 Euro, wahlweise Haft bis zu sechs Monaten. Das haben wir schriftlich.«

»Die bedrohen Julia mit einer Strafe, während die Ärzte um ihr Leben kämpfen? Ich fass es nicht! Wieso stehe ich da mit drauf?« Durch das Telefon hörte ich das Rascheln der Papiere.

»Das hat mir der nächste Besuch verraten.«

»Ja?«

»Zwei Rechtsanwälte der Bank. Sie haben dich und Julia wegen Verleumdung angezeigt. Und das ist nur der strafrechtliche Teil.«

»Was denn noch alles?«

»Einer hat gesagt, dass sie auf Schadensersatz in Höhe von mehreren Millionen Euro klagen.«

»Oh.«

»Die falschen Anschuldigungen wären extrem geschäftsschädigend und es gäbe keinerlei Beweise, sondern nur dreiste Behauptungen. Das reiche für eine Anklage und in den nächsten Tagen wird dir deine Lizenz entzogen.«

Ich setzte mich auf die kleine Vorgartenmauer. »Danke für deinen Anruf.«

Bei der Bank arbeiteten mit Sicherheit hoch bezahlte Juristen in Hülle und Fülle.

Ein Windspiel aus Metallröhrchen klimperte in hohen Tönen, als es durch den Schlag der Eingangstür hin und her schwang. Ich hasste diese Dinger.

»Ich bin sofort bei Ihnen!«, rief eine Frauenstimme aus dem Hinterzimmer.

Im Fotostudio schauten mich von allen Seiten sinnliche Menschen an. Einige waren weniger als spärlich bekleidet.

»Hallo. Hatten Sie gerade angerufen?« Die Fotografin rauschte auf mich zu. Sie war tatsächlich klein, maximal anderthalb Meter. Ihre Haare reichten über den Gürtel.

»Ja, wegen der Fotos aus der Villa Borgnis.«

»Schön, die habe ich hier.« Sie zog die oberste Schublade einer alten Kommode heraus. Mit Sternen, Muscheln und Perlen beklebte Kistchen in jedweder Mädchenfarbe standen akkurat nebeneinander. »Es sind rund dreihundert Aufnahmen. Standesamt, Kirche und Feier.« Schnell schob sie ein paar Dekostücke auf einem Holztisch zur Seite und öffnete mir die Kiste in Rosa. »Die Bilder sind auf der Rückseite nummeriert. Einfach aufschreiben, welche Sie möchten.«, sagte sie und legte Stift und Papier dazu. »Wenn Sie Fragen haben, ich sitze hinten am Computer.«

So freundlich es ging, lächelte ich und nickte.

Die Braut sah echt gut aus. Wie der Bräutigam strahlte sie etwas Besonderes aus. Beide hatten schmale Gesichter, hellblaue Augen und einen starken Blick. Der Brautwagen parkte direkt vor dem Eingang der Villa Borgnis. Brautjungfern bildeten auf der kleinen Treppe ein Spalier. Im Restaurant bedeckten Rosenblüten die Tische. Alle hielten Sektgläser in den Händen, blickten freudig in die Kamera. Der Saal füllte sich mit Menschen. Hinter den Gästen saßen zwei Männer am Tresen. Einer trug ein dunkles Sakko, der andere ein rotkariertes Oberhemd. Laut Polizeiakte hatte Jens Scherer so ein Hemd angehabt. Den Sakkoträger gab es nie von vorne. Ich blätterte weiter: Brauteltern, jüngere Leute, Großeltern. Die Gesellschaft nahm Platz, Reden wurden gehalten. Es musste vorher aufgenommen worden sein. Gab es überhaupt, was ich suchte? Essen, Geschenke, riesige Blumengestecke. Kein Scherer mehr.

»Entschuldigung?«, rief ich Richtung Computerzimmer.

»Sind Sie fündig geworden?« Die Fotografin schaute um die Ecke.

»Nicht so ganz. Ich bräuchte ein paar Bilder von diesen beiden Herren am Tresen. Bislang habe ich nur ein Foto von hinten gefunden.«

»Oh. Bei den vielen Abzügen ist sonst keins dabei?« Ihr Blick entzog mir die Kompetenz, etwas finden zu können.

»Nein, leider nicht.«

»Vielleicht entdecken wir noch was auf dem PC. Natürlich habe ich eine wesentlich größere Anzahl aufgenommen. Aber ich kann die Kunden ja nicht mit über tausend Stück erschlagen. Wir schauen Mal.« Sie drehte sich um und ging zu ihrem Rechner.

Im Hinterzimmer fanden all jene Dekorationen eine Heimat, die im Kundenbereich nicht mehr passten.

»Die beiden Herren waren nur am Anfang anwesend«, sagte ich. »Vor dem Essen sind sie gegangen.«

»Das vereinfacht die Sache. Die Dateien sind nach Aufnahmezeitpunkt sortiert. Wenn Sie sich setzen möchten.«

Das war eine Aufforderung. Sie überließ mir die Computermaus, um selbst zu suchen.

Ohne Ende Bilder. Geschlossene Augen, verzerrtes Lachen, verwackelte Aufnahmen. Zum Glück bekamen die Auftraggeber immer nur eine Auswahl zu sehen.

Ein Gruppenbild mit dem Tresen im Hintergrund. Scherer im Profil, der andere war verdeckt. Eine Serie von Porträts. Alle bewegten sich etwas zur Seite. Da war ein Kopf.

Damit hatte ich nicht gerechnet.

## Hilfe

Ich brauchte die Unterstützung von Schmitz. Ein Anrufwar aber nach den bisherigen Erfahrungen zu gefährlich. Sein Misstrauen gegenüber Telefonen hatte sich als begründet erwiesen. Ich parkte neben dem Eingang der Bad Homburger Polizeidirektion, grüßte den Wachhabenden, ging in Schmitz' Büro und nahm ihn zu seiner Verwunderung ohne große Worte mit nach draußen.

»Ich hab schon gehört, Giel hat mich angerufen. Was war das? Nach dem Autounfall eine Entführung und du gibst den Supermann?«

»Ich bin ein Depp, sag es ruhig.«

»Wohl wahr. Wie geht es weiter?«

»Kannst du mir helfen? Ich bringe sie zur Strecke.«

»Wer sind ›sie‹?«

# Opernplatzfest

»Guten Tag, Frau Scherer, Bernau hier.«

»Mit einem Anruf von Ihnen hatte ich nicht mehr gerechnet.« Ihre Stimme klang alles andere als begeistert.

»Das ist schade. Ich würde gerne noch einmal etwas besprechen, wäre das möglich?«

»Wann?«

»Wenn es Ihnen recht ist, vielleicht heute?«

»Schwierig, ich bin gleich weg, und am Abend auf dem Opernplatzfest.«

»Kein Problem, es geht auch ganz schnell. Opernplatz passt mir wunderbar.«

»Was wollen Sie wissen? Ich habe einige Leute aus der Bank dabei. Sie ahnen ja, wie die denken.«

»Wer ist es denn?«

»Herr Dörnberg und Frau von Sensburg, möglicherweise kommt ihr Mann noch dazu.«

»Ist halb neun für Sie in Ordnung?«

»Ja, sicher. Sie haben meine Handynummer.«

Ich fuhr ins Büro, führte ein paar Telefonate und lud Susanne zu einem schönen Stückchen Kuchen in das Café am Marktplatz ein. Ständig ratterte dort die Espressomaschine oder Geschirr klapperte. So vor unliebsamen Zuhörern geschützt, weihte ich sie in meinen Plan ein.

»Und du glaubst, dass das klappt?«, fragte sie.

»Es muss.«

Kurz vor Feierabend hatte ich einen Termin bei meiner Hausärztin. Ihr vertraute ich mehr als ihren Kollegen in der Klinik. Ein Blick auf meine gebrochenen Rippen konnte nicht schaden.

Es war immer noch angenehm warm. Die Menschen drängten sich um den Brunnen vor der Alten Oper. Von allen Seiten waberten die Gerüche der verschiedenen Speisen auf mich zu. Die kleinen Fresstempel spiegelten die Vielfalt der Frankfurter Edelgastronomie wider. Auf der Bühne spielte eine kubanische Band. Speziell ältere Damen mit Hang zur Karibik tanzten Salsa. Sie bewiesen Rhythmus, Hingabe und Ehrgeiz.

Ich musste Charlotte Scherer nicht anrufen, um sie zu finden. Sie unterhielt sich mit ihren Freunden an der Proseccobar auf einem großen Podest mit Blick auf das Fest.

Ich schob mich durch die Menschenmassen und kam allmählich in ihr Gesichtsfeld.

»Guten Abend, Frau Scherer.«

»Hallo.« Sie blieb ernst. »Herrn Dörnberg kennen Sie ja bereits. Frau von Sensburg, Herr Bernau.« Eine weitere Erklärung, wer ich war, schien nicht nötig zu sein. Wahrscheinlich hatte man vorher über mich gesprochen.

»Ich möchte Ihre Zeit wirklich nur ganz kurz in Anspruch nehmen«, begann ich. »Wir können gerne ein paar Schritte gehen.«

Sie stellte ihr Glas auf einem Bistrotisch ab und schüttelte den Kopf. »Nein, das ist nicht vonnöten. Vor meinen Freunden habe ich keine Geheimnisse.«

Frau von Sensburg legte den Arm um Charlottes Schultern und drückte sie. So viel Eintracht. Ich versuchte mein Glück.

»Zum fraglichen Todeszeitpunkt besuchten Sie eine Wohltätigkeitsveranstaltung, im Lucullus, mit Herrn Dörnberg, richtig?«

»Das hatte ich bereits gesagt. Das würden auch andere Freunde bestätigen.« Sie blickte die Sensburg an.

»Ganz sicher«, sagte ich. »Es handelt sich nur um einen kleinen Zeitraum, der mich interessiert. Die Party ging über den gesamten Abend, waren Sie ständig zusammen?« Ich schaute Dörnberg an.

»Ja, klar, so gut wie«, antwortete er. »Vielleicht ein paar Minuten nicht, das ist doch normal. Wir standen manchmal einige Meter auseinander.«

Charlotte lehnte sich zu mir vor. »Jetzt reicht es, Herr Bernau. Ich habe diese Verdächtigungen satt. Ihre Fragerei ist hiermit beendet.« Sie wandte sich ihren Freunden zu. »Ich hole mir noch einen Prosecco, möchtet ihr auch einen?« Dörnberg nickte.

»Ich komme mit«, sagte Frau von Sensburg. Die beiden drehten sich um und verschwanden im Gewühl.

»Puh«, kam es aus Dörnberg, »es ist besser, wenn Sie gehen. Sonst ist der Abend gelaufen.«

»Da könnten Sie recht haben. Ich möchte Ihnen gerne ein Foto zeigen.« Aus meiner Hosentasche zog ich einen Computerausdruck und faltete ihn auseinander. »Das ist Jens Scherer. Und Sie sitzen neben ihm.«

»Ja, und? Was wollen Sie mir sagen?« Dörnberg richtete sich auf. »Es gibt viele Fotos von Jens und mir.«

»Ganz sicher. Nur wurde dieses Bild knapp eine Dreiviertelstunde vor seinem plötzlichen Tod aufgenommen. Sehen Sie hier unten, die Daten der Aufnahme, habe ich sicherheitshalber mit ausgedruckt.«

Er schaute genau hin. »Sie spinnen doch. So ein Zettel! Papier ist geduldig, erst recht, wenn es aus einem Computer kommt.«

»Auch wahr. Ich habe aber ein unbearbeitetes Originalbild. Das lässt sich nachweisen.«

Sein Gesicht bekam deutlich mehr Farbe. »Falls ich ihn dort getroffen haben sollte, was beweist das schon? Was wollen Sie von mir?!«

»Der Wirt konnte sich gut an etwas Besonderes erinnern. Er hatte sich geärgert, weil sich das Weizenbierglas von Scherer so schwer reinigen ließ. Die Schaumreste klebten viel zu stark am Glasrand. Irgendwas anderes muss noch mit im Bier gewesen sein. Ich sage Ihnen, was es war: Methylphenidat in reinster Form, und Sie haben es ihm ins Glas getan!«

»Jetzt hören Sie aber auf! Sie dichten sich einen Scheiß zusammen!«

Dörnberg wurde laut. Zu laut. Die Leute um uns herum unterbrachen ihre Gespräche und sahen ihn an.

»Alles Quatsch! Was weiß ich, was sich dieser Junkie eingeworfen hat?! Woher soll ich dieses Zeug haben?«

»Das kann ich Ihnen erklären, einen Moment, bitte.«

Ich hob meinen Arm und winkte Richtung Bierstand. Dörnberg versuchte ein Lächeln. Es gelang ihm nicht. »Was geht denn nun ab?«

»Einen Augenblick.«

In aller Ruhe ging Bruhns auf uns zu, der Chemiker aus Bukarest. Bevor er bei uns ankam, erkannte der Banker ihn.

Die Röte verschwand aus seinem Gesicht. Völlig.

»Was läuft hier für ein mieses Spiel? Sie spinnen doch!«

»Darf ich vorstellen, Hermann Bruhns.« Dieser wusste nicht so recht, was er machen sollte, und reichte Dörnberg die Hand. Das brachte den endgültig aus der Fassung.

»Was ist das? Sie wollen mich verarschen!«

Ich legte nach. »Ach, was erzähle ich, Sie kennen sich ja bereits aus Bukarest. Von der Besichtigungsreise, bei der Sie beide von Sensburg begleitet hatten. Oder, Herr Bruhns? Ist das der Mann, dem Sie die Substanz gegeben haben? Angeblich für von Sensburg?«

»Ja.« Bruhns sprach stockend. Die Konfrontation bereitete ihm ein sichtliches Unwohlsein. »Ja, ganz sicher.«

»Danke, das war es schon.« Ich klopfte ihm auf die Schulter und er verschwand schneller, als er gekommen war.

Dörnberg rückte näher zu mir und senkte seine Stimme.

»Das reicht niemals vor Gericht. Scherer war ein Schwein und wollte mich erpressen. Ich musste ihn loswerden, sonst hätte das nie aufgehört.«

Ich schloss die Augen. »Und dann haben Sie es von Sensburg in die Schuhe geschoben, Stück für Stück.«

Dörnberg war mir zu nah. Es war nur ein Flüstern. »So konnte ich zwei Fliegen mit einer Klappe schlagen. Ich werde für ihn in den Vorstand nachrücken. Er hat kein Alibi und ein starkes Motiv. Das Pulver hatte ich Sensburg gegeben, werde ich aussagen, für seinen eigenen Bedarf. Das Foto ist ein Fake, es beweist gar nichts. Nichts!« Er ging einen Schritt zurück, hinter den Bistrotisch. Die beiden Damen kamen mit den Proseccogläsern.

Ich öffnete die obersten Knöpfe von meinem Hemd und zog den Kragen zur Seite. Auf meiner Brust klebte ein Funkmikrofon.

»Ihr könnt jetzt kommen.«

Zwischen den Säulen der Alten Oper tauchten Schmitz, Giel und zwei Uniformierte auf. Zügig bahnten sie sich ihren Weg. Dörnberg folgte meinem Blick, dann sah er die Frauen an.

»Was ist hier los?«, fragte Charlotte Scherer. »Sie haben uns aufgenommen?«

Ich hatte keine Lust zu weiteren Erklärungen.

Giel und Schmitz stiegen auf das große Podest der Bar, schoben die Leute beiseite und nahmen Dörnberg in ihre Mitte. Die beiden Streifenpolizisten sorgten für Platz um uns herum, viele wichen von allein zurück.

»Sie Arschloch«, zischte mir Dörnberg zu. »Ich werde wieder rauskommen und Sie fertigmachen. Wie Scherer!« Dörnberg schrie jetzt aus vollem Hals. Die Adern auf der Stirn traten hervor. Schmitz griff seine rechte Hand und legte ihm Handschellen an. »Keine ruhige Minute werden Sie mehr haben! Ich bring Sie um!«

Charlotte Scherer holte aus und verpasste Dörnberg eine mächtige Ohrfeige. Sie zitterte am ganzen Körper. »Dir habe ich vertraut! Ich blöde Gans, wie konnte ichnur?!«

»Weil du geldgeil bist, wie alle anderen auch!« Dörnberg lehnte sich zu ihr vor, soweit es die Handschellen zuließen, drehte sein verzerrtes Gesicht zur Sensburg.

Jetzt reichte es Schmitz. Er zog Dörnberg weg und übergab ihn seinen Kollegen.

Die Polizisten drückten Dörnberg auf dem Weg zum Streifenwagen an den gefesselten Armen vorwärts. Er senkte seinen Kopf.

Ich blieb neben ihm. »Warum haben Sie Julia entführt? Was sollte das? Sie wollten von Sensburg doch reinreiten?«

»Ich habe nichts mit der Entführung zu tun.«

»Wollen Sie mich verarschen? Wer sonst?«

Er lachte gehässig. »Meinen Sie, jemand würde mir noch glauben?«

»Sagen Sie es!«

Der Wagen stand hinter der Oper. Schmitz gab den anderen ein Zeichen, zu warten. Dörnberg blickte mich an.

»Julia war ein hohes finanzielles Risiko. Die Bank musste diesen Zeitungsbericht verhindern. Sowas lässt Aktien stürzen. Da hat irgendeiner schnell reagiert. Vielleicht zu schnell.«

»Sensburg?«

»Fragen Sie doch mal den Sicherheitschef der Bank. Der war früher auch bei Ihrer Truppe. Seine Leute sind sonst nicht so voreilig, aber einer hatte diesmal die Hosen ziemlich voll. Mehr sage ich nicht.« Er zog den Kopf ein und stieg ins Auto.

Mit Blaulicht und Martinshorn verschwanden die Polizeifahrzeuge Richtung Präsidium.

Ich war überrascht, die beiden Frauen noch an der Proseccobar sitzen zu sehen. Nicht an dem Bistrotisch, sondern am Ende der Theke. Ihre Gesichter eng zusammen, sprachen sie leise miteinander und hörten damit auf, als sie mich sahen. Charlotte hielt in ihrer Hand eine Serviette mit den Spuren schwarzer Schminke. Ich wollte nicht als Erster etwas sagen und war froh, dass sie es tat.

»Eigentlich müsste ich Ihnen dankbar sein. Sie haben Ihre Arbeit gemacht, sogar über den Auftrag hinaus. Ich bin total schockiert. Dörnberg, das Schwein. Er sollte ein Freund sein und dachte nur an seinen eigenen Vorteil. Derart kaltblütig, unfassbar.«

»Erstaunt Sie das in dieser Szene?«

»Es sind nicht alle so«, mischte sich Frau von Sensburg ein.

Womöglich meinte sie es ernst.

»Kommt Ihr Mann noch?«, fragte ich sie.

»Nein, er ist beruflich nach New York geflogen.«

»Ach, ganz spontan?«

»Er übernimmt dort einen Vorstandsposten in einer großen US-Bank. Das stand bislang nicht in der Zeitung.«

Flexibel war er ja. »Man wird ihn hier zu einigen Vorgängen befragen wollen. Den Kollegen Schmitz und Giel sind die Umstände der Entführung von Frau Zeiss völlig unklar. Außerdem interessiert sich garantiert die Bundesstelle für Wendekriminalität für seine speziellen Geschäfte mit den Russen.«

»Das mag ja sein, allerdings sehe ich keinen Zusammenhang mit meinem Mann.« Sie griff zu ihrem Proseccoglas. »Aber in den nächsten Monaten hat er wenig Zeit. Und bevor Sie mir was von irgendwelchen staatlichen Zwangsmaßnahmen erzählen: Er besitzt seit vielen Jahren einen amerikanischen Pass.«, sprach sie und trank ihren Prosecco.

Charlotte Scherers blasse Haut hatte Flecken bekommen, ihr Blick war leer. Sie nahm ihre Tasche und verschwand ohne ein Wort in der Menge.

# Epilog

Dörnberg wiederholte sein Geständnis im Verhör. Er bestritt weiterhin hartnäckig, mit der Entführung etwas zu tun zu haben. Von meinen defekten Bremsen hörte er zum ersten Mal. Er gab zu, die Moskauunterlagen mit Jens Scherers Handynummer am Tag des Mordes an Julia abgeschickt zu haben. Er war der Absender, nicht Scherer. So lenkte Dörnberg den Verdacht allmählich auf von Sensburg.

Auch die Schläger in Bad Soden waren sein Werk. Er kannte mich bereits so gut, dass er wusste, es würde meinen Ehrgeiz, die Geschichte aufzuklären, anspornen.

Der Staatsanwalt, der die Ermittlungen wegen Scherers Tod aufgrund eines angeblich verrutschten Kommas bei den Messwerten eingestellt hatte, erklärte das Ganze zu einem Missverständnis. Er wechselte kurz darauf zur Wirtschaftsstaatsanwaltschaft. Ob das für den Rechtsstaat von Vorteil war, blieb mir verborgen.

Der Internetartikel mit unseren Recherchen stand trotz der Entführung im Netz, weil Julia einen Kollegen der Onlineredaktion auf dem Laufenden gehalten hatte. Ohne mir etwas davon zu sagen. Es war ihre Art der Absicherung.

Die Bank bestätigte, dass es für sie ganz selbstverständlich war, im Zeitalter der massiven Computerspionage einen eigenen Sicherheitsdienst einzusetzen. Für den Vorstand gab es seit Jahrzehnten aus trauriger Notwendigkeit einen hervorragend ausgebildeten Personenschutz, der gelegentlich weitere Aufgaben übernahm. Letzteres erfuhr ich nach vielen Grauburgundern in einem Frankfurter Weinkeller. Die Ausspähung potenzieller Konkurrenten, aber auch großer Kunden, verbesserte deutlich die Rendite.

Das Bundesfinanzministerium richtete eine Sonderkommission ein. Diese sollte den Vorwurf des gesetzwidrigen Ostmark-Umtausches in gewaltigem Maßstab klären. Bei diesen Nachforschungen griff die Kommission auf die Akten der Zentralen Ermittlungsstelle Regierungs- und Vereinigungskriminalität (ZERV) der Berliner Polizei zurück. Der Gesamtschaden wurde auf zehn Milliarden Euro geschätzt. Die Ostmark-Umtauschaktionen der Bank während der Wende waren illegal. Und verjährt.

Die Ärzte versicherten mir, dass sich Julias Zustand gebessert hätte. Ich glaubte ihnen kein Wort. Sie beließen sie im Schlafkoma. Es würde die Heilung unterstützen. Jeden Tag fuhr ich in die Klinik. Julias Mutter saß fast immer bei ihr. Sie war fest davon überzeugt, dass es ihrer Tochter bereits besser ging. Vielleicht stimmte es. So gerne würde ich ihr glauben. Ich stellte Blumen ans Bett, sprach mit Julia, streichelte sie.

# Sachanhang

## Die Arbeit eines Revisors

»Mein Herren, ich habe eine schlechte Nachricht: Zu uns kommt ein Revisor.«

So wie im o. g. Zitat aus »Der Revisor« von Gogol ist Reaktion auf die Ankündigung einer Revisionsprüfung vielleicht heutzutage nicht mehr, dennoch sieht man Revisoren doch am liebsten von hinten, auch wenn dies niemand so richtig offen zugeben mag.

Was ist also Revision? Und welche Aufgaben hat ein Revisor? Nachfolgende Ausführungen sollen dies auf allgemein verständliche Art und Weise etwas näher bringen ohne in einer Flut von fachlichen Buzz-Words zu verfallen.

Revision – für viele Mitarbeiter in Unternehmen ein Buch mit sieben Siegeln. Fragt man im privaten und beruflichen Umfeld, was denn ein Revisor so für Aufgaben hat, kommt eine Mischung aus Kontrolle, Controlling und Prüfung, aber so richtig weiss man es dann auch nicht. In meiner Anfangszeit als Revisor fiel im für die Auszubildenden gehaltenen betrieblichen Unterricht beim Brainstorming zu Beginn auch schon mal der Begriff »interne Polizei«.

»Revision« kommt aus dem lateinischen »revisum« und bedeutet prüfende Wiederdurchsicht – so der Duden. Das trifft schon mal ganz gut auf den Punkt. Gerne wird doch in der Praxis »Kontrolle« und »Prüfung« gleichgesetzt. Prüfung ist immer eine nachgelagerte oder nachträgliche Würdigung eines Sachverhaltes. Dem gegenüber sind Kontrollen im Arbeitsablauf integriert, beispielsweise Qualitätskontrollen während eines Produktionsprozesses.

Tief verwurzelt findet sich eine Revision schon seit langem in der Kreditwirtschaft, wo die Einrichtung einer unabhängigen Prüfinstanz durch verschiedene aufsichtsrechtliche Vorschriften schon lange verpflichtend ist. Im Sparkassensektor gab es z. B. schon in den siebziger Jahren des vorherigen Jahrhunderts eine »Geschäftsanweisung für die interne Revision«.

Die Revision ist Instrument der Geschäftsleitung und klassisch für die Prüfung der Sicherheit, Ordnungsmäßigkeit und Wirtschaftlichkeit des gesamten Unternehmens zuständig. In der Kreditwirtschaft ist sie der gesamten Geschäftsleitung unterstellt und nicht in Arbeitsabläufe eingebunden. Die Durchführung von Prüfungen können dabei interne wie auch externe Revisoren durchführen – wobei bei letzeren intern grundsätzlich immer ein verantwortlicher Revisionsleiter oder -verantwortlicher vorhanden sein muss.

Zur Minimierung der Risiken ist die Revision Teil eines dreistufigen Systems aus den »Three lines of defense« – also drei Verteidigungslinien. Die erste Verteidigungslinie bilden klassisch z. B. in Prozesse eingebundene Kontrollen. Hierzu zählen auch das Vier-Augen-Prinzip, d. h. ein weiterer Mitarbeiter muss eine Freigabe erteilen. Die zweite Verteidigungslinie bildet das Risikomanagement und die Compliance-Funktion. Die Compliance-Einheit überwacht dabei laufend die Einhaltung von internen wie externen Vorschriften. Die Revision bildet die »Third line of defense« – also die dritte Verteidigungslinie und führt – unabhängig von Prozessen und Weisungen – risikiorientierte Prüfungen durch.

Revisionseinheiten – zumindest in der Kreditwirtschaft – werden meist als eigenständige Stabsabteilung geführt. In anderen Unternehmen existieren oft auch auch gemischte Einheiten aus Risikomanagement, Compliance und Revision und sind manchmal auch dem Finanzbereich unterstellt. Die beste Lösung für eine unabhängige Revision ist – aus Sicht des Autors – jedoch die direkte Unterstellung als eigenständige Abteilung unterhalb der Geschäftsführung.

In der Kreditwirtschaft besteht eine Revision in größeren Unternehmen klassisch oft aus den Bereichen: Betriebsrevision, Handelsrevision, Kreditrevision, IT-Revision.

Für die Revision und deren Aufgaben bildet der Standard für Interne Revision des Deutschen Instituts für Interne Revision den fachlichen Rahmen für die Berufausübung.

Die Durchführung von Prüfungen erfolgt i. d. R. auf Grundlage eines risikoorientierten mehrjährigen Prüfungsplanes, der um den jährlich von der Geschäftsleitung im Voraus beschlossenen Prüfungsplan ergänzt wird. Neben Funkions- und Systemprüfungen finden seit einigen Jahren auch vermehrt projektbegleitende Prüfungen statt. Vermehrt wird die Revision auch im Vorfeld von geschäftspolitischen wichtigen Projekten als beratende Einheit hinzugezogen. Dies muss jedoch stets im Einklang mit der Unabhängigkeit der Revision erfolgen und darf nicht in klassischer Projektmitarbeit münden.

Eine Revisionsprüfung besteht i. d. R. aus den Stufen: Prüfungsvorbereitung – Prüfungsdurchführung – Prüfungsbericht – Schlussbesprechung – Überwachung der Massnahmen (Follow up). Ein Revisionsbericht kann dabei klassische aus Fließtext also auch Kurzform erstellt werden. Er enthält neben einem Management-Summary auch eine Auflistung der Feststellungen mit Maßnahmen und Terminfestlegung für die Abarbeitung.

I. d. R. erhält die Geschäftsleitung neben der laufenden Berichterstattung einen Jahresrevisionsbericht. Bei schwerwiegenden Feststellungen besteht teilweise auch eine direkte Berichtslinie an den Aufsichtsratsvorsitzenden.

Die Revision ist auch selbst Gegenstand von Prüfungen, beispielsweise durch externe Wirtschaftsprüfer im Rahmen der

Jahresabschlussprüfung oder durch Prüfungen der Bankaufsicht. Zudem besteht mittlerweile die Möglichkeit sich als Revision im Rahmen einer externen Qualitätsprüfung die Einhaltung der Revisionsstandard zertifzieren lassen zu können.

Früher oft als »Erbsenzähler« und Abhaker von Checklisten verspottet, kann die Revision ein wichtiger Berater der Geschäftsleitung eines Unternehmens sein und nicht nur ein Kostenfaktor und damit indirekt zum Unternehmenserfolg beitragen. Hierzu bedarf es jedoch auch einer hohen Akzeptanz im eigenen Unternehmen und Unterstützung durch die Geschäftsleitung.

Voraussetzungen für Revisoren sollten sein: ein hohes Maß an Objektivität, Neugier, eine ständige Bereitschaft sich auf neue Entwicklungen einzulassen, ein hohes Maß eigener Kritikfähigkeit und manchmal auch der Mut gegenüber Widerständen bei Prüfungsfeststellungen – auch gegenüber der Führungsebene – standhaft zu bleiben.

Revisoren bekommen durch ihre Prüfungshandlungen einen umfassenden Einblick in ein Unternehmen und dies macht dieses Berufsbild so spannend und nie langweilig.

Christian Schulz, Stuttgart

Christian Schulz ist gelernter Bankkaufmann, CISA und seit mehr als 22 Jahren als (IT)-Revisor in verschiedenen Unternehmen der Sparkassen-Finanzgruppe tätig.

Der Transferrubel war von 1963 bis 1991 eine künstliche Umrechnungswährung im ehemaligen Ostblock. Im- und Exporte innerhalb des sozialistischen Wirtschaftsraums (RGW) verrechnete man so miteinander.

Das Transferrubelverfahren wurde in Deutschland bis zum 31. Dezember 1990 beibehalten, also über die Wiedervereinigung hinaus. Dies öffnete Tür und Tor für Betrüger jeder Größenordnung.

Sie exportierten in Scheingeschäften Waren in die RGW-Staaten, die angeblichen Empfänger zahlten in Transferrubeln. Diese, zu Marktkonditionen bei der deutschen Außenhandelsbank in D-Mark umgetauscht, ergaben ein Vielfaches der Beträge, die die angeblichen Empfänger in Landeswährung für die Transferrubel zahlen mussten.

Laut Angaben des damaligen Generalstaatsanwalts stapelten sich allein in Berlin wegen vereinigungsbedingter Wirtschaftsstraftaten die Akten von rund 4000 Fällen, 180 kamen zur Anklage, 128 führten zur rechtskräftigen Verurteilung.

Die Berliner Polizei errichtete die ›Zentrale Ermittlungsstelle für Regierungs- und Vereinigungskriminalität‹, kurz ZERV. Hier lief die Flut der kleinen und großen Betrugsfälle zusammen.

Die finanziellen Schäden dieser illegalen Geschäfte haben den Steuerzahler Milliarden gekostet, die offiziellen Schätzungen liegen zwischen 2 und 10 Milliarden Euro.

Ein Untersuchungsausschuss des Bundestages befasste sich mit diesem Thema, sein Bericht dazu ist öffentlich.

Noch heute tauchen im Bundeshaushalt 2014 unter der Position 281 01-680 die Folgen des Transferrubelbetrugs auf.

Der Straftatbestand des Transferrubelbetruges ist inzwischen verjährt.

Olaf Jahnke

*Ich möchte mich recht herzlich bei allen Unterstützern meines Buches bedanken.*

*Speziell bei Jürgen Roth, der sich unermüdlich und unerschrocken durch den Schmutz von Korruption und Organisierter Kriminalität wühlt.*

*Für seine sehr wertvollen pharmazeutisch-technischen Hinweise bei Uli Kamm.*

*Meinen Testleserinnen Tanja Luther und Birgit Sommer gebührt mein Dank, sie haben mich vor manch einer zu originellen Stilblüte bewahrt.*

*Und schlussendlich bedanke ich mich natürlich bei meiner Familie, für ihre Geduld und das Verständnis, wenn ich mal wieder viel Zeit ins Schreiben investiert habe.*

*Olaf Jahnke*

# BIOGRAPHISCHES

OLAF JAHNKE

© Foto: Mara Jahnke

**Olaf Jahnke**

1963 in Uelzen geboren, lebt seit 1982 in Hessen. Geschrieben hat er schon früh. Zuerst für die Schülerzeitung, danach für die Lokalzeitung, später erschienen seine Artikel in überregionalen Zeitungen. Nach sieben Jahren bei der Fernsehproduktion der FAZ wechselte er zum Öffentlich-Rechtlichen Fernsehen. Olaf Jahnke arbeitet als Kameramann und Reporter für den Hessischen Rundfunk in Frankfurt.

Olaf Jahnke
*Patientenrache*
Krimi
Ein Fall für Roland Bernau

ISBN: 978-3-95771-104-5
eISBN: 978-3-95771-105-2

Im Frankfurter Bahnhofsviertel und in Bad Homburg werden Männer auf offener Straße zusammengeschlagen und auf die Intensivstation gebracht. Obwohl beide Opfer Sachbearbeiter bei der gleichen Wiesbadener Versicherung tätig waren, glaubt die Polizei nicht an einen Zusammenhang. Doch dem Zufall bleibt bei der Abteilungsleiterin selten etwas überlassen und somit beauftragt sie Privatermittler Roland Bernau mit dem Fall. Während seiner Recherchen in den Akten der Versicherung wird dem agilen Ex-Polizisten schnell klar, dass es sich bei den Schadensfällen, an denen die beiden Männer zuletzt gearbeitet hatten, um Probleme in Kliniken handelte, und zwar hauptsächlich im Taunus.

Olaf Jahnke liefert eine spannende Geschichte über Vertrauen, Betrug und Gesundheit, basierend auf Ereignissen, die er im Rahmen seiner jahrelangen Arbeit für Fernseh- und Zeitungsreportagen erlebt hat. Seine Erfahrungen und Kontakte ermöglichten ihm, diesen packenden Krimi zu schreiben. Privatermittler Roland Bernau durchstreift bereits zum zweiten Mal das Rhein-Main-Gebiet und gerät ins Kreuzfeuer von Versicherungsinteressen, medizinischen Schadensfällen, Patientenbedürfnissen und den Mächten der Justiz. Die menschlichen Schicksale, die hier beschrieben werden, sind – leider – bittere Realität.

Leif Tewes
*Alternativen*
Roman noir

ISBN: 978-3-95771-162-5
eISBN: 978-3-95771-163-2

Thomas führt ein normales Leben. Bis er eines Abends auf dem Weg nach Hause von Asylbewerbern überfallen wird. Durch einen Arbeitskollegen angeregt, besucht er eine Bürgerversammlung und ist von den Argumenten der neuen Partei »Die besseren Deutschen« begeistert. Thomas lässt sich auf die Verführung der Rechten ein. Als er Zeuge eines vermeintlichen Mordanschlags auf ein Parteimitglied wird, befördert ihn der Kreisvorsitzende als Schweigegeld zu seinem Referenten für Berlin. Die Zukunft seines Landes mitzubestimmen macht ihn stolz, doch je mehr Einblick er in die Moral der Parteifunktionäre bekommt, desto größer werden seine Zweifel. Dann passiert ein blutiger Anschlag in Frankfurt und alles deutet auf islamistische Terroristen hin. Doch Thomas hat die wahren Hintergründe erkannt. Kann er das Wahlergebnis durch Aufklärung rechtzeitig beeinflussen?

Leif Tewes liefert zu aktuellen Themen ›Fake-News‹, ›rechte Propaganda‹ und ›islamistischer Terror‹ eine verschlungene Reise durch Macht, Verführung und Lüge, die vom Rhein-Main-Gebiet über das Ruhrgebiet bis nach Syrien führt.

Kommissar Berg und seine Ermittler haben es im zweiten Fall mit den Machenschaften von Politikern und Meinungsmanipulation zu tun.

Antonia Pauly
*Lügenblau*
Kommissarin Mylona
und die lieben Konkurrenten

ISBN: 978-3-95771-140-3
eISBN: 978-3-95771-141-0

Die Finanzkrise ist nach wie vor überall auf Zakynthos zu spüren. Das neue geplante Hotelprojekt verspricht viele, dringend benötigte Arbeitsplätze. Als einer der sechs Bewerber um die Stelle des Architekten tot aufgefunden wird, ist die ganze Insel in Aufruhr. Das Opfer, ein alteingesessener Zakynther, wurde hinterrücks erstochen. Ganz klar: Mord. Für Kommissarin Eleni Mylona präsentieren sich mehr als genug Verdächtige. War es einer seiner Konkurrenten? Oder vielleicht seine, von den ständigen Seitensprüngen ihres Mannes abgebrühte Ehefrau?

Zum dritten Mal lädt Antonia Pauly auf die griechische Insel Zakynthos ein. In einer Geschichte um die Gnadenlosigkeit der Finanzkrise und deren verheerenden Auswirkungen auf die Menschlichkeit ist Kommissarin Eleni Mylona erneut gefragt. Korruption, Rache und Konkurrenzkampf vermischen sich in das Blau des Ionischen Meeres, eine Farbe, die verführerisch zum Baden lockt. Bis zum Ertrinken.

Antonia Pauly
*Blut am Schuh*
Ein Eifel-Hundekrimi

ISBN: 978-3-95771-047-5
eISBN: 978-3-95771-048-2

Ein wunderschöner Herbstmorgen in der Eifel. Emil durchstreift mit seinem Frauchen Lisa den Wald rund um den Elefantenkopf, als ihm plötzlich ein verdächtiger Duft in die Nase steigt. Er nimmt die Spur auf, folgt ihr in das Dickicht und entdeckt die Leiche von Melanie Pütz.
Wer hat die Frau ermordet? Das muss Kommissar Josef Kolvenbach mit seinen Kollegen herausfinden. War es ihr Exfreund? Oder einer ihrer Kunden, die sie beim Jobcenter zu betreuen hatte? Einer der Beteiligten hat den richtigen Riecher und weiß auch, wie er ihn einsetzen muss: Emil! Aber bevor er helfen darf, muss er den Menschen erst einmal begreiflich machen, wie überlegen seine Nase dem Riechorgan der Zweibeiner ist. Und dabei ist er noch nicht einmal ein Polizeihund!

Mit ihrem neuen Buch taucht Antonia Pauly tief ein in den Lebensalltag der Eifel, eine Gegend, die ihr mindestens so vertraut ist wie ihrem vierbeinigen Helden. Mit großer Sympathie für Land, Leute und Tiere erzählt sie von einer spannenden Tätersuche – ein kriminalistischer Leckerbissen nicht nur für Hundeliebhaber!

Peter Pachel
*Süßes Wasser*
Kommissarin Waldmann
ermittelt auf Paros

ISBN: 978-3-95771-138-0
eISBN:978-3-95771-139-7

Auf der griechischen Insel Paros neigt sich die Urlaubssaison ihrem Ende zu. Katharina Waldmann freut sich auf die wohlverdiente Entspannung nach einem langen Arbeitstag. Zu später Stunde soll noch eine Vermisstenanzeige für einen ausgebüchsten Ehemann aufgenommen werden – ein Routinefall, dem sie keine große Beachtung schenkt.
Als jedoch die Leiche des Vermissten kurz darauf in einer Zisterne gefunden wird, sehen sich Katharina und ihr Team plötzlich in ein Netz aus mysteriösen Mordfällen und Schmiergeldern verstrickt.
Korruption, Fahrlässigkeit und unendlicher Gier – von Paros über Amsterdam und bis nach Thailand. Die einzige scheinbare Gemeinsamkeit scheint die Firma AquaTop zu sein. Aber was kann Meerwasserentsalzung mit Mord zu tun haben?

Peter Pachel verführt den Leser zum dritten Mal nach Paros – diesmal mit Katharina Waldmanns internationalsten Fall. Zwischen zwei Kontinenten baut sich eine Verwicklung aus emotionalen Charakteren auf, mit der Idyllischen Insel Paros als Hauptschauplatz. Passend zur Spannung gibt es leckere Rezepte die den Griechenland-Krimi zu einem kulinarischen Erlebnis machen.

Thomas Bäumler
*Frauengrund*
Gerti Zimmermann recherchiert
in der Schwangerschaft

ISBN: 978-3-95771-136-6
eISBN:978-3-95771-137-3

Gerti ist am Ende ihrer Kräfte. Ihr Freund hat mit ihr Schluss gemacht, weil eine Abtreibung für sie nicht in Frage kommt. Auf Kommilitone Max ist jedoch Verlass und somit zieht sie in seine Studenten-WG ein. Journalistenstudium, Schwangerschaft, neue Bekannte und dann passiert noch das: Ein Mitbewohner der WG wird in Rom getötet. Gerdi recherchiert und ihre Forschungen bringen sie an die Ufer des Tiber. Währenddessen werden in Italien immer mehr ausländische Mordopfer gefunden, die alle eins gemeinsam haben: Vor ihrem Tod wurden sie grausam gefoltert. Commisario Fabrese, der die Ermittlungen leitet, tappt im Dunkeln. Da kommt für ihn die Hilfe der deutschen Journalistin genau richtig.
Ein Fall, der sich weit ins Darknet zieht und ein Netzwerk dunkler Machenschaften verbirgt. Eine gefährliche Situation für Gerdi und das Kind in ihrem Bauch.

Thomas Bäumler lässt die angehende Journalistin Gertti Zimmermann zum zweiten Mal in Aktion treten. Diese Mal muss sie gleich zwei Aufgaben bewältigen: Vergeben lernen und dazu die eigene Schwangerschaft. Eine spanende, moderne Geschichte wie ein flächiges Bild, gemalt mit dem Pinsel des Lebens. Starke Frauen in den Hauptrollen, die selbst Entscheidungen darüber treffen, wem sie das Leben schenken und wem sie es nehmen. Kein Krimi für Weicheier.

Astrid Keim
*Die Schönheit und der Tod*
Frankfurter Kriminalroman

ISBN: 978-3-95771-039-0
eISBN: 978-3-95771-040-6

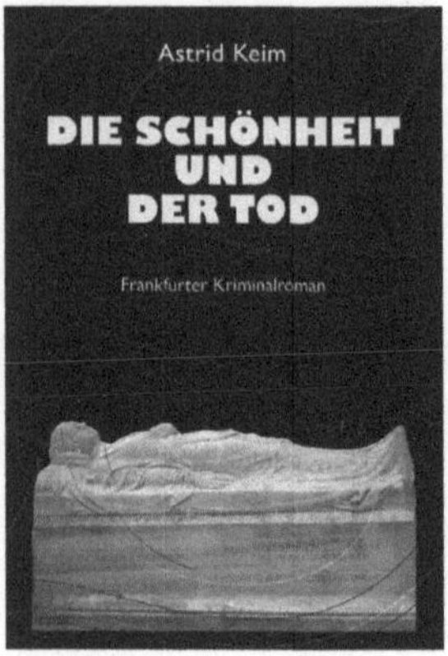


Ausgerechnet auf dem Frankfurter Hauptfriedhof stößt die pensionierte und seit einem Jahr verwitwete Anwältin Laura Mahler auf – eine Leiche. Ein schönes, junges Mädchen ist tot, eingewickelt in durchsichtige Folie, mit einer blutroten Rose im Haar. Die konservierte Schönheit weckt Lauras Interesse und ist zugleich Anlass, mit ihrem alten Freund Thomas wieder Kontakt aufzunehmen. Der ist Kommissar bei der Mordkommission, und Laura beginnt, auf eigene Faust ein paar überraschende Ermittlungsergebnisse beizusteuern. Dabei zeigt sich schnell, dass bei der Zusammenarbeit nicht allein kriminalistische Interessen im Spiel sind. Die beiden kommen sich näher – da wird eine zweite Mädchenleiche gefunden ...

Laura Mahler ist eine Schöpfung der Frankfurter Autorin Astrid Keim, vielen bekannt als kompetente Führerin durch die Geheimnisse der Gastronomie. In ihrem neuen Roman geht es nicht nur um die Frage nach dem Täter, sondern auch um Schönheit, Alter, Begehren, gutes Essen – und Liebe.

Ein sinnlicher und spannender Frankfurter Roman voll überraschender Wendungen.

Nicolas Cenway
Badetage
Thriller

ISBN: 978-3-95771-134-2
eISBN: 978-3-95771-135-9

Anwalt Tom Wolfert hat eine vielversprechende Zukunft vor sich: Eine luxuriöse Wohnung, den beruflichen Aufstieg und eine feste Beziehung. Als jedoch seine Schwester Jenny in Texas zum Tode verurteilt wird, stellt sich seine ganze Welt auf den Kopf. Sie ist unschuldig – dessen ist sich Tom sicher und begibt sich auf die Suche nach dem wahren Mörder. Doch die Geheimnisse, die er aufdeckt, katapultieren ihn mitten in ein Netzwerk aus Kindesmissbrauch, Gewalt, Erpressung – und mehreren Milliarden Dollar. Als wäre das nicht genug, begegnet er auch noch der mysteriösen Lena, die ihm auf Anhieb den Kopf verdreht. Mit fatalen Folgen.

Nicolas Cenway liefert ein fesselnder Thriller über Selbstjustiz, das Schicksal von missbrauchten Kindern und den verzweifelten Versuch eines Bruders die Unschuld seiner Schwester zu beweisen. Nach eine wahre Begebenheit.

GRÖSSEN
WAHN
VERLAG
www.groessenwahn-verlag.de